ÜBER DIESES BUCH Die 24 unter dem noch von Arno Schmidt bestimmten Titel hier versammelten Texte sind fast alle zwischen 1959 und 1964 entstanden. »Der Platz, an dem ich schreibe« wurde zum Ort einer einem Sturzbach gleichenden Arbeitsfülle, die er seit der Einsiedlung in Bargfeld sich vom ersten Tage an auferlegte:
Neben dem Roman ›KAFF‹, den zehn Erzählungen ›Kühe in Halbtrauer‹, der May-Monographie ›Sitara‹, einem halben Dutzend literaturgeschichtlicher Nachtprogramme wurden neun Übersetzungen englischer und amerikanischer Bücher zu Ende geführt, ungerechnet die Übertragung der annähernden Hälfte von E.A.Poes Werken, worunter ›Gordon Pym‹ und das Romanfragment ›Julius Rodman‹. Absprengsel, Exkurse, Materialien zu diesen Arbeiten fanden Eingang in kleinere Aufsätze.
Zu den Werkexkursen gehört der Dialog ›Die Kreisschlösser‹, zeitlich nahe ›KAFF‹ anzusetzen und den phantasievollen Gruithuisen vorführend, der auf dem Mond umherwandernde Mondvölker zu erkennen glaubte, und damit lunarischen »Längeren Gedankenspielen« die Bahn bereitete.
Planetarische Facetten öffnen sich auch mit dem vor hundert Jahren explodierenden Vulkan Krakatau, mit der Landnahme der »zobeligen« Urwälder Sibiriens und dem Riesen Jermak darinnen zu Beginn der Neuzeit, der Sendungsmythe in ein neues gelobtes (Amerika-)Land des Buches Mormon, dem Umlauf der Sonne um den Berg des Nordens nach der Astronomie des Kosmas im Buch Henoch.
Polemiken und Einführungen alsdann ins Szenarium seiner Übersetzungen in den ›10 Kammern des Blaubart‹ (Stanley Ellin), in ›Enter Conte Fosco‹ (Wilkie Collins' ›Frau in Weiß‹), dem ›Fall Ascher‹ (Poes ›House of Usher‹), Coopers Littlepage-Trilogie (›Satanstoe‹, ›Tausendmorgen‹, ›Die Roten‹).
Biographisch bewegend Arno Schmidts frühe Bezauberung durch Jules Verne, durch Friedrich de la Motte Fouqué, systematisch bedeutsam Basisüberlegungen des Schreibens. In den ›Berechnungen‹ die Herleitung der Prosaformen aus »gesellschaftlichen Gepflogenheiten« – Alltagsmosaik, Erinnerungsalbum, Wachtraum und Gedankenspiel –, in ›Sylvie und Bruno‹ die Bedeutung der »Polyvalenz der Worte« für jede mehrschichtige Sprachgestaltung, geknüpft an das Beispiel Lewis Carrolls.
Ein unverstellter persönlicher Tonfall tritt hervor, ein Belehren- und Gewinnenwollen in einem, an dem Arno Schmidt alles gelegen war.

ARNO SCHMIDT wurde am 18. Januar 1914 in Hamburg-Hamm als Sohn eines Polizisten geboren. Volks- und Realschulbesuch dortselbst. Nach dem Tode des Vaters im Spätherbst 1928 Umsiedlung nach Lauban/Schles. in die Heimat der Mutter. Fahrschüler zur Oberrealschule in Görlitz, mit Abitur 1933. Kaufm. Angestellter in Textilkonzern in Greiffenberg/Schles. Astronomie- und Mathematikstudien zufolge Breslauer Anregungen. Ab April 1940 Soldat (Art.-Unteroffiz. in Norwegen). 1945 britische Kriegsgefangenschaft bei Brüssel. Anschließend Dolmetscher in brit. Hilfspolizeischule in Benefeld. Seit 1947 freier Schriftsteller in Cordingen, ab Ende 1950 in Gau-Bickelheim, Kastel-Saar, Darmstadt. Im November 1958 Einzug ins eigne kleine Holzhaus in Bargfeld, Krs. Celle. Verstorben am 3. Juni 1979 im Krankenhaus in Celle.

ARNO SCHMIDT

AUS JULIANISCHEN TAGEN

FISCHER TASCHENBUCH VERLAG

Berechnungen i und ii wurden dem Bande ROSEN & PORREE entnommen, Der Mimus von Mir, Dir & den Mädies / Amerika, Du hast es besser ... / Der Fall Ascher dem Bande DER TRITON MIT DEM SONNENSCHIRM, alle anderen Texte dem Bande TROMMLER BEIM ZAREN

Zeichensetzung und -form folgen generell der Handhabung in den Originalausgaben. Bei den drei aus DER TRITON MIT DEM SONNENSCHIRM übernommenen Stücken wurde für die vorliegende Ausgabe eine Angleichung des einfachen Anführungszeichens an die in TROMMLER BEIM ZAREN verwendete, von Arno Schmidt eingeführte charakteristische Form ‹ › vorgenommen.

1.–15. Tausend: Oktober 1979
16.–27. Tausend: Dezember 1987

Ungekürzte Ausgabe
Veröffentlicht im Fischer Taschenbuch Verlag GmbH,
Frankfurt am Main, Oktober 1979

Umschlagentwurf: Jan Buchholz / Reni Hinsch, Hamburg
Gesamtherstellung: Clausen & Bosse, Leck
Printed in Germany
ISBN-3-596-29114-3

BERICHTE AUS DER NICHT-UNENDLICHKEIT

KRAKATAU

(Am 26. und 27. August 1883, vor 75 Jahren, erfolgte die größte aller historisch bekannten Katastrofen).

2 Sprecher, A. und B., verschieden an Tonlage und Temperament.

A.: Sonntag und tropische Mittagshitze in der Südsee : » das weiße Meer ist eingeschlafen, / und purpurn steht ein Segel drauf «,

B. (einfallend): Es sind sogar *mehrere* Segel; denn obwohl die Boote der eingeborenen Fischer längst auf den Strand gezogen wurden, und ihre Eigentümer Siesta halten, ist die Sunda-Straße – einer der Hauptverkehrswege unseres Globen – immer belebt.

A. (wieder aufnehmend): Und Kommodore LINDEMANN, vom holländischen Dampfer GOUVERNEUR-GENERAAL LOUDON, kann, wenn er gähnend das Doppelglas vor die Augen hebt, zumindest noch 2 Mastspitzen in der Ferne wahrnehmen : beide streben, von Nordwest beziehungsweise Südwest her, auf den sich zwischen Sumatra und Java verengenden großen Schiffahrtsweg zu. – Und wieder die gleißende Stille jenes 26. August.

B.: Gegen 14 Uhr beginnt ein dumpfes Rollen im Nordosten, wie wenn schwerkalibrige Schiffsgeschütze übten – aber schon nach wenigen Augenblicken zieht Kommodore Lindemann die Stirn : *so* schnell schießt Niemand, und wenns ein ganzes Geschwader wäre; das ist noch nicht erfunden : ein Salventakt von nur 1 Sekunde Abstand!

A.: Gleich darauf bildet sich etwas am Horizont, » Wolken vergleichbar «, das sich langsam höher schiebt; bis, gegen 17 Uhr, der ganze Himmel damit überzogen ist.

B.: Gleichzeitig vernimmt man ein knisterndes Geräusch in

der Atmosphäre; und die Kompaßnadel beginnt zu tanzen. Es wird immer finsterer; und der Kommodore beschließt, solange das bißchen Sicht noch anhält, lieber linker Hand in die Bucht von Lampong einzulaufen, und dort vor Anker zu gehen.

A.: Und der Himmel ist entsetzlich geworden! Erfüllt mit klumpigem Schwarz, aus dem in rasender Folge Blitze wimmeln : »Weiße Riesenschlangen auf tintigem Grund«, notiert einer der Offiziere.

B.: Schon atmet man schwerer, denn feinster Staub erfüllt die Luft des zur Nacht gewordenen Tages; greifbar geht Geruch um : nach glühender Asche, und wie Schwefelflammen.

A.: Dort im Südosten steigen »Feuerketten« in die Luft; ganze Katarakte weißglühender Bälle. Vorsichtshalber lotet man die Tiefe um das geängstete Schiff – die ist zwar noch konstant, und stimmt mit den Angaben der offiziellen Seekarte; aber als man das Bleilot, aus 200 Metern Tiefe, in die Hand nimmt, ist es so heiß, daß es den zuckenden Fingern entfällt!

B.: Und überall in der Sunda-Straße beginnen Szenen, wie wir sie atemloser und makabrer nicht aus Coleridge's ‹Ancient Mariner› kennen, oder dem ‹Gordon Pym› des sehr großen Edgar Allan Poe :

A.: Denn der Donner, in der oberen Luft, wie unten in der Erde, hat jedes Maß überschritten! Masten, Rahen und Aufbauten wimmeln plötzlich von St. Elms-Feuern, unruhigen, zuckenden . . .

B.: Und die farbige Besatzung verliert alle Fassung : sie huschen, braun und zartgliedrig, umher, von einem der blaßblauen Flämmchen zum anderen, und schlagen sie mit den Händen aus; die eingeborenen Heizer verlassen ihre Kesselfeuer, und helfen bei dem Geschäft, die schwefligen Kleindämonen zu ersticken.

A.: Gegen Abend ertönt es wie schwerste Tritte über Deck, als gingen – dann liefen; dann rennten – Giganten : Bimssteinklötze sind es, erst faustgroß, dann wie Kürbisse, und brennend heiß dazu!

B.: Um Mitternacht beginnt ein Regen zu fallen; aber kein Regen gewöhnlicher Art : ein Gemisch aus Wasser und phosphoreszierendem Schlamm sinkt hernieder; rieselt emsiger; wird zum Wolkenbruch .....

A.: Und damit beginnt eine neue lugubre Arbeit für die Besatzung : es heißt *schnell* schaufeln; denn die Materie fällt so dicht, daß es sind : in 1 Minute 1½ Zentimeter; 20 pro Viertelstunde; einen Meter dick wäre die Schicht innerhalb einer einzigen Stunde geworden, und hätte den Dampfer unweigerlich versenkt, hätten sie nicht geschaufelt, blitzumzuckt, in Schwefelqualm und Donner, wie die Rasenden!

B.: Gegen Morgen wird es ein wenig ruhiger – aber nur ein wenig. Immer noch fällt, obwohl leichter, der Aschenregen, der Bimssteinschauer; immer noch reißt es in der Schwärze und schlitzt wie riesige Messer; immer noch tanzen die Korposanten.

A.: Aber dafür hat sich ein neues, beunruhigendes Phänomen hinzugesellt : von Zeit zu Zeit kommen Wellenfronten an – wenige Fuß hoch, gewiß; und in dieser Gestalt unschädlich. Vorsichtshalber läßt man sämtliche Bug- und Notanker nieder, und hält so das große Schiff gegen die Wogen.

B.: Der Morgen bricht an – noch immer trübe; aber es wird doch allmählich stiller; und man atmet auf.

A.: Atmet auf. – *(bedeutsam)* : Atmet auf – –.: bis um 5 Uhr 30 des 27. August es über die Wasser her rollt, mit einer bisher unvernommenen Lautstärke; sich wiederholt um 6 Uhr 44; – betäubt, mit aufnahmeunfähigem Trommelfell, stehen die wetterharten Seeleute ....

B.: Um 10 Uhr 2 Minuten Ortszeit weckt sie – die schon nicht mehr hören zu können vermeinten – ein Schall, einzigartig in der Geschichte unseres Planeten, als bräche das Firmament zusammen!

A. *(leiser)* : der sich 50 Minuten später noch einmal, jedoch wesentlich schwächer, wiederholt. –

B.: Um 10 Uhr 2 Minuten also, am 27. August 1883, erfolgte jenes Ereignis, jene Katastrofe größten Ausmaßes, von der die von Menschen niedergeschriebene Geschichte weiß – das einzige bisher bekannte, *globale* Geschehnis, das der gesamte Erdball verspürte. – Immer noch das größte; trotz aller unserer Atombombenversuche.

A.: Was war geschehen ? –
Längst hatte man gewußt, daß sich, über Java als Zentrum hinweg, ein großer sogenannter »Grabenbruch der Erdrinde« hinziehe.

B.: Auf der einzigen Insel Java kennt man 49 Vulkane, darunter diverse ‹Viertausender› : mehr als die Hälfte davon hat man in der relativ kurzen Zeit der europäischen Ansiedlung – was sind im Geologischen schon 300 Jahre – in Ausbrüchen beobachtet; ein Teil davon befindet sich in ständiger Tätigkeit. Heiße Quellen, Schlamm- und Dampf-Ausbrüche überall; Erdbeben sind nichts weniger als selten; und diese Kette von tätigen Vulkanen setzt sich fort, nach Westen über Sumatra; nach Osten bis Flores und Timor.

A.: Und senkrecht zu dieser Ost-West-Linie unterirdischer Tätigkeit verläuft von Nord nach Süd eine zweite tiefe Spalte, längs deren sich die unterirdischen Kräfte manifestieren – beide kreuzen sich inmitten der flachen, selten über 200 Meter tiefen, Sunda-Straße in einem Punkt . . . . . :

B. *(laut) : KRAKATAU ! ! ! – – – (nach einer Pause) :.* – –

A.: Und es war praktisch das erstemal, daß der wohlklingende Name . . . . *(wie kostend) : »KRAKATAU«* . . . . . . der Menschheit geläufig wurde.

B.: 300 Jahre zuvor waren holländische und spanische Entdecker dem grünen Bergeiland vorüber gereist – der höchste seiner Gipfel hieß in der alten Kawi-Sprache Javas ‹Rakata›; das heißt eine ‹Krabbe› – wer weiß, warum ?

A.: So beschreiben die alten Reisenden die 4 kleinen Inseln der Gruppe : kein Unterschied gegenüber den andern Landhäufchen der Sunda-Straße; bedeckt mit allergrünster Vegetation; unbewohnt von Menschen; nur selten besucht ein Fischer oder Kokosnußsammler die verträumten Buchten.

B.: Dennoch scheint es, als habe im Jahre des Herrn 1680 dort eine Eruption stattgefunden; wenn man den mageren Berichten Vogels und Hesses trauen darf.

A.: Zumindest aber war innerhalb der letzten Jahre – also seit 1880 – die Insel irgendwie ‹verdächtig› geworden. Die seit mehr als zweihundert Jahren scheinbar eingeschlummerten subterranen Kräfte hatten begonnen, sich zu regen; Erdstöße waren häufiger geworden, und am 20. Mai 1883 hatte bereits ein erstes Beben Batavia wachgerüttelt, begleitet von allerlei minderen akustischen und optischen Phänomenen.

B.: Am 11. August 1883 noch – also nur 14 Tage ‹vorher›; und man stelle sich das richtig vor : genau der bekannte »Tanz auf dem Vulkan«, wenn je einer war! – besuchte Kapitän FERZENAAR, der Leiter der geographischen Abteilung in Bantam, die Insel; skizzierte ihre Küsten; sah Dampfsäulen; registrierte einen gewissen Schwefelgeruch. Auch schrieb er in sein Journal, daß die gesamte Vegetation der Insel verschwunden sei – nur ein paar vereinzelte Baumstämme noch ragten aus der Bimsstein- und Aschenwüste empor . . . .

A.: Aber das, wie gesagt, war auf einer Vulkan-Insel, wie Java, nichts ungewöhnliches. Bis eben . . .

B. (einfallend): Bis eben zu jener Mammutexplosion vom Morgen des 27. August 1883! – Da muß, geologisch betrachtet, folgendes geschehen sein : –

A.: Die Ausbrüche vom Nachmittag des 26. waren von heftigen Lavaflüssen begleitet gewesen. Und, im Gegensatz zu den meisten sonst bekannten Vulkanen, lag Krakatau ziemlich niedrig; wurde also unschwer von Seewasser überflutet.

B.: Das heißt : die Lava, die ohnehin dazu tendiert, sich leicht oberflächlich abzukühlen – während im Innern die Rotglut noch lange erhalten bleibt – war durch den Einbruch des Meeres oberflächlich erstarrt; und hatte über dem Riesenschlot des Krakatau eine Art Pfropfen gebildet : daher die Pause im Ausbruch während des größten Teils der Nacht.

A.: Inzwischen aber hatte die Spannung der inneren Dämpfe stetig zugenommen; bis sie, in den Vormittagsstunden des 27., so stark geworden war, besagten Pfropfen zu lüften; erst anzuheben – und endlich, in einer letzten überdimensionalen Kraftanstrengung abzuschleudern.

B.: Das eben war der letzte, der entscheidende, Stoß von 10 Uhr 2 Minuten des 27. August 1883. Er, der alle die globalen Folgen verursachte, von denen im Folgenden die Rede sein wird.

A. *(wie nachdenkend):* 10 Uhr Ortszeit Krakatau? : da ist es in Europa, um, sagen wir, Mitteleuropäische Zeit, rund 2 Uhr Morgens; also noch tiefe Nacht liegt über Berlin, Paris, London.

B.: Aber durch die Sunda-Straße rennt bereits die riesige Wasserwand! –

A.: In Merak, 50 Kilometer entfernt, war sie höher, als die Bauten unserer westlichen Großstädte : 45 Meter hoch überrannte sie Strand und Ortschaften; bis 30 Meter Höhe wurden die Ufer rasiert : 36380 Menschen ertranken; sämtliche Städte und Orte längs der angrenzenden Küsten, bis tief nach Nordaustralien hinein, wurden zerstört; die Leuchttürme weggeschwemmt – wochenlang danach noch war die Sunda-Straße, schon aus Mangel an Orientierungsmöglichkeiten, unpassierbar.

B.: In Batavia, 250 km entfernt, erlosch am hellen Mittag die Sonne, und Lampen mußten angezündet werden. Fenster und Türen barsten; die Mauern bekamen Risse; sämtliche Gas- und Wasserleitungen setzten aus. In Buitenzorg sprang ein ganzer Gasometer aus seinem Stahlgehäuse!

A.: Auf Ceylon, 3000 km entfernt, begann das Wasser im Hafen zu schäumen; Boote und Schiffe wurden an den Strand geworfen; der Hafenintendant verfaßte einen entsetzten Bericht.

B.: In Rodriguez, *4500 km entfernt*, heißt es : »Hauptwachtmeister Wallis beobachtete am 27. August um 13 Uhr 30 im Hafenbecken eine höchst merkwürdige

Erscheinung : die See sah aus, als kochte sie heftig auf; und die im Wasser befindlichen Boote kreiselten in allen denkbaren Richtungen. An sich war Ebbezeit, aber unversehens stieg das Wasser um 2 Meter; und floß mit einer Geschwindigkeit von gut 20 km in der Stunde – ich habe es dergestalt nur über Mühlenwehre hinschießen sehen! Gleich darauf sank der Wasserspiegel um den gleichen Betrag; und alle Riffe erschienen in einem Maße, wie ich mich nicht erinnern kann, es je während meiner zwanzigjährigen Dienstzeit wahrgenommen zu haben! «

A.: Aus Port Elizabeth in Südafrika – also auf der anderen Seite des Indischen Ozeans! – berichtet der Kapitän eines der großen Postdampfer, die dort vor Anker lagen: » Mein Schiff, die HAWARDEN CASTLE, lag in der Algoa Bay. Gegen 8 Uhr 30, am 27. August, bemerkte ich, daß sich plötzlich die Ankerkette bis zum Reißen spannte, so daß ich sofort in aller Eile einen zweiten Anker auswerfen ließ. Der Pegel zeigte eine Schwankung von mehr als 4 Fuß; und sie wiederholte sich viermal. «

B.: Das war die große Flutwelle des Krakatau, die spürbar wurde, bis nach Europa hin, und den Pegeln des Ärmelkanals.

A.: Zuvor jedoch noch war der *Schall* um den Erdball gereist! – In Singapore » war keinerlei telefonische Verständigung mehr möglich; sobald man den Hörer abhob, vernahm man ein Brausen, wie von einem Wasserfall; wenn man aus Leibeskräften schrie, hörte man zwar, daß Jemand am anderen Ende sprach, verstand jedoch kein Wort. «

B.: In St. Lucia Bay auf Borneo hatten die Eingeborenen gerade einen Missionar ermordet; und verließen fluchtartig ihre Dörfer, weil sie dachten, von allen Seiten sammelten sich die verhaßten Weißen zur Vergeltung.

A.: Auf Diego Garcia, 1800 km entfernt, hielt man den Donner für Schüsse eines Schiffes in Seenot, und ließ die Boote auslaufen, um den Bedrängten Hilfe zu bringen.

B.: In Acheen auf Sumatra, 1600 km entfernt, dachte der

Kommandant der Garnison, ein Angriff erfolge auf sein Fort; und alarmierte die gesamte Besatzung für viele Stunden.

A.: In Alice Springs, inmitten Australiens, hörte der Telegrafist Geräusche wie von Gewehrsalven, und meldete das unbegreifliche Ereignis weiter; das gleiche wurde aus Manila, Bangkok und Neuguinea berichtet.

B.: Auf der Insel Rodriguez, vor der afrikanischen Ostküste, in einer Weite von 4500 km, vernahm man das Gerolle, wie schweren Donner, oder Notschüsse von strandenden Schiffen.

B.: Und man vergesse nie, daß es sich dabei um eine Entfernung handelt, als hörten *wir* einen Knall aus NEW YORK : das ist bisher, gottlob, noch nicht der Fall gewesen; obwohl wir nichts verreden wollen!

B.: Staub fiel allerorten vom Himmel – unverkennbar vom Krakatau; denn die Gelehrten waren, und unter Risiko des eigenen Lebens, begierig gewesen, die Natur der dortigen Gesteine sogleich mikroskopisch, in Dünnschliffen, zu erforschen; – die meisten Daten kamen hier von Schiffen, fern im Indischen Ozean, von den Kerguelen bis hin nach Aden. Die größte Entfernung, bis zu welcher die Aschen- und Bimssteinschauer reichten, betrug 6000 Kilometer in Richtung West-Nord-West – war doch eine Gesteinsmasse zerstäubt worden, die achtzehn Riesenblöcke ergeben hätte, jeder 1 km breit, 1 km lang, 1 km hoch : *dreiviertel der Insel waren verschwunden!*

A.: Zur gleichen Zeit ging, vom Krakatau als Zentrum aus, eine Luftdruckwelle um den Erdball : mit einer Geschwindigkeit von 1200 Kilometern pro Stunde schnellten allerorten die Barometer hoch um 63 Millimeter; und fielen Herzkranke um; bis zu den Antipoden . . . .

B. (einfallend): die in diesem Fall bei Bogotá in Südamerika lagen : innerhalb von 17 Stunden verdichtete sich dort ein Luftdruckknoten; zerfloß wiederum in entgegengesetzter Richtung – und umreiste dergestalt *siebenmal* den Erdall, ehe die Atmosphäre wieder zur Ruhe kam!

A.: Die Magnetnadeln in den Observatorien sämtlicher Kontinente begannen zu zucken, sei es in Deklination oder Inklination, in durchaus ungewöhnlichen schnellen Schwankungen; in Pará – Südamerika – waren die einzigen nennenswerten Nadelausschläge des Jahres 83 die vom Tage des Krakatauausbruchs. –

B.: Aber das war alles nichts, gegen das, was folgte. – Nie noch hatte auf der Erdoberfläche eine auch nur annähernd ähnlich starke Explosion stattgefunden; nie noch waren Staub- und Aschenteilchen in gleiche Höhe getragen worden : 700 km weit hatte man die Rauchsäule wahrgenommen! Und der Himmel selbst entzündete sich; verfinsterte sich; erzeugte Farben wie sie nie zuvor ein Menschenauge gesehen hatte!

A.: In den letzten Augusttagen des Jahres 1883 registrierte das Schiff EUTERPE aus dem Südatlantik einen Sonnenaufgang, mit *vier Ringen* um das Gestirn!

B.: Grün ging die Sonne auf; strahlenlos und platt. – Am 3. September meldete Kapstadt : »Seltsamste Morgen- und Abendröten! Um 18 Uhr 50, mehr als 1 Stunde *nach Sonnenuntergang,* Rosenlicht wie von einer Riesenfeuersbrunst; Ende erst gegen 19 Uhr 15.«

A.: Medellin in Spanien: »Am 3. September ging die Sonne *violett* auf. Wurde dann *blau;* und anschließend *grün.*«

B.: Das Observatorium in San Salvador, Südamerika, berichtete aus den letzten Novembertagen : »Der Mond stieg auf, und zwar bis zu einer Höhe von 15 Grad überm Horizont smaragdgrün; das Ganze wie auf einem Riesenvorhang von Karminrot, den nur Venus sonst noch zu durchdringen vermögend war, aber ebenfalls grün erschien. So stark war das Licht, daß Sterne erster Größe unsichtbar blieben.«

A.: Aus unserem deutschen Berlin schrieb Professor Helmholtz von den Abenddämmerungen des 28., 29. und 30. November 1883 : »Gegen 16 Uhr Untergang der *grünlichen* Sonnenscheibe. Anschließend ungewöhnlich hellroter Himmel mit auffälligen Lichtbalken im *Südwesten* (sic!). Um halb fünf lagen alle Straßen Berlins in einem seltsam bernsteinhaften Schein, als sähe man sie durch ein gelbes Glasstückchen. Dann folgte Dunkelheit, und die ersten Sterne wurden sichtbar. Eine halbe Stunde *danach* jedoch, weit nach 17 Uhr, färbte sich der Westhimmel erneut karminrot, oder präziser, wie ein dunkles Rosa. Man sprach allgemein entweder von einem Großfeuer; bzw. Andere, die sich über die Himmelsrichtung nicht klar waren, von einem ‹Nordlicht›. «

B.: Die ‹Bishop's Ringe› um Sonne und Mond wurden, zumal in den angelsächsischen Ländern, zum Begriff; seitdem Mr. Bishop sie aus Honolulu am 5. 9. 83 zum erstenmale gemeldet hatte.

A.: Als die nächste Mondfinsternis, ein volles Jahr später, erfolgte, verzeichnete Stone, Astronom der Sternwarte Oxford, kopfschüttelnd: » Es war die mit weitem Abstand dunkelste Verfinsterung, die mir je vorgekommen ist. Im verschatteten Teil des Mondes war schlechterdings *nichts* sichtbar; keine Spur des sonst üblichen » kupferfarbenen Lichtes «; nicht einen Einzelkrater vermochte ich darin zu unterscheiden. «

B.: Die Ursache all dieser bezaubernden Schleiertänze von Himmelsfarben und zarten Luftgestaltungen war feinster Vulkanstaub aus dem Krakatau! Bis in Höhen von 50 km war er ausgeblasen worden; und wurde nun dort oben, schwebend in den kaum merklichen Ausgleichsströmungen, monatelangsam sinkend, um die ganze Erde getragen: von Transvaal bis Island sahen die staunenden Zeitgenossen die Bleischeiben der Sonnen, die grasgrünen Monde, Halos von wunderlichster Gestalt; und endlich, wenn längst hätte tiefe Nacht sein müssen, das Super-Alpenglühen der höchsten der Staubdecken. –

A.: *Nie* war dergleichen gesehen worden??

– Jetzt erst, aufmerksam gemacht durch den einundeinzigsten Krakatau, fiel klärendes Licht auf all die Berichte mittelalterlicher Chroniken, die von » kämpfenden Heeren am Himmel « gesprochen hatten, und » Blutmeeren «: zu den Kometen und Nordlichtern, die man bisher als vernünftige Erklärungsversuche herangezogen hatte, mußte man neuerdings also auch *das* noch einkalkulieren : in die Stratosphäre getragener Vulkanstaub !

B.: Und schon erinnerte man sich weiterer Phänomene, die plötzlich in neuem Licht erschienen : einst, am 19. 6. 1783, waren aus ganz Norddeutschland alarmierende Nachrichten eingelaufen, von einem ‹Heerdrauch›, wie er in solchem Ausmaß noch nie gleich lästig registriert worden war. Sonne & Mond verloren ihren Schein; Pflanzen waren morgens mit ‹Meltau› belegt und begannen zu kümmern.

A.: Aberglaube aller Art regte sich; und um ganz sicher zu gehen, forderte man ein Gutachten der Universität Göttingen an, das der hochangesehene Hofrat und glänzende Schriftsteller, der Professor für Mathematik und Physik, Georg Christoph LICHTENBERG, nach Prüfung der Sachlage gern ausstellte : Schuld an all dem Genebel waren die armen Kolonisten im Bourtangermoor, an der holländischen Grenze und anderwärts, die im Juni Feuer anzulegen pflegten, um ihre Sümpfe für ein paar Jahre ertragsfähig zu machen : der schwere Qualm dieser wochenlang schwelenden Brände sei es, der, von den in Norddeutschland vorherrschenden Westwinden landeinwärts getragen, solche bedauerlichen Erscheinungen erzeuge.

B.: Leider nur erklärte die gutgemeinte Theorie eines nicht : etwa wieso im Languedoc *Südfrankreichs* die Sonne wochenlang erst dann sichtbar wurde, wenn sie höher als 27 Grad überm Horizont stand; anschließend für den Rest des Tages rot erschien, und so matt, daß man mit unbewehrtem Auge hineinsehen konnte.

A.: Oder warum ähnliche Berichte sowohl aus *Schweden* kamen, wie auch von der Nordküste *Afrikas* – aus Asien, Amerika und Australien ging damals noch keine Post nach Göttingen; sonst wäre Professor Lichtenberg doch wohl aufmerksam geworden.

B.: Nunmehr, fast genau 100 Jahre später, erinnerte man sich, daß damals, zwischen Ende Mai 1783 und dem 18. Juni, der Vulkan Skaptar Jökull auf Island in einer Kette maßloser Explosionen in die Luft geflogen war;

worauf sich – mögen die Moorbrände redlich das ihrige dazu beigetragen haben – pünktlich all die heute schon beschriebenen Phänomene einstellten; damals freilich noch unbeachtet und verkannt, auch im Ausmaß geringer; dennoch eine sehr vergleichbare historische Erscheinung. –

A.: 75 Jahre sind es jetzt her, daß dort, fern unterm Äquator, der Berg zerbarst; Wasser und Winde um die Erde pendelten; Schiffe mühsam durch Bimssteinfelder pflügten; und der Schall bis zu den Antipoden reiste.

B.: Daß 50 Tausende starben; während die Magnetnadeln verzückt tanzten, und die Gestirne erröteten und ergrünten – ein Tag, wohl wert, daß die Menschheit seiner gedenke : des 27. August 1883 –

A. *(einfallend):* und des donnernden Namens :

KRAKATAU !!

DIE KREISSCHLÖSSER

» Dem werthen Herrn Professor Gruithuisen empfehlen Sie mich zum Schönsten ! . . . «

GOETHE an STIELER; 20.11.1828

2 Sprecher, A. und B. ; verschiedene Stimmlagen.

A. *(besinnlich) :* » Füllest wieder Busch und Thal / still mit Nebelglanz. « – *(kleine Pause ; dann)* : ‹ AN DEN MOND › !

B. *(vertraulich) :* » Schöner, stiller Gefährt' der Nacht. / Du entfliehst ? Eile nicht ; bleib, Gedankenfreund ! – – / : Sehet, er bleibt ; das Gewölk wallte nur hin. « – *(erläuternd) :* KLOPSTOCK.

A. *(schlicht-feierlich) :* » Der Wald steht schwarz & schweiget ; / und aus den Wiesen steiget / der weiße Nebel – : wunderbar ! «. – ‹ Weiß › : im Mondlicht.

B.: Er, der Mond, ist der bei weitem Vertrautere, im Vergleich zur Sonne. Da gibt es höchstens kultische Gesänge, ergeben gebückten Hauptes am unmagisch-grellen Morgen dargebracht : man kann das rasende Licht ja einfach nicht ansehen, ohne sofort den Kopf geblendet beiseite zu nehmen !

A.: Und die Sterne ? – Gewiß, sie » glitzern nah und glänzen fern « ; sind aber im Grunde allzuwinzig geschliffen ; bestenfalls Dornen, die Furchen in helles Wolkenfleisch reißen : die haben doch alle keine Gesichter ! Was nützt uns Städtebewohnern noch die wirre Silberkette des Siebengestirns ; oder daß spitzgliedrige Sternbilder zitternd am Horizont hocken – das sind allenfalls vergessene Uhrzeiger, bei Wüstenwanderungen, für Hirten.

B.: *Er* aber hat seine perlmutterne Scheibe, *der MOND !* Ihm kann man, und lange, ins kalte Nachtgesicht schauen. Er zeigt uns die zauberischen Phasen : von listigschmaler Sichel an; dann die krumme Linse, prüfend über Waldhaufen geneigt; bis zur steinernen leeren Miene, auf eine gelbliche Himmelswand geklebt.

A.: Seit Jahrtausenden spähen die Menschen in dieses schwebende Gesicht, jede Nacht – es verzieht keine Miene.

(Gong)

B. *(jetzt sachlich):* Jeder Blick nach oben, mit bloßem Auge, zeigt die ‹Flecken›: Klearchos, der Grieche, hielt sie für Wasserflächen; und die Pythagoräer behaupteten, daß im Monde Berge wären, Städte, Pflanzen, Tiere und Menschen.

A.: Aristoteles hielt das ganze Gebilde für eine Art stumpfen Spiegels; und die dunklen Stellen also für unscharfe Abbilder der irdischen Meere und Gewässer. Das Mittelalter, unheilbar geo- und homozentrisch, verfiel auf noch eigennützigere Hypothesen: da war das große Gestirn nur noch eine Laterne, von einem geduldig-gelangweilten Engel pflichtmäßig im Kreise herum geführt.

B.: Oder der vielgerühmte Paracelsus dekretierte von Sonne und Mond, Nebensonnen und Nebenmonden: daß es messingne Becken seien, von witzigen Luftgeistern uns possenhaft hingehalten.

A.: Erst mit der Erfindung des Fernrohres änderte sich schlagartig die Lage – Galilei erkannte sofort die gebirgige Beschaffenheit der Mondoberfläche, und skizzierte bereits ein Verfahren, aus den Schattenlängen der Bergspitzen deren Höhe zu messen.

B.: Der Erste jedoch, von dem an die wahre, wissenschaftlich ernstzunehmende, Selenographie datiert – ‹Seleno-Graphie› als Parallelbildung zu ‹Geo-Graphie› – war ein Deutscher, Johannes HEVEL aus Danzig. Oder, wie das alte Conversationslexicon von 1734, der ‹Jöcher›, berichtet . . . . . :

A. *(wichtig den ältlichen Text):* »Joannes Hevelius. / Ein Mathematicus. / Geboren zu Dantzig, 1611, am 28. Januar. / Wurde zur Erlernung der pohlnischen Sprache nach

Gondetsch geschickt, und anfangs der Kaufmannschaft gewiedmet. Hernach aber in das Gymnasium zu Dantzig gethan, allwo er sich auf die Mathesin, wie auch aufs Zeichnen, und allerhand mechanische Künste legete. / Hiernächst studirte er zu Leyden Jura; reisete fernen nach Engelland, Frankreich und Teutschland; und wurde, nach seiner Zurückkunfft, zu Dantzig in die Schöppenbanck wie auch in den Rath gezogen. / Er erbauete in seinem Hause unterschiedne Observatoria mit großen Unkosten, wodurch er sehr viel Sterne erfunden; es giengen ihm aber seine Observationes, nebst der schönen Bibliotheque, Machinen und Manuscriptis, im Feuer auf. Seine Tubos, bis zu 140 Fuß Länge, verfertigte er selbst, und stach die wahrgenommenen macules selenae eigenhändig in Kupffer. «

B. (*erläuternd*)*:* Hevel veröffentlichte nämlich im Jahre 1647, auf Grund fünfjähriger umfassender Beobachtungen, die erste *Mondkarte;* gab den düsteren Großflächen die Bezeichnungen ‹Mare / Oceanus / Sinus / Palus›, und führte Namen für die auffälligsten Objekte ein, die – zumal in England – jahrhundertelang verwendet wurden.

A.: 4 Jahre danach erschien die nächste Mondkarte, herausgegeben von einem flachen aber schnellfingrigen Vielschreiber, dem Jesuiten Riccioli – der hatte zur Bezeichnung der Objekte die Namen berühmter Männer gewählt. (Wobei hervorgehoben sei, daß er die Sorge für sein eigenes Andenken mit nichten einer gedankenlosen Nachwelt überließ, sondern ihn vorsichtshalber eigenhändig, an prominenter Stelle, selbst einsetzte). Diese ‹Riccioli'sche Nomenclatur› ist die heute gebräuchliche geworden; freilich wurde sie im Lauf der Jahrhunderte immer wieder vervollständigt.

B.: Alle diese Karten jedoch, einschließlich der, einen halben Meter im Durchmesser haltenden, des Dominique Cassini von 1673, waren ein dubioses Gemisch von Schraffierungen, ein ‹Chiaroscuro› nach Augenmaß, ohne jedes Gradnetz : sie *konnten* nichts anderes sein; denn noch war das ‹Fadenkreuz› im Brennpunkt der Linsen nicht bekannt, noch hatte man also kein Mittel, einen Punkt exakt anzuvisieren.

A.: Hundert Jahre waren nach Hevel vergangen, als der Göttinger Professor Tobias MAYER die bisherigen, lediglich nach wenn auch noch so sorgfältigen Skizzen angefertigten Krokis, durch die erste, wirklich verläßliche Mondkarte ersetzte : 1749 erschien das epochemachende Blättchen von nur 19 Zentimetern Durchmesser – aber die erste Mondscheibe *mit Gradnetz,* auf der 27 Ringgebirge nach selenographischer Länge und Breite eingetragen waren; einhundert kommende Jahre lang das Fundament für alle Mondstudien.

B.: Als so groß erwies sich die Genauigkeit, als so verläßlich die ermessenen Koordinaten, als so schlechthin fundamental das unscheinbare Blatt, daß der *Großorientierung* fürs erste genug getan zu sein schien. Man begab sich an Detailstudien.

A.: Johann Hieronymus SCHROETER, in Lilienthal bei Bremen, machte den Mond zum Zentralproblem seiner Arbeiten. Im Besitz der damals mächtigsten Teleskope des Kontinents – das größte ein 50-Zentimeter-Spiegel – veröffentlichte er detaillierte Zeichnungen von Mondlandschaften und den ‹Kreisschlössern› der Ringgebirge, in 2 mächtigen Quartanten, 1791 und 1802. Auch ihm verging darüber sein Leben; auch ihm verbrannten im hohen Alter sein Observatorium, und die im Selbstverlag erschienenen Bestände der ‹Selenotopographischen Fragmente› – die Bände sind rar geworden.

B.: Übergehen wir jedoch heute die neueren Stadien der Mond-Kartographie – Lohrmann; Mädler; Neison; Schmidt; Fauth; bis zum Neuesten, ‹Baldwin, 1949, The Face of the Moon› – verweilen *wir* in den Jahren um 1820.

A.: In jenem ‹Wellental› der Forschung, zwischen Schroeter und Lohrmann – wo höchstens einige ‹Liebhaberastronomen› ab & zu sich einige Quadratgrade der Mondoberfläche vornahmen, Kunowsky oder die beiden Pastorff – in jenen Jahren also erregte plötzlich *ein* Mann das Aufsehen in ganz Europa :

FRANZ DE PAULA GRUITHUISEN !

(Gong)

B.: Ein merkwürdiger Mann. –
1774 geboren, auf Schloß Haltenberg am Lech. Diente zuerst als blutjunger Feldchirurgus in der österreichischen Armee. Studierte nach diesen Feldzügen gegen die französische Republik von 1789 in Landshut Medizin und Philosophie. Wurde geschätzter Universitätslehrer; 1826 sogar Ordinarius für Astronomie in München; wo er dann auch, pensioniert und vergessen, 1852 starb.

A. (mit Nachdruck) : Ein merkwürdiger Mann ! –
Schon als junger Mensch fiel er auf durch seine ganz ungewöhnliche Sehschärfe : mit unbewaffnetem Auge vermochte er nicht nur Venus als Sichel zu erkennen – ein Faktum, das auch Gauß von seiner greisen Mutter verbürgt – sondern sogar die 4 ersten Jupitermonde !

B.: Das gibt es tatsächlich. Boguslawski, einer der frühen Leiter der Breslauer Sternwarte, bewies es auf Verlangen jedem Zweifelnden; und dasselbe leistete – ausgerechnet – ein Schneidermeister derselben Stadt; der, durch die Zeitungsartikel aufmerksam gemacht, die gleiche Fähigkeit an sich entdeckte.

A.: Aber abgesehen davon, daß Gruithuisen also schon rein physisch zum Mondspezialisten prädestiniert schien, brachte er eine andere, nicht minder seltene Eigenschaft mit : ein so umfassendes Wissen, eine dergestalt rastlose, alles verknüpfende Phantasie, daß es ihm möglich wurde, *da* Zusammenhänge zu erkennen, wo die übrigen Zeit- und Fachgenossen nur abweisend ‹andere Fakultäten› sahen.

B.: Gruithuisen nämlich machte die Entdeckung vom *Zusammenhang der Sonnenfleckenperioden mit denen des irdischen Wetters* – eine Hypothese, über die bedauerlicherweise der sonst sehr große Gauß sich mit seinem Korrespondenten Schumacher nicht genug mokieren konnte.

A.: Gruithuisen, dem Chirurgen, gebührt die Ehre der ersten Erfindung des Instruments zur Zertrümmerung von Steinen in der Harnblase; wofür ihm die Sorbonne ihren Akademiepreis von eintausend Goldfranken erteilte.

B.: Zahlreiche Bände veröffentlichte er, zumal Lehrbücher für Medizinstudenten, Kompendien der Naturwissenschaften im Allgemeinen, der Astronomie im Besonderen. / 1808 erschien zu Augsburg seine düstere Abhandlung ‹Über die Existenz der Empfindung in den Köpfen und Rümpfen Enthaupteter› – lange vor Dostojewskis und Poe's makabren Rhapsodien – wo er nachwies, daß einzelne Körpergewebe den ‹Tod› noch stundenlang überleben. / »Könnten die Mondkrater wohl auch von Meteoreinschlägen herrühren?« fällt ihm einmal ein.

A.: Wie elektrisiert jedoch lauschte das ganze, gelehrte wie ungelehrte Europa auf, als 1824, im ersten Jahrgang des ‹Kastner'schen Archivs für die gesamte Naturlehre›, Gruithuisens Abhandlung erschien:
‹Entdeckung / vieler deutlichen Spuren / der Mondbewohner; / besonders eines collossalen Kunstgebäudes derselben.›

(Gong)

B.: Und – ehe man das bekannte hochgebildete Lächeln erzeugt – vernehme man erst die Fakten: Franz de Paula Gruithuisen war, wie bereits nachgewiesen, kein Dummkopf!

A. *(spöttisch):* »Die Sache, die hier verhandelt wird, ist nicht für *den* Verstand, der nur mit alltäglichen Begriffen zu arbeiten pflegt, und der schon 1 Männlein und 1 Weiblein aus dem Monde sehen will, sobald man von den Spuren lebender und verständiger Wesen auf seiner Oberfläche zu reden anfängt. Weniger zum Behufe einer Theorie, als vielmehr zur Aufstellung neuer Untersuchungsprobleme sollen diese Notizen dienen; denn wenn man der Arbeitshypothesen entbehrt, entbehrt man auch der Richtung in der Forschung! «

B.: Nach solchen, völlig unangreifbaren Prämissen, untersucht er zunächst die rein physikalischen Vorbedingungen für ein Leben auf der Mondoberfläche : Meere, Ringgebirge, Rillen. Die Restspuren einer Atmosphäre, ableitbar aus dem ‹Kleben› der Fixsterne am Mondrand bei Bedeckungen. Wichtigstes Thema in diesem ersten Teil sind die – auch heute noch nicht erklärten – Farbveränderungen; sowohl der einzelnen Flecken nebeneinander, als auch im Verlauf einer Lunation.

A.: Das Grau der Meere, wie auch das im Innern einzelner Wallebenen und Krater, ist nämlich nicht nur von verschiedener Intensität; sondern wechselt auch im Laufe eines 350stündigen Mondtages. » Purpurgraue und gelbgraue Tinten « kommen vor, » indem vielleicht manche Pflanzenblätter vom Winter der Mondnacht, und die der sogenannten Meere erst vom brennenden Sonnenschein gelb oder braun zu werden scheinen. «

B.: Er stellt Betrachtungen darüber an, welche irdischen Gewächse etwa ein ähnliches Verhalten zeigen würden : » In den Verhandlungen der Naturforschenden Gesellschaft zu Bonn habe ich mehrere Pflanzengattungen der Erde genannt, die vielleicht für den Mond passen dürften, z. B. einige Zwiebelgewächse und dergleichen, so wachsen 2 Arten Lauch in den Schweizeralpen, Allium victorialis und moly. Überhaupt scheint es, daß Gewächse im Mond sehr schnell reifende Früchte tragen müßten – es würde verdienstlich seyn, in dieser Hinsicht einmahl die am schnellsten reifenden Pflanzen tabellarisch zusammen zu stellen. «

A.: Außer Flechten kommen, nach Gruithuisen, allenfalls noch die wetterhärtesten Coniferen infrage; und » eine Fleckensorte gehört wahrscheinlich zu denen, welche in vegetativer Hinsicht ungefähr dem rauhen Alpenkamm, und den dürren Steppen der Polarländer der Erde gleichen, worauf Moose wachsen, oder die höchstens mit den Kräutern der kalten Haideländer besetzt seyn können. «

B.: Kurzum : er stellt recht sachliche theoretische Überlegungen an, wie wir dergleichen heutzutage etwa in Hinsicht auf den Mars lesen können. Er mißt auch die ‹Vegetationsgrenze› – d. h. die, innerhalb derer Farbveränderungen auftreten : » In des Mondes Süden reicht sie bis 55°, und im Norden bis 65°. Weiterhin gegen die Pole läßt sich durch Farbe nicht das geringste unterscheiden; denn diese Zonen haben durch alle Zeiten eine solche blendende Weiße, daß ich schon oft versucht wurde, an den Polen Schnee anzunehmen. «

A.: Manchmal freilich, wenn er durch sein 2 Meter langes, 272mal vergrößerndes Fraunhofersches Fernrohr späht, macht er in sein Diarium Eintragungen wie diese hier . . . . . :

B. *(eifrig) :* » Ganz besonders merkwürdig ist es, daß zu günstiger Zeit diese dunklen Gefilde sich wie grauer Sammet dem Auge darbieten; so daß ich, um die Sache genau zu bezeichnen, einschrieb : ‹Am 6. September 1821, abends 6 Uhr, sah ich, nordwärts von dem noch nicht aus der Nacht hervorgekommenen Krater Tobias Mayer, an der Lichtgränze so etwas wie feinen zottigen Sammet, welche Erscheinung nur ein Palmwald, oder ein Feld voller Riesenfarnkräuter hervorbringen kann, die also – wie unsere Urpflanzen gigantischer Art – in Sümpfen stehen.› «

A. *(nüchterner) :* » Ohne nun deshalb gerade das für mehr als für eine Wahrscheinlichkeit geben zu wollen; so erhellet doch schon aus allen bisher angeführten Überlegungen, daß die größtentheils das Überwintern leicht zu ertragen eingerichtete Mondvegetation, so wie sie große Landstrecken überdeckt, in allen ihren Gliedern, zum Theil collossal, zum Theil wieder zwergartig beschaffen seyn müsse. «

B.: Das hat ja ähnlich Gauß einmal geäußert : daß, je *geringer* die Schwerkraft auf einem Gestirn, umso *größer* könnten, aus Gründen reiner Festigkeit, die Lebewesen auf ihm sein.

A.: Aber, abgesehen einmal von solchen überschwänglich-schwachen Momenten – man muß zugeben, daß Scharfsinn, Zusammenhang und ‹System› in Gruithuisens Theorien ist. 1829 veröffentlicht er in der bedeutendsten periodischen Fachzeitschrift, dem ‹Berliner Astronomischen Jahrbuch›, 8 Detailabbildungen von Mondlandschaften, zumal des Cleomedes, in dessen grauer Ringfläche sich schattenhaft ein Vierfelderquadrat abzeichnet, alle Linien doppelt ausgezogen.

B.: Und er gibt davon, wie auch von den anderen gesehenen Liniensystemen, diese, gar nicht unebene Erklärung: »Auch die irdischen Thiere bringen, wenn sie in goßer Zahl immerfort denselben Weg wandeln, gewisse ‹Straßen› zustande; so z. B. die Ameisen, das Hornvieh in den Wäldern, selbst Menschen erzeugen solchermaßen Trampelpfade.«

A.: »Diese Straßen sind vollkommen zweckmäßig angelegt, insofern, als sie den nächsten Weg auf dem Großkreis, und zu bestimmten Stationen, sowie von einem Mare zum anderen führen.«

B.: Ja, er geht so weit, von »itinerarischen Kunstwercken« zu sprechen, die »Zweckvorstellungen voraussetzen, die bey Thieren nie zur Klarheit kommen«; »sogar das Commando eines Straßenbau-Directors« setzt dergleichen voraus. Und – so fährt er nüchtern-triumphierend fort . . . . . :

A.: »Übrigens gebe ich die Hoffnung nicht auf, auch noch Seleniten zu sehen. Jedoch gewiß *nicht einzeln;* sondern wenn sie in Masse durch die Geräumte« – (gleich ‹Schneisen›) – »ziehen. Denn, wenn die Linie einer Straße unterbrochen ist durch 2 sich gegeneinander bewegende Farbabsätze, die sich vereinen; und wieder trennen; und sich immer weiter voneinander entfernen: *so waren es Seleniten und nichts anderes!* Ein einzelner solcher Fleck könnte eine Staubwolke seyn; allein wenn 2 Caravanen sich begegnen, so kann es nicht trügen.«

B.: Begreiflicherweise sucht Gruithuisen während 60 Beobachtungsjahren, die er hauptsächlich ‹seinem› Mond widmet, auch nach sichtbaren Spuren von *Bauwerken* der Seleniten : bei günstigen Luftverhältnissen verfügen wir ja durchaus über Vergrößerungen, um Gegenstände wie das Straßburger Münster oder das alte Reichstagsgebäude als Punkte wahrnehmen zu können. Und, man mag über den sachlichen Wert der Beobachtung noch so sehr den Kopf schütteln – die Freude des Mannes teilt sich durchaus dem Leser mit . . . . . :

A. *(erregt):* »Es war am 12. Julius im Jahre 1822, morgens nach halb vier Uhr, da ich zum ersten Mahle einen collossalen, unsern Städten nicht unähnlichen Bau im Monde sah. Dieses Kunstmonument befindet sich in 8° östlicher selenographischer Länge, und in 6° der nördlichen Breite, in einer barometrisch tief liegenden Landschaft, und macht das westliche Drittheil des Mondflekkens Schroeter aus. Bey der ersten natürlichen Ansichtigwerdung des Gegenstandes wähnte ich, von großer Höhe eines steilen Berges herab, bei trüber Luft, die Vogelperspective einer Stadt vor mir zu haben.«

B.: Und er setzt, in seinem charakteristischen unnachahmlichen Gemisch von Fantasterei und Besonnenheit sogleich hinzu : »Man sey so erfinderisch wie man wolle – man wird es nie wahrscheinlich machen können, daß die Natur Mittel habe, für sich allein eine solche Bildung hervorzubringen. Allerdings ein *Termitenbau* könnte es seyn; es lassen sich riesenartige flügellose Insecten mit ihren Kunsttrieben im Monde annehmen.«

A.: Seine Zeichnung erweist die Ansiedlung als mathematisch regelmäßig, und nach Himmelsrichtungen geortet; die Hauptzüge der Gebäude treffen in Winkeln von 45 und 90 Grad aufeinander.

B.: Diese Lage ist – und jetzt nicht nur nach Gruithuisen – die einzig vernünftige; denn : »nichts hat der Mondbewohner stärker zu scheuen, als einen kalten, wenn auch noch so sanften Wind, der ihm seine Abende rauh und schneidend macht, und auch seine Morgen gar sehr verbittert, wenn diese gerade anfangen, warm und angenehm zu werden. Nun verhält sich auf der diesseitigen Mondfläche, wegen der Achsendrehung des Gestirns, der Südwest-Passat wie unser Südost-Passat : Orte also, die diesen Wind abhalten, werden die angenehmsten seyn. «

A.: Und selbst *falls* sämtliche Wahrnehmungen Gruithuisens auf optischen bzw. Selbst-Täuschungen beruhen *sollten* : seine Überlegungen sind, in jeglichem Betracht, so aktuell, so hochmodern und brauchbar, daß jeder Astronaut sie vor Antritt seiner Mondreise durcharbeiten sollte.

B.: Angesichts der auftretenden Temperaturschwankungen – Gruithuisen schätzt sie auf 150 Grad; immer noch zu niedrig; wir wissen heute, daß es nahezu 280 sind – folgert er, daß sich » der Mondbewohner in Anbetracht der Luftreste, bei seinen außerordentlich kalten Wintern und ebenso heißen Sommern, nur mit der *troglodytischen* Lebensart durchhelfen könne – die Wohnungen werden also in unterirdischen Gewölben bestehen, die mit dem dortigen Erdboden überschüttet wurden. « Kunsthöhlen im Souterrain also, Super-Jurten nach sibirischer Art, als Wohnplätze : wir werden, vielleicht ab 1970, von ähnlichen Bauwerken hören.

A.: Im Lauf seiner nun hartnäckig durchgehaltenen Beobachtungsreihe sieht er einmal, bei Sonnenuntergang – d. h. als über jenem Gebilde, im Monde, die Sonne sank – etwas wie » Dom-Cuppeln « über verschiedenen Stellen : » vermutlich Rauch und Dampf ? «

B.: Auf der Nordostseite der Anlage befindet sich » ein sternschanzenartiges Gebilde. Eine eigentliche Schanze, nach unserer Art, ist dieser besondere, aber mittelbar mit dem Ganzen doch in Communication stehende Theil gewiß nicht; und wir befinden uns hierüber in dem weiten Reiche der Vermuthungen, in welchem ich nun sogleich eine wagen will . . . . . « :

A. *(fortfahrend):* » Bey der angegebenen Lage der Dinge müssen wir wohl auch bey den Seleniten einige religiöse Bildung vermuthen. Unser sternähnliches Gebilde scheint also eine Art Tempel; und, weil es sternförmig angelegt ist, vielleicht dem *Sternendienste geweihet* zu seyn – dies mag umso wahrscheinlicher folgen, als man dort, wegen Reinheit der Luft, sogar am hellen Tage die Sterne leicht sehen kann. «

B.: In der Tat : auch unsere heutigen Astronomen bezeichnen den Mond als ‹das vollkommene Observatorium›; sowohl nach Reinheit der Atmosphäre als auch Unbeweglichkeit der Gestirne der ideale Aufenthalt für einen Beobachter. – Am 2. März 1822, früh um halb Eins, sieht Gruithuisen » ein Rundgrübchen zwischen Copernicus und Eratosthenes, in viertheiliger Gestalt, mit vier Erhabenheiten, die wie Kuppeln eines Domes aussehen : feiern da die Mondbewohner durch 4 Rauchwolken das Sonnenaufgangsfest ? «

A.: » Am 25. Juli, früh nach halb Drei, beobachtete ich die Nachtseite des Mondes; und sah beim Proclus ein Licht, wie eine Gluht, 3 bis 4 Mahl hervorblincken, aber auch um Drei Uhr verlöschen. Nach Drei Uhr begann das gleiche Phänomen am Promontorio acuto. . . . . . man halte diese Feuer für beabsichtigt – etwa für ein nächtliches Feuerfest der Seleniten bestimmt – so erklären sich alle jene Erscheinungen gar leicht durch das Hervorbrechen des beleuchteten Rauches aus den Kaminen troglodytischer Mondbewohner. «

B.: Also hat Gruithuisen vermutlich – wie schon andere vor und nach ihm – eine Erscheinung beobachtet, ähnlich dem erst ganz neuerlich wahrgenommenen ‹Vulkanausbruch im Alphonsus›. Je mehr sich das Auge gewöhnt, desto mehr Details werden erkannt; das ist eine, jedem Astronomen geläufige Erscheinung, daß man sich auf jedes himmlische Objekt erst ‹einsehen› muß : wer da meint, daß er sich nur vors Fernrohr zu setzen brauchte, um sogleich alle mit Sicherheit verbürgten feinen Einzelheiten auf Mond oder Mars wahrzunehmen, oder gar auf Anhieb Neues zu entdecken, der irrt sich gewaltig! (Oder ist ein ‹Moonhoaxer› wie LOCKE).

A.: Beim Sinus Hipponiates sieht er mehrere der Trampelpfade zusammenlaufen : » Werden hier Wallfahrten her gemacht ? Oder wird da Bergbau betrieben ? Haben die

Mondbewohner auch Straßen *unter* dem Boden? Die Umstände erzeugen bey ihnen allerdings ein Bedürfnis der Wanderungen auch bey Nachtzeit.« – Vielleicht erleben wir noch, wie diese Gruithuisenschen Theorien von lunarischen Untergrundbahnen zwischen den einzelnen Kreisschlössern befahrbarste Wirklichkeit werden.

B.: Eintrübung und Wiederaufklärung von Objekten verzeichnet er, »Rauch oder Staub« : die Realität seiner Beobachtungen ist unbezweifelbar; wir, heute, nehmen an, daß um das ganze Gestirn eine dicke, verwitterungsbedingte Staubdecke liegt, in die zuweilen Meteore einschlagen; es können aber auch Gasschleier sein.

A.: Andere von Gruithuisen verwendete Bezeichnungen sind »Wald-Alleen«; in manchen Fällen beobachtet er »verwachsende Schneisen«; auch ganz ebene Flächen »gleich holländischen Polders«. »Sind 2 Gebilde, östlich von Thebit, mit so dünnen ringförmigen Wänden, daß sie sehr wohl bloße Mauern seyn könnten, etwa *Herbergen für neugierige reisende Seleniten? Etwa um die Erde zu sehen?* «

B.: Die man bekanntlich auf der von uns abgewandten Hemisphäre des Mondes nie erblickt!

A.: Gesorgt sein muß »für genügende und gesunde Ventilation, wenn man sich durch alle diese Züge ununterbrochen communicirende Gewölbe denkt«, auch »genaue polizeiliche Aufsicht der Einwohner« – alles Dinge, die, man verlasse sich darauf, in den raketenbesitzenden Ländern längst vorgeplant sind.

B.: Am Rande der Mondstadt liegt »eine 3 Kilometer im Durchmesser haltende, gegen den Vollmond fast schwarzgrau werdende, Centralfläche – wahrscheinlich von den Seleniten als ein windstiller Erholungsplatz und Garten benützt.«

A.: Um die geschwungenen Buchten des benachbarten Mare zeigen sich, kurz nach Sonnenaufgang, »Tauränder«, »gleichsam als wäre dort eben das Eis aufgegangen.« Unverändert strahlen unterdes im Norden wie im weißen Süden die »bitteren Eissümpfe« der extremen Breiten.

B.: Auch eine neue Generalkarte des Mondes legte er vor, die nach dem Urteil der Fachleute einen entschiedenen Fortschritt gegenüber der Mayer'schen darstellte – freilich ist sie nie richtig gewürdigt worden; weil gleich danach die, in weit grandioserem Maßstab ausgeführten, Lohrmannschen Sektionen zu erscheinen begannen.

A.: Unvergessen jedoch sei der letzte Vorschlag des quijotisch-ingeniösen Mannes. Um eine direkte Verständigung mit den von ihm vermuteten Seleniten aufzunehmen, erkannte er die einzige Möglichkeit in der – notwendigerweise auch Jenen geläufigen – *Geometrie* : Wer Städte bauen kann, muß Mathematiker sein! Also proponierte er der Petersburger Akademie der Wissenschaften : in den Weiten Sibiriens riesige Steckrübenfelder anzulegen, *in der Figur des Pythagoräischen Lehrsatzes.* Ein leeres rechtwinkliges Dreieck; die Quadrate der Katheten, wie das der Hypothenuse, farbig bepflanzt. Nicht lange würde man, so vermeinte er, zu harren haben, um die entsprechende optische Antwort neben einem seiner Kreisschlösser zu erblicken.

B.: Nie ausgeführt, versteht sich. Aber schlechthin genial erdacht! –

Gerade heute, wo alle diese Überlegungen brennend akut geworden sind, gewährt es ein eigentümliches, und nichts weniger als abwegig-theoretisches, Interesse, diesen ersten, in vieler Beziehung durchaus diskutablen Gedankengängen wieder nachzugehen; zu erwähnen das krause Lebenswerk, und die Kreisschlösser des Franz de Paula Gruithuisen.

DIE GESCHICHTE VOM RIESEN JERMAK

1

Gern tut Mütterchen KLIO den schon arg stift-zahnigen Mund auf, räuspert sich vielsprachig, und singt uns ‹vom Helden› : vom antiken ‹KING ALISAUNDER› und seinen 12 Jahren, (in Wahrheit einer der boshaftest-größenwahnsinnigen Erdflöhe von ausgesprochenem Hitler-Typ); vom großen Fernando CORTEZ, (der am größten im Plündern und fanatischen Metzgern war); oder wie die zahllosen europäischen Thronsitzer, wenn sie gar nichts anderes mehr zu tun wußten, sich gegenseitig-untereinander ‹eroberten›.
Trotzdem besaß, so ums Jahr 1700, die ‹Weiße Rasse› unleugbar sämtliche Voraussetzungen zur Führung auf diesem Planeten : optimale Bevölkerungsdichte (nicht zu verwechseln mit ‹maximal›; das ist das, was wir in Deutschland seit 50 Jahren ständig überschreiten); die entwickeltsten Industrien; alle nötigen Flotten & Waffen – und vor allem eben : die Erde war noch relativ leer. Das bekannte ‹Minimum an Weisheit› hätte nun etwa erfordert, daß man sich, im Norden wie im Süden, je in 35 Grad Breite, eine rote Linie um den Globus gezogen, und vereint dekretiert hätte :
Dies sind die Klima-Zonen, wo Europäer wohnen & arbeiten, d. h. geistig und körperlich schaffen können; diese beiden Kalotten sind, unter Hintansetzung aller nationalen und religiösen Stänkereien, nach Kräften zu besiedeln!
Statt dessen erfolgte das, späteren Generationen vermutlich immer-unglaubwürdige Schauspiel, wie Europa den Erdball vertändelte. England raubte Indien aus; mit dem Ergebnis, daß es heute sehr selbstständig ist, und die Weißen behutsam verabscheut. Australien, groß wie Europa, klein wie Berlin, wurde systematisch vernachlässigt, und ein Kind kann sich an den kurzen Fingern ausrechnen, wann es ‹Asien› in die Hände fallen muß – sehr richtig übrigens; die weißen ‹Peers›

haben ihre Unfähigkeit sattsam-sekulär dargetan. Afrika? : man kann sich schwerlich unkluger benehmen, als die Kolonisatoren es taten. Die Folge ist, daß es binnen kürzester Zeit nun wirklich ein ‹Schwarzer Erdteil› sein wird; (und selbst dazu reicht unsere Beschränktheit nicht aus, nach Kräften zu befördern, daß es nun wenigstens zur Hälfte ein ‹Brauner› werde; also die, uns kulturell doch überraschend ‹verwandten›, Araber zu unterstützen.) Dabei schadeten die genannten ‹Verlorenen Kontinente› so viel noch nicht; denn was sollten wir, wir aus ‹Worpswede› oder vom ‹Lake District›, in den Tropen?

Aber im Jahre 1805 bereits schrieb der große Historiker Johannes von MÜLLER:

»Die Rolle Europens ist aus. Das Edelste wird über den Ozean und nach Asien gerettet werden, und dort, modificirt, keimen.«

Denn daß Europa machtmäßig, sittlich und kulturell abgewirtschaftet hat, ist schlicht eine Binsenwahrheit, über die sich & uns nur noch Unwissende oder Betrüger zu täuschen suchen; allerdings mit solchem Erfolg, daß es der Mehrzahl der Ohren, und nicht nur meiner Landsleute, immer noch ketzerisch, lästerlich, ja, womöglich ‹verbrecherisch› klingt, wenn man die VEREINIGTEN STAATEN & RUSSLAND als die beiden letzten Hoffnungen unserer Rasse bezeichnet.

Denn dort ist tatsächlich noch einmal alles Erforderliche beisammen: das ‹weiße› Klima; ein gesundes Unter-Optimum an Menschenmaterial; weiteste Räume voll entzückendster Bodenschätzchen; in beiden Bereichen beginnen eindrucksvollste Kulturen zu entstehen – nur ein Narr oder ein Böswilliger kann ja behaupten, daß, was etwa die Kunst der Literatur anbelangt, Namen wie TURGENJEW, DOSTOJEWSKI, TOLSTOJ, GORKI, BRECHT nicht auch eine ausgesprochene Modell-Serie europäischer Literatur bildeten. Das IGORLIED ist von dem der NIBELUNGEN so verschieden nicht; auch die KORSSUNSCHEN PFORTEN halten den Vergleich mit Ghiberti oder Peter Vischer aus; was bedarfs noch der Erwähnung von MUSIK, SCHACHSPIEL oder WELTRAUMFAHRT? (Die entsprechenden US-Namen zähle ich nicht erst auf; sie sind uns, zum Teil unnötig, geläufig.) Und wenn bei uns noch einmal eine letzte Groß-Gestalt erscheint, wie etwa JAMES JOYCE; dann verfehlen wir gewiß nicht, unsere faulfleckige Welkheit dadurch zu belegen, daß wir ihm im Leben möglichst das Brot, im Tode den Stein, versagen.

Die ‹Weiße Tragödie› ist einzig die, daß eben diese letzten beiden ‹Säulen›, diese ‹Hoffnungen› unserer Zivilisation und Denkweise, einander als Todfeinde betrachten – und Deutschland anscheinend wieder einmal nichts pikanteres kennt, als die Rolle des Steines zu spielen, über den die Weiße Rasse mehrfach gestolpert ist. Dieses Europa-Deutschland gleicht einem 60jährigen, unklugen alten Weib; das sich die Haare burgunderrot färbt, die verschrumpelten Schenkel weit nach Westen hin auftut, und mit sich überschlagender Stimme beteuert, daß die Zukunft ihm gehöre! (Und die Amerikaner lachen heimlich; und die Russen werden wütend. Und die Farbigen halten sich die Nasen zu.)

2

Wie das eine dieser mächtigen Kraftreservoire gewonnen wurde, das ist ja, ausgiebig & mehrfach, besungen. – Wie da die MAYFLOWER bei Plymouth landete, und die Pilgrim Father's ausstiegen, und das große ‹Westward Ho!› begann; wie der ‹Leatherstocking›, und am liebsten mutterseelenallein, durch beneluxgroße Kalt-Urwälder spazierte; oder der Mormonen-Trek bis nach Utah büffelte; und in IRVING's ‹Astoria› geht's ins eisigste Canada hinein. Sie stehen Alle auf unseren Bücherborden, die Sinclair Lewis und Hemingway, die Faulkners und Steinbecks, (ganz Fortgeschrittene nicken sogar schon beim Namen Gertrude Stein), und Edgar POE ist so bekannt, daß man ihn kaum noch liest, (obwohl er der Beste all der Genannten ist.) Also darüber wissen wir einigen Bescheid, über diesen ‹Mittelwesten›, den ‹Sumpf› der Schlachthöfe, und die ‹Levee› von New Orleans.

Die ‹andere Seite› allerdings ist unermeßlich unpopulär; ja, es scheint ausgesprochen un-deutsch zu sein, wenn Einer weiß, daß ‹Lessing aus Kamenz› eigentlich von einem ‹Leschnigk› – slawisch ‹Förster›, ‹Hegemeister› – aus ‹Kammenetz› stammen muß, einem Ort, der schon im Namen seinen steinigen Boden anzeigt. Oder daß Sterne der 1. Größenklasse an unserem Literaturhimmel ihrerzeit so wenig ‹russenfeindlich› eingestellt waren, um ganz simpel solche Töne anzustimmen :

»Tochter, ich flieh nicht die Arbeit,
fliehe nicht die Beerensträucher,
fliehe nicht der Esthen Lande –
: Vor dem bösen Deutschen flieh' ich,
vor dem schrecklich bösen Herrn ! «

Wissen darf man bei uns, daß ‹SIBIRIEN› ein dem Teufel wohlgefälliges Gemisch aus Verbrecherkolonie & Eishölle ist – wer hier, ohne sich auf eine Widerlegung einzulassen, schlicht ‹Paramatta & Gluthölle› murmelte, wäre, er hätte nicht einmal die Wahl, Neutralist & ‹potentieller Landesverräter› – nach Herzenslust singen & sagen darf man vom ‹Großen Weißen Vater› im Kapitol zu Washington, und von der Erschließung des Westens : ‹PIONEERS, OH PIONEERS !›. : aber vom ‹RIESEN JERMAK› ? . . . . .

3

2 Kaufleute und 1 landflüchtiger Räuberhauptmann von der Wolga wagten es, Sibirien zu erobern – ‹ohne Befehl›; dennoch im Namen Iwan Grosny's, des ‹Gestrengen›. (Ich muß der deutschen Übersetzung KARAMSIN's folgen – ich kann, infolge einer als einseitig-westlich zu beanstandenden Erziehung leider nicht Russisch; immerhin : ‹selig der Mann, der seine Lücken als solche erkennt› !).
Längst, seit dem Jahre Tausend plus x, hatten unternehmende Pelzhändler aus Nowgorod das endlose Land (‹Ein Sechstel der Erde›) jenseits des alten Riphäischen oder Gürtel-Gebirges, des Ural, kennen gelernt; dorthin trugen sie, erst durch

Mienen-Zeichen-Gebärden, denn durch mühsam herangebildete Dolmetscher unterstützt, Sprache & Sitten des Zarenvolkes. Faktoreien folgten nach. An der Spitze dieses Osthandels standen nach 1500 die Mitglieder der ‹königlichen› Kaufmannsfamilie STROGANOW, der ‹Gehobelten› – der Ahnherr der Familie, einst von erbitterten Mongolen gefangen genommen, war von ihnen zu Tode gehobelt worden; daher der Name, den sie furchtlos annahmen; (es gehört einiges zu solcher Mentalität; die Meisten von uns würden dergleichen vermutlich ‹verdrängen›, verkapseln, vergessen.)
Zar Iwan ließ 2 Brüder dieser Familie, Jakob und Gregor, zu sich kommen; beriet; und erteilte ihnen dann Schenkbriefe über weiteste Gebiete. Erlaubte ihnen, Block-Forts anzulegen, auf eigene Kosten Krieger & Geschütz zu halten, zu verhören und zu richten. Ergo machten die Stroganows ihr Baargeld ‹flüssig›; mieteten sich fleißige Bauern und Zimmerleute; aber auch die entsprechenden Don'schen Landsknechte : so skrupellos (bzw. ‹klug›) waren sie, daß sie, unter anderen, auch 2 in absentia zum Tode verurteilte Hetmane an sich zu ziehen wußten. Iwan Kolzo, und vor allem ihn, den mächtigsten & verwegensten : den ‹Riesen› Jermak.
Sie schickten ihm Geschenke, und schrieben einen freundlichen Brief; sie redeten ihm zu, das eines kristlichen Kriegers unwürdige Räuberhandwerk aufzugeben, und brave Soldaten des Weißen Zaren zu werden; sie schrieben :
»Wir haben Festungen und Ländereien; wir haben keine Mannschaft. Kommt! Und helft uns, Groß-Perm zu schützen, und die östliche Grenze der Kristenheit.«
Sie kamen; 840 Krieger unter Anführung Jermaks (»unbekannten Geschlechts : aber von vornehmem Gemüth«), er strebte nach Ehre, die Meisten nach Beute – bereits auf dem Hinmarsch schlugen sie am 22. Juli 1581 den heidnischen Mursa Beguli, der ihnen den Weg verlegen wollte, aufs Haupt, und nahmen ihn gefangen. Dann zogen sie aus, in die Richtungen, die ihnen die Stroganows, eine nach der andern, anwiesen.
Vier Tage lang schifften sie die reißende Tschussowaja hinauf,

bis zur ural'schen Kette, unter den Schatten überhängender Felsen hin; und zwei Tage längs der Sserebränaja, was sie an den sogenannten ‹Sibirischen Weg› brachte. Sie hielten an, und erbauten eine Erdbefestigung. Sie sahen nur Wüsten und wenige Einwohner, wie zu Zeiten Herodots. Allmählich sammelten sich Tataren, bis ihrer Zehn-Tausend waren : Jermak griff sie an, und schlug sie. Sie sammelten sich erneut : Jermak schlug sie erneut. In der dritten Schlacht am Irtysch, am 23. Oktober 1581, hatte er nur noch 500 Mann, Kosakken, Lithauer und einige-wenige Deutsche (!) – er siegte wiederum; obwohl 107 seiner Leute fielen : noch heute wird für sie in der Domkirche von Tobolsk am Jahrestage jener Schlacht gebetet. (Jermak hielt seine Leute aber auch, wie die Chronisten einhellig zu rühmen wissen, in musterhafter Ordnung; weder Unsittlichkeit noch Ungehorsam wurden geduldet.)
Im nächsten Jahre fuhr er den Irtysch abwärts; die seltenen Anwohner schwuren, ihm den – notfalls bluttriefenden – Säbel küssend, Rußland den Untertaneneid. In einem Hain stand das berühmte Bild des Götzen RATSCHA, den man um Rettung vor den furchtbaren Eroberern flehend umtanzte : Jermak nahte sich *» unter Donner «*, und die Priester flohen in das zobelige Dunkel ihrer Wälder. Schon war er bis an den Ob gekommen, dessen Mittellauf zwar schon den alten Nowgorodern geläufig war, dessen Ursprung und Ende jedoch sich im Unbekannten verloren – hier wollte auch Jermak nicht weiter; denn er sah vor sich nichts mehr als kalte Ödeneien, wo selbst im Sommer die Moosrinde der Sümpfe von den glühenden Strahlen der Sonne kaum erwärmt wurde (‹Dawídow-Projekt›!), und wo sich, in den mückenwimmelnden, mit Mammutknochen übersäten Morästen, den Augen das Bild eines rechten Welt-Endes darbot. Mit kriegerischer Musik schiffte man auf dem mächtigen Strome wieder zurück; stets stieg man in Feierkleidern ans Land, um durch Pracht die einwohnenden Nomaden in Staunen zu versetzen.
Nunmehr, nach einigen großen Zügen zurückgekehrt, setzten Jermak und die Stroganows zusammen einen Bericht an den

Zaren auf : wie seine armen und geächteten Kosacken dem Tode hundertfach entgegengegangen wären, und im Namen Krist & des Zaren ein mächtiges Reich mit Mütterchen Rußland vereinigt hätten, solange es GOtt gefallen werde, die Welt stehen zu lassen. Auch daß sie Befehle und Statthalter von ihm erwarteten, denen sie die sibirische Zarschaft übergeben könnten. Mit solchem Schreiben wagte sich der zweite im Kriegsrange, Iwan Kolzo, nach Moskau : der einst verrufene Verbrecher, nunmehr sein schuldig-stolzes Haupt vor der Majestät beugend, ward mit Gnaden empfangen, und, unter dem Geläut aller Glocken, mit dem Namen eines ‹Tapferen Kriegers› geehrt. Den Kosacken ewige Vergessenheit ihrer alten Vergehungen angekündigt; auch Jermak ein ‹Fürst von Sibirien› genannt. (Leider wurde Kolzo, gleich nach seiner Rückkehr, das Opfer eines tatarischen Verrates; alle Einwohner im Süden empörten sich, und nur unter Aufgebot aller Kräfte gelang es Jermak, jene Halb-Mohammedaner wieder leidlich zu befrieden – ‹Janym, janym, bisch Kosack, bisch Kosack› summt wohl heut noch der Russe an der Mündung des Ischim.)
Rastlos sorgte Jermak für sein Land : geleitete Handelskarawanen durch Steppen & Wüsten; unterwarf Ortschaften; wies gefährliche Geschenke an Gold & Jungfrauen zurück. Alt & müde geworden lag er im Zelt, dort wo der Wagai in den Irtysch mündet, mitten in Feindes Land; Regen goß in Strömen, Wind & Fluß rauschten, die Wachen schliefen ein. Kundschafter des Turkvolkes gegenüber machten eine Furt ausfindig, schlichen sich an, und nahmen erst einmal den schnarchenden Posten die Gewehre samt den Patronentaschen – »Kutschiums, des Sultans, Herz fing an zu spielen!«, wie es in der alten Chronik heißt; er überfiel die wie betäubten Russen in der Nacht zum 5. August, und ermordete sie samt & sonders, bis auf 2, die fliehen konnten.
Jermak selbst erwachte vom Klirren der Schwerter und dem Geächze der rundum Sterbenden. Er sprang auf; sah das Verderben, und schlug mit 1 Säbelhiebe alle Angreifer zurück – dann warf er sich, mit zwei Harnischen beschwert, (Ehrengeschenken des Zaren, einer aus Eisen, der andre aus Silber),

in den Irtysch. Das Boot, auf das er zuschwamm, erreichte er nicht; mitten im reißenden Strom ertrank er.
Am 13. August 1584 entstand Geschrei & Gelächter auf der Flußscheibe, unweit des Dörfchens Jepantschinskje : Janisch der Tatar, Enkel eines der dortigen lokalen Westentaschen-‹Fürsten›, erblickte beim Fischfang die Füße eines Menschen im Flusse! An einer Schlinge zog er den Toten aus dem Wasser – : erkannte ihn sogleich an dem herrlichen Panzer, mit dem goldenen Zarenadler auf der Brust; ruderte singend ans Ufer, und rief sämtliche Einwohner des Dorfes zusammen, den entseelten Riesen zu sehen.
Die Tataren versammelten das Volk aller umliegenden Landschaften, um an dem Toten Rache für das durch ihn vergossene Tatarenblut zu nehmen. Sie legten den Leichnam 8 Tage lang auf ein Gerüst, und jeder Vorübergehende schoß 1 Pfeil auf ihn ab; selbst Ostjäken und Wogulen fanden sich von weither ein, um ihr Mütchen zu kühlen. Das währte 6 Wochen hindurch; Raubvögel flogen längst um den Leichnam herum, aber keiner wagte ihn zu berühren. Durch Traumerscheinungen beunruhigt, übergaben die Tataren endlich ihren Todfeind der Erde, unter einer schattenden Fichte; 30 Ochsen und 10 Hämmel wurden beim ‹WAKE› verzehrt; in Waffen und Kleider des Helden teilten sich die Vornehmen der Mursen.
An den Ufern des Irtysch aber lebte der Name des Helden in Liedern, in mündlichen Überlieferungen, in Benennungen von Lokalitäten; auch die ärmste Hütte noch sah Karamsin mit dem Bilde des großen Hetman-Fürsten geschmückt.
So endete der Mann, mit dem die Geschichte Sibiriens beginnt – die 1 der 2 uns noch verbliebenen Hoffnungen der Weißen Rasse.

* * *

Kombinat Schwarze Pumpe　　Moni Raditsch (cand. phil.)
den 26.6.66

Sehr geehrter Herr !

Ich habe Ihre, nicht uninteressante Compilation, betreffend den ‹Riesen Jermak› (in der ‹ANDEREN ZEITUNG›), mit einem bestimmten Nutzen gelesen; und möchte Ihnen einen (Ihnen anscheinend unbekannt gebliebenen) Hinweis nicht vorenthalten – ist es doch eines der Verhängnisse allen Forschens, daß 1 Menschenleben eben nicht ausreicht, um alle Verbindungen, selbst des eignen Spezialfaches, zu anderen Wissensgebieten fruchtbar zu erkennen. –
Es wird Ihnen zweifellos bekannt sein, daß die ‹DEUTSCHEN VOLKSBÜCHER›, späterhin & oftmals Neu-Bearbeitungen, und zwar von Größten Meistern erfahren haben – ich nenne hier nur ‹FAUST›; CHAMISSO'S und TIECK'S ‹FORTUNAT› usw. – und eben auch JUSTINUS KERNER'S (über den ich zur Zeit eine Examensarbeit vorbereite) ‹KÖNIG EGINHARD›; (am leichtesten zugängig über HEIZ-RITTER oder W. HEISE).
Dies Volksbuch nun besteht aus 2, von einem selbst mir noch nicht ganz eindeutig bekannten letzten Sub-Verfasser, recht oberflächlich miteinander verlöteten Schichten, die auch einwandfrei zu 2 verschiedenen Zeiten entstanden sein müssen. Die erste Hälfte hat, wie ich bereits erwähnte, KERNER zu einem seiner bizarren (scurrilen ?) ‹Schattenspiele› gestaltet; wo Kaiser Karl (der Große) & die Seinen, in schon völlig humoristischer Auffassung, (was einmal mehr Rückschlüsse auf die politische & soziale Einstellung des Autors erlaubt), unter verballhornender Verwendung der bekannten EGINHARD:EMMA-Fabel auftreten. Und eben einen zweiten Teil, der ‹Riesen-Kämpfe› im Gebiet der CSR schildert – etwa wie unsre Jungen Pioniere heute die Namen eines Juri Wlassow, Leon Schaputinskij, Boris Schakhlin, Ljebussowa, Protopopoff, Seyffert (Karl Marx Stadt), und anderer Ostblock-Riesen & -Riesinnen verehrend nennen. Ich zitiere kurz, um einen Begriff zu geben – :

‹Zuvor habt Ihr verstanden, daß der Riesenkönig Butsko auf immer & ewig verzich-

tet habe, mit den Böhmen Streit anzufangen – aber dieser Handel gefiel einem anderen Riesen nicht wohl. Dieser war Fürst in der Inneren Tartarei, und so stark, daß er auf einmal 2 Mühlsteine tragen, und jeden 16 Schritte vor sich hinwerfen konnte. Dieser Riese war auch so groß & stark, daß ihm in seinem Nacken alle Wochen 3 Pfund Haare wuchsen, und alle Monate konnte man ihm 30 Pfund von seinem Haupte abschneiden.› (= volkstümliche Metapher für virile Kräfte.) ‹Zu 1-einzigen Schuh brauchte er fast eine halbe Thierhaut, und schlug alle Streiche Roß & Mann übern Haufen. Als er einsmals mit dem Mohrenländischen König gestritten› – (MURAD III. ? / Ich möchte betonen, daß ich mich dadurch nicht filologisch-verbindlich festzulegen gedenke.) – ‹hat er allein so viel Leute erschlagen, daß, wenn man von einem jeden Toten nur 1 Knopf von dem Rocke abgeschnitten, eine solche Menge gewesen, daß man davon 400 Metzen› (nicht ‹Öffentliche Dirnen›, wohl aber die alte, überaus schwankende Maßeinheit) ‹anfüllen können. Er hat Jedem nur 1 Handvoll Haar ausgerauft, und so viel zusammengebracht, daß man den Haufen nicht in einer Stunde umreiten können; als er solchen Haufen angezündet, hat der ganzer 8 Stunden im Feuer gebrannt, wie eine große Stadt brennen mag.›
Die Sage führt ihn dann vor Praha; und die dortigen Bewohner verkriechen sich vor Schrecken; ‹denn die vorigen Riesen waren gegen Diesen nur Kinder. Er konnte von wegen seiner großen Länge nicht durch das Tor eingehen; sondern stieg über die Stadtmauer, und alldorten stieß er mit seiner Stange› – (deren Länge mit großer Genauigkeit bestimmt zu haben, ich mir nebenbeibemerkt schmeichle) – ‹an einen Thurn, auf welchem ein Trompeter› (künftig abgekürzt ‹Tr›) ‹wohnte, der den Tag anblasen mußte : mit demselben Tr redete er zum Fenster hinein, und sagte ihm, wo er nicht von seinen Händen sterben wollte, sollte er dem König auf dem Ratschin seine Gegenwart vermelden, und daß der kommen möge, sich in einen ritterlichen Kampf mit ihm einzulassen. Wie heißest Du, sprach der Tr, und woher bist Du ?; ich habe vorher wohl auch Riesen gesehen, aber so groß lang & stark ist Keiner gewesen, als Du. Já-a, sagte der Riese; es ist auch kein

größerer noch stärkerer in der Welt : darum will ich Euern König tödten, und Euch, sampt dem ganzen Lande mir unterthan machen. › (Dialektisch anfechtbar ; ist eine gewisse innere Logik zweifellos doch vorhanden.) ‹ Über diese Rede erschrak der Tr, und bat, daß er ihm nichts thäte . . . nur fragte er um seinen Namen, Landschaft & Geschlecht. › Ab nun bitte ich um Ihre besondere Aufmerksamkeit ; denn :

‹ Ich bin, antwortete der Riese, der Fürst aus der Inneren Tartarei ; mein Name ist *Scharmack* ; und mich wundert, daß man hier nichts von mir weiß, da mich doch sonst die ganze Welt kennt & fürchtet. › / Ich möchte Ihre, sicherlich kostbare, Zeit nicht über Gebühr in Anspruch nehmen – liegen doch Ihre Interessen, wie ich aus dem ‹ Schriftstellerlexikon der Deutschen Demokratischen Republik › entnommen habe, größtenteils auf anderen Gebieten – dennoch kann ich mich nicht entbrechen, wenigstens einige der bildhaftesten Züge her zu setzen : ‹ Seine Handschuhe waren so groß, daß in einen ein ganzes Spiel Kegel & Kugeln eingingen › ; ‹ der Ring, den er am kleinen Finger trug, war 40 Pfund schwer › ; sein Taschenmesser ‹ dreimal so groß als ein Henkersschwert › ; und ‹ der Riese führte damit solche Luftstreiche, daß es gleich Orgelpfeifen in den Lüften schallte › ; ‹ sein Bette bestand aus 200 Fuder Laub & Heu › ; und ‹ er schnarchte gewaltig . . . so oft er den Odem von sich ließ, fuhr das Eichenlaub in der ganzen Gegend herum ›. (Einen, im weiteren Verlauf der Relation auftretenden ‹ Riesen Millimoth › – ‹ dessen Augenbraunen hatten so viel Haar, daß man damit 12 Sessel auf dem Hradschin hat ausstopfen können › – sowie dessen etwaigen lit. Anschluß an ‹ Melmoth the Wanderer ›, behalte ich mir hiermit ausdrücklich vor.) Jedenfalls heißt es weiterhin im Volksbuche, daß sich ‹ Scharmack taufen ließ, auch im Lande Oberhauptmann wurde, und gar christlich lebte . . . : so lange Scharmack da war, durfte kein äußerer Feind das Land anfallen. › : völlige Übereinstimmung also.

Vielleicht schon zu viel. Ich habe selbstverständlich Nikolaj Michailowitsch Karamsin im Original nachgeschlagen,

und dadurch die Datierung jener zweiten Hälfte des Volksbuches gesichert – daß ich auf Ihren Namen in meiner Arbeit stichworthaft hinweisen werde, versteht sich von selbst.
Ich erlaube mir, Ihnen die letzte Große Rede unseres Staatspräsidenten & ersten Sekretärs des ZK der SED, auch Vorsitzender des Staatsrates der DDR zur weiteren Information beizulegen; und verbleibe inzwischen,

hochachtungsvoll
(Moni Raditsch)

*   *
*

Nachschrift des Verfassers : Ich habe inzwischen – (es int'ressiert mich *schon*) – den ‹ KÖNIG EGINHARD › nachgelesen ; (allerdings nur in SIMROCK's Reihe, Bd. VII ; 's genügt mir). Die Junge Dame (cunt feel) hat zweifellos Recht : es liegt damit der gar nich unspannende Fall vor, daß man der Genesis (viel zu edles Wort) eines unsrer, (im allgemeinen weit überschätzten) ‹ Volksbücher › ein bißchen nachgehen kann. Es muß also um, bzw kurz nach 1600, noch Autoren-Typen gegeben haben, die das, ziemlich unverdaulich gewordene Zeugs, bauchrednerisch, ‹ im Volkston ›, vorzuschuhen verstanden. Oder, noch korrekter : solange's Volk gibt, wird (& muß) es selbstredend ooch ‹ Volksschriftsteller › geben ; und zwar gar nicht etwa schnellfingrije Bösewichte, die die armen Hämmel zu scheeren gesonnen sind ; sondern die, ohne sich deswegen etwelche Mühe geben zu brauchen, einfach genau so – tja, darf man noch ‹ denken › sagen ? – wie das Volk. / Die Geschichte vom ‹ JERMAK › ist übrijens mehrfach, auf verschiedenen lit. Niveaus, bearbeitet worden : PLAWILSCHTSCHIKOFF schrieb, (ebenso wie CHONJÄKOFF) darob ein Trauerspiel ; ja, auch der Deutsche MÜLLER ließ (Berlin 1843, 2 Bde.) den Roman ‹ JERMAK & seine Genossen, oder die Eroberung Sibiriens › erscheinen. / Was die, in Gebelaune, beigefügte Rede angeht, so bin ich seitdem anscheind an irgendeinen ‹ Verteiler › angeschlossen – ich habe aufs grotewohl hineingeschaut; mit dem Ergebnis : daß, wenn man sich die betreffenden Sächelchen links aufstapelte, und rechts die unsrer ‹Großen Parteien› (wie sie etwa anläßlich der diversen, immer überflüssiger werdenden Wahlkampagnen erscheinen), der Große Preis der Vernageltheit überaus schwer zu verleihen wäre. Ich beantrage deshalb, den Druck all dieses, hüben wie drüben wohl meist staatlich subventionierten (dh von unsern Steuergeldern gedruckten) Tinnefs, doch endlich einzustellen : ‹wählen› geh ich so wie so nich mehr.

BLENHEIM

Ein Sommerabend, warm und still, / rauchrot und ackergrau; / der Kaspar vor der Katentür / hockt müd' im starken Tau. / Dicht bei ihm spielt auf Rasengrün / sein Enkelmägdlein Wilhelmin'.

Das Brüderchen, der Peterle, / der kollerte im Sand / was Großes-Rundes, das vorhin / am Bachesrand er fand. / Nun kam er an, und fragte los : / » Was ist das hier ? So rund und groß ? «

Der alte Kaspar nahm's zur Hand; / der Junge stand dabei; / der Alte schüttelte den Kopf, / und seufzte mancherlei : / » Der arme Kerl, und sein Gebein – : / das muß vom Großen Siege sein ! «

» Man find't sie viel im Garten hier, / 1, 2, ein ganzer Hauf. / Oft, wenn ich draußen pflügen bin, / wirft sie die Pflugschar auf. – : / Zehntausend, sagt man allgemein, / müßten's bei Großen Siegen sein ! «

» Erzähl doch, Opa, wie das war ! « / ruft Peter angeregt; / auch Wilhelminchen hoch in's Blau / die Wunderäuglein schlägt : / » Warum kam da das große Heer ? / Und warum zankten sie so sehr ? «

» Alt-England zwang « rief Kaspar laut / » den Franzmann in die Knie ! – / Jedoch worum es letztlich ging, / erfuhr ich richtig nie. – / Doch hieß es damals allgemein, / so müßt's bei Großen Siegen sein ! «

» Mein Vater lebte damals noch / in Blenheim, dicht am Bach. / Das Haus verbrannte, und wir floh'n – / das war ein Weh und Ach ! / Mit Weib und Kind und nackt und bloß; / als Bette nur der Erde Schoß ! «

» Das ganze Land, recht-linker Hand, / verheert mit Feu'r und Schwert; / es starb manch Kind in Mutterleib; / zerborsten Mau'r und Herd. – / Doch hieß es damals allgemein : / so müßt's bei Großen Siegen sein ! «

» Als dann der Gräuel war vorbei, / und als das Feld gewonnen, / da lagen Leichen tausendfach / und faulten in der Sonnen – / doch hieß es damals allgemein : / so müßt's bei Großen Siegen sein ! «

» Wie pries man Herzog Marlb'rough da / und unsern Prinz Eugen ! « / » Ach, ist das bös ! « so hörte man / hier Wilhelminchen flehn. / » Pscht, Schätzchen, still, soso – – Nein nein : / das muß bei Großen Siegen sein ! «

» Und Jeder pries den Herzog, der / so mächt'ge Schlacht gewann. « / » Ja, und was kam dann Gut's davon ? « / fing Peterle jetzt an. – / » Das weiß ich nicht – 's hieß allgemein, : / so müßt's bei Großen Siegen sein ! «

ROBERT SOUTHEY
Übertragung Arno Schmidt

JULIANISCHE TAGE

»Wir Deutschen feiern gern, vielleicht mehr als irgend ein anderes Volk, gewisse Tage, die eine Zeitmaß-Beziehung haben auf uns teure Personen oder Begebenheiten, wie Geburtstage, Jubiläen und dergleichen. Der Meßkünstler, in dessen Augen Verschwommenheit und Willkürlichkeit im Gegensatz zu Schärfe und Festigkeit immer etwas abstoßendes haben, findet einen kleinen Übelstand darin, daß der Grund, warum eben dieser Tag und nicht ein anderer zur Begehung der Feier bestimmt wird, mehr oder weniger von Willkürlichkeiten abhängt: von der Einrichtung unseres Kalenders, der Verteilung der Schaltjahre, von dem Bestehen des Dezimalsystems . . . «

GAUSS an ALEXANDER v. HUMBOLDT; 7.12.1853

1

Ah, meine ‹Julianischen Tage›; wenn ich eurer so gedenke . . . . .
Und der liebenswürdigen, schwärmerischen Leserin fällt es vielleicht gleich wie ‹Italien› ein, so ‹Via Julia› oder ‹Emilia›; »Das weiße Meer ist eingeschlafen, und purpurn steht 1 Segel drauf«; nichts wie ‹Duineser Elegien› und ‹Venezianische Epigramme›? – Nee, nee.
Meistens kommen sie mir ein, wenn ich in den Rasierspiegel zu spähen habe, (beziehungsweise dann anschließend die Borsten aus dem ‹Braun› puste : aschgraues Gestäube.) Oder einen neuen Zaunpfahl tragen soll, 2 Meter 60 lang, Durchmesser die entsprechenden 6 Zoll-und-drüber – das wäre mir früher auch beträchtlich leichter gefallen; o gravitas

gravitatum! Oder eben, präziser: Oh, meine Julianischen Tage! (17350 sind es heute, am 20. Juli 1961, da ich dieses tippe.)
Denn also fährt der große GAUSS in seinem, oben als Motto zitierten, ehrerbietigen Briefe an den damaligen Nestor der naturwissenschaftlichen Forschung fort: »Ich kann nicht unterlassen, übermorgen, den 9. Dezember, in tiefer Rührung einen Tag zu feiern, dessen ergreifende Bedeutung von keiner solchen Willkür berührt wird; es ist dies der Tag, wo Sie, mein hochverehrter Freund, in ein Gebiet übergehen, in welches noch keiner der Koryphäen der exakten Wissenschaften eingedrungen ist: der Tag, wo Sie dasselbe Alter erreichen, in welchem NEWTON seine, durch 30766 Tage gemessene, irdische Laufbahn geschlossen hat.«
Gauß nämlich – den als Eideshelfer anführen zu können schon immer etwas wert ist; es gibt schlechtere, und sie leben mitten unter uns! – führte, unter vielen anderen Registern, auch ein Heftchen, das *die Lebensdauer berühmter Männer in Tage umgerechnet* enthielt. Und ist es nicht auch eine erste nachdenkliche Verfeinerung, wenn ich von HERDER sagen kann: 21663 Tage hielt die Körpermaschine aus; dann .....?

2

Natürlich sind diese ‹Julianischen Tage› längst ‹ein Begriff›.
In astronomischen Rechnungen ist nichts häufiger, als ‹Perioden› aller Art: Mondumläufe und die von Planeten; Lichtwechsel bei veränderlichen Sternen; Anomalien bei kurzperiodischen Kometen; und das beliebte undsoweiter undsoweiter. Gibt es doch z. B. für die Chronologie nichts verläßlicheres, also wichtigeres, als ganze Geschichtsepochen an den Bericht über eine antike ‹Finsternis› anhängen zu können; wo dann sogar die *Stunde* festliegt, und einem gleich hunderte von nun-gesicherten Daten wie reife Früchtchen in den schönen Schoß fallen. Und da hat man sich eben schon

vor Jahrhunderten (Scaliger; 1629), aus Gründen, die jetzt & hier zu weit führten, darauf geeinigt, als ‹Tag 1› den

1. Januar 4713 vor Christi Geburt

anzusetzen; von ihm ausgehend, hat nun also jeglicher Erdentag seine feststehende ‹Nummer›; ob Mohammeds Todestag (8. 6. 632 = 1 952 055), ob Lessings Geburtstag (22. 1. 1729 = 2 352 586), ob irgendein Datum der kommenden Ungeborenen.

Von einer ganz einfachen Kurz-Formel zur Umrechnung kann allerdings nicht die Rede sein; zuviel ist hier, im Lauf jener rund 67 Jahrhunderte, dazwischen gekommen. Kniffliche Fragen wie, ob man vom Jahre ‹1 vor Christi› nun gleich auf ‹1 nach› übergehen, oder aber, logischerweise, erst noch ein ‹Jahr Null› einzuschalten habe; dann die Kalenderreformen, zumal von julianisch auf gregorianisch; dann die ‹Schaltjahre›, bei denen man ja auch aufpassen muß – am flinksten geht es mit zwei kleinen Tabellen, wie etwa den folgenden:

TABELLE 1

	1700	1800	1900
	23	23	24
0	41 971	78 495	15 019
4	43 432	79 956	16 480
8	44 893	81 417	17 941
12	46 354	82 878	19 402
16	47 815	84 339	20 863
20	49 276	85 800	22 324
24	50 737	87 261	23 785
28	52 198	88 722	25 246
32	53 659	90 183	26 707
36	55 120	91 644	28 168

40	56 581	93 105	29 629
44	58 042	94 566	31 090
48	59 503	96 027	32 551
52	60 964	97 488	34 012
56	62 425	98 949	35 473
60	63 886	00 410	36 934
64	65 347	01 871	38 395
68	66 808	03 332	39 856
72	68 269	04 793	41 317
76	69 730	06 254	42 778
80	71 191	07 715	44 239
84	72 652	09 176	45 700
88	74 113	10 637	47 161
92	75 574	12 098	48 622
96	77 035	13 559	50 083
100	78 495	15 019	51 544

Tabelle 2

	Jahre 0	1	2	3
Jan. 0	0*	366	731	1096
Feb. 0	31*	397	762	1127
Mär. 0	60	425	790	1155
Apr. 0	91	456	821	1186
Mai 0	121	486	851	1216
Jun. 0	152	517	882	1247
Jul. 0	182	547	912	1277
Aug. 0	213	578	943	1308
Sep. 0	244	609	974	1339
Okt. 0	274	639	1004	1369
Nov. 0	305	670	1035	1400
Dez. 0	335	700	1065	1430

* in den Jahren 1700, 1800 und 1900 um 1 zu vergrößern!

Mit Hilfe dieser beiden Tabellen kann man zwischen 1700 und 2000 jeden beliebigen Julianischen Tag bestimmen; ein Beispiel : der 18. Januar 1914 entspricht der Nummer 2420151; nämlich :

1912 ist laut Tabelle	=	2 419 402
Jan. aus Jahresspalte ‹ 2 ›	=	731
Monatsdatum	=	18
	Summe:	2 420 151

Die Hilfsmittel, um alle Jahrhunderte zu erfassen, finden sich leider nur an ziemlich entlegenen Stellen (kein Konversationslexikon enthält sie); in C. Wirtz ‹Tafeln und Formeln› findet man S. 172–173 die Werte vom Jahre 0 an; wer noch weiter gehen will, sei auf die ältlichen ‹Syzygientafeln› Oppolzers verwiesen, vermittelst deren man von 4713 v. Chr. bis 3000 n. Chr. jegliche Tagesnummer leicht bestimmen kann.

3

‹Cui bono› wird Mancher fragen; trotz Motto, Gauß und Humboldt.

Je nun; es gibt z. B. kein leichteres Mittel, um etwa den *Wochentag* irgendeines Ereignisses zu ermitteln. Die vorhin erhaltene 2420151 ergibt, durch 7 geteilt, den Rest 6, der dem Sonntag entspricht, (0 = Montag; 1 = Dienstag; usw.).

Selbstverständlich finden Sie in Ihrem Abreißkalender alle Vollmonde des laufenden Jahres; aber gesetzt den Fall, Sie müßten im Dezember 63 geschäftlich nach Kairo reisen, und wollten begreiflicherweise, wenn irgend möglich, die Pyramiden bei Mondschein ‹mitnehmen›? Dann geht man von (irgendeinem; es gibt ihrer ja so viele) Vollmondsdatum aus, sagen wir 2437538,2 (wobei das ‹Komma 2› eine Tagesdezimale ist; also rund 5 Stunden entspricht); die hier zuständige ‹synodische Umlaufszeit› von Vollmond zu Voll-

mond beträgt 29,53059 Tage; durch simple Addierung von 29 solchen Perioden (= 856,4 Tage) findet man, daß der 30. Dezember 1963 eine Vollmondsnacht ergeben wird; (also auch der 1.; übrigens können Unsicherheiten von plus-minus 6 Stunden auftreten, aber das ist für uns glückliche Laien ja völlig belanglos – bestellen Sie getrost für den 29. einen Platz bei der British European Airways.)
Sie könnten sich jetzt auch etwa den folgenden Spaß machen.
– : »Das war eine Nacht!« heißt es im GOETHE'schen ‹Werther› von der vom 9. September 1771. Eine halbe Stunde nach Sonnenuntergang erhebt sich da der Mond hinter dem buschigen Hügel; und beleuchtet dann gefällig die anschließende Abschiedsszene. Da macht man sich ausdrücklich aufmerksam »auf die schöne Wirkung des Mondenlichtes, das am Ende der Buchenwände die ganze Terrasse vor uns erleuchtete«; wandelt leidenschaftlich auf & ab; und »sie gingen die Allee hinaus; ich stand, sah ihnen nach im Mondenscheine, und warf mich an die Erde und weinte mich aus!«; wie es, in prachtvoll ausgewogenem Prosarhythmus gegen Ende der Stelle heißt. – Moment mal!!!
Nehmen wir irgendein Neumond-Datum; meinethalben 2 433 890,7; und verwandeln wir jenen 9. 9. 1771, abends rund 19 Uhr, in ‹Julianische Tage›; das ergibt 2 368 156,8 – und vielleicht legt doch Der oder Jener erschüttert die Querhand vor die Stirn: erst lumpige 65 000 Tage sind seitdem vergangen? (Wo wir doch ‹Rüstungshaushalte› von 90 Milliarden gewöhnt sind!). Aber ziehen wir 2226 der schon genannten synodischen Umläufe von unserm Fixdatum ab; und es stellt sich heraus, daß, leider, »in Wirklichkeit«, an jenem Werther-Abend wenige Stunden zuvor *Neumond,* die haarfein-unsichtbare Sichel bei Sonnenuntergang also mit verschwunden war; und ergo auf keinen Fall das, zu einer kompletten Sturm & Drang Trennung anscheinend unerläßliche, Licht hätte spenden können. ‹Finster wars, der Mond schien helle›: das wollen nun Klassiker sein!
Auf der andern Seite die bedeutende Stelle bei Edward GIBBON, dem Historiker des Byzantinischen Reiches, als er, nach Vollendung der letzten Zeile seines Riesenwerkes, die Feder

ausspritzte : » Es war am Tage, oder richtiger am Spätabend des 27. Juni 1787, zwischen 23 und 24 Uhr, als ich die letzten Zeilen der letzten Seite niederschrieb, und zwar in einem Sommerhause meines Lausanner Gartens. Nachdem ich den Federhalter zur Seite gelegt hatte, schritt ich ein paarmal in einem berceau, einem gewölbten Akaziengange, von dem aus ich das weite Land, den See und die Berge überblicken konnte, auf und nieder. Die Luft war mild, der Himmel heiter, die Silberscheibe des Mondes spiegelte sich aus den Wassern wieder, und die ganze Natur schwieg. Zweierlei Gedanken befielen mich nacheinander; einmal der, daß ich nun endlich meine Freiheit wieder erlangt; der nächste, daß ein alter und doch nicht unangenehmer Gefährte auf immer von mir Abschied genommen. «

Wir wollen nicht auf, und seien es noch so bedeutende ‹ Gefühle › eingehen; die stören beim Rechnen nur; uns interessiere hier lediglich einmal der Mond. Laut Tabellen hatte jener Tag die Nummer 2 373 926,9 (die hohe Dezimale, da es nahe an Mitternacht war); von irgend einem Einheits-Vollmond ausgehend (z. B. 2 438 394,5) erhält man das Ergebnis, daß es damals tatsächlich 2 Tage vor dem Vollmond gewesen ist – Gibbon war ein verläßlicher Mann.

Es gibt noch weit beunruhigendere Betrachtungen hier ! Setzen wir, daß man vom 5000. Tage an leidlich mit Verstand zu lesen fähig sei; dann hätte man, bei einem green old age von 20 000, demnach rund 15 000 Lesetage zur Verfügung. Nun kommt es natürlich ebenso auf das betreffende Buch, wie auch auf die literarische Aufnahmefähigkeit an. Das Kind schlingt seinen dicklichen May-Band in 2 Tagen hinunter (und die schönsten Stellen werden sogar mehrmals genossen); der Mann, tagsüber im Büro, oder hinter Pflug & Schraubstock, druckst, selbst bei bestem Willen; 3 Wochen lang über'm ‹ Witiko ›, den ihm ein sinniger Kollege empfahl. Sagen wir, durchschnittlich alle 5 Tage 1 neues Buch – dann ergibt sich der erschreckende Umstand, daß man im Laufe des Lebens nur 3000 Bücher zu lesen vermag ! Und selbst wenn man nur 3 Tage für eines benötigte, wären's immer erst arme 5000. Da sollte es doch wahrlich, bei Erwägung

der Tatsache, daß es bereits zwischen 10 und 20 Millionen verschiedener Bücher auf unserem Erdrund gibt, sorgfältig auswählen heißen. Ich möchte es noch heilsam-schroffer formulieren :
Sie haben einfach keine Zeit, Kitsch oder auch nur Durchschnittliches zu lesen : Sie schaffen in Ihrem Leben nicht einmal sämtliche Bände der Hochliteratur !
Jaja, die ‹ Julianischen Tage › : wieviel Sonnen haben Sie schon aufgehen sehen ? Wieviel Vollmonde unter ? Wieviel Tage trennen uns-heute von GOETHE's Tod ? Wieviel von Christi Geburt : 1 Milliarde Morgenröten ; oder nur 700 000 ?
» Des Menschen Leben währet 70 Jahre « ? – sagen wir : 25 000 Julianische Tage.

HENOCH, NT, UND KOSMAS

(vgl. die Erzählung ‹Kosmas› in ‹Rosen & Porree›)

Eine bisher noch nicht nach Gebühr herangezogene Quelle zur Erläuterung dunkler oder strittiger Partien der Heiligen Schrift stellt die ‹ Christliche Topographie › Kosmas', des sogenannten Indienfahrers, dar.

Kosmas, der um 550 n. Chr. geschrieben haben mag, unternahm in seinen Mannesjahren weite Reisen; lebte später in Alexandrien; und verfaßte schließlich im Alter, vielleicht als Mönch in einem Sinai-Kloster, die 12 Bücher seiner Chorographie und Astronomie.

Von dem Weltsystem, das er vorführt, gewährt das beigegebene Kärtchen den raschesten und anschaulichsten Überblick. – Die ‹ Innere Erde › ist bei ihm ein Rechteck, halb so breit als lang; ringsumflossen vom Ozean, der sich noch 4 Eingänge in diese Ökumene macht. Außerhalb des Ringmeeres befindet sich noch ein anderer zusammenhängender Kontinent, auf den die Menschen nicht mehr gelangen können, ob sie gleich einst auf demselben wohnten; denn auf der Ostseite befindet sich das Paradies. In den entferntesten Gegenden dieser ‹ Äußeren Erde › erhebt sich, auf allen 4 Seiten, eine ungeheuer hohe Mauer; über ihr das Gewölbe des Himmels.

Zur Erklärung der geläufigen Himmelserscheinungen erhebt sich am Nordrand der Inneren Erde ein zuckerhutförmiger Riesenberg – der ‹ Berg des Nordens › – seine Höhe ist gleich der Länge der Ökumene. Um ihn herum werden – und zwar von Engeln – Sonne, Mond und Gestirne geführt; wobei der Schatten des Berges die Erdnacht ergibt : im Sommer steigt die Sonne bekanntlich hoch; folglich entstehen kurze und helle Nächte, weil sie hinter der schmalen Spitze des Berges nicht lange verborgen bleiben kann. Je mehr sich die Winterszeit nähert, desto tiefer sinkt sie – der Berg wird breiter, folglich die Nächte länger. Die Hypothese ist wirklich mit allem möglichen Scharfsinn ausgearbeitet, und Kosmas weiß auf seine Weise dadurch die Finsternisse zu erklären, die kürzeren Schatten der südlichen Länder, usw. usw.

Zugrunde liegen dem ganzen Weltbild babylonische Vorstellungen, zumal die des ‹ Buches Henoch ›, auf dessen schwierige Stellen nunmehr überraschendes Licht fällt. Wenn Beer in seiner Übersetzung (in ‹ Kautzsch, Apokryphen und Pseudepigraphen ›) merkwürdigerweise auch den Standpunkt einnimmt, man müsse eben » in einer Apokalypse . . . nicht alles verstehen oder übersetzen wollen «, und er, z. B., zu 17,1

» Sie nahmen mich fort und versetzten mich an einen Ort, wo die dort befindlichen Dinge wie flammendes Feuer sind; und wenn sie wollen, erscheinen sie wie Menschen. «

anmerkt : » Was sind das für feurige Dinge, die nach Belieben Menschengestalt annehmen können ? «, so erledigt sich das jetzt sehr einfach : es sind die englischen Sternenführer, die mit den von ihnen geführten leuchtenden Gestirnen identisch, bzw. vertauschbar sind. Oder das unmittelbar folgende, 17,2 :

» Sie führten mich an den Ort des Sturmwinds, und auf einen Berg, dessen äußerste Spitze in den Himmel reicht. «

mit der Beer'schen Fußnote : » Was ist das für ein Wunderberg ? « – er ist eben nichts anderes der ‹ Berg des Nordens › ; wie er schon bei Hesekiel 28,14 erscheint : » . . . auf dem heiligen Götterberge warst Du ; mitten unter feurigen Steinen wandeltest Du umher. « Und letzten Endes ist selbst noch Lukas 4,5 zwanglos so zu erklären, bzw. Matthäus 4,8 ; wo Jesus vom Teufel auf einen sehr hohen Berg geführt, und ihm » in 1 Augenblick « alle Pracht und Herrlichkeit der Welt gezeigt wird : das ist gar nicht, wie etwa J. Weiß hierzu anmerkt, der » naive Versuch, die Möglichkeit solchen Schauens zu erklären « ; sondern der für recht real gehaltene Berg des Nordens.

Zu verweisen wäre weiterhin auf Stellen wie Henoch 32,3, wo Dieser in den Osten der (äußeren) Erde, in den » Garten der Gerechtigkeit «, also das Paradies, geführt wird. 33,2 erscheinen die » Enden der Erde, worauf der Himmel ruht. «

72,5 : ». . . beim Untergehen verschwindet die Sonne vom Himmel, und kehrt, um nach dem Osten zu gelangen, *durch den Norden* zurück«; womit noch 78,5 zusammenzuhalten, wo Mond und Sonne »ihren Umgang durch den Norden machen«. 80,1 erzählt er von den »Führern der Sterne des Himmels«; und weiß 80,6, daß »viele Oberste der Sterne werden ihrem Gebot abtrünnig werden, und diese werden ihre Wege und Beschäftigungen ändern«, wodurch auch Kosmas die irregulären Kometen und Meteore erklärt.

Gelzer hat schon 1905 darauf hingewiesen, daß Kosmas den Text der LXX verwendet haben müsse; die schlagenden Beziehungen zum Buche Henoch scheinen ihm jedoch entgangen zu sein. Dabei drängt sich ja, gerade angesichts des langen Abessinien-Aufenthaltes des Kosmas, die Möglichkeit auf, daß er dort das äthiopische Buch Henoch kennen gelernt und mitgenommen haben könnte; sodaß letzten Endes seine ‹Christliche Topographie› nichts weiter darstellen dürfte, als eine bedeutsame griechische, nicht wörtliche Übersetzung, wohl aber Paraphrase des Henoch. –

Man werte das hier Dargebotene als bloßen Fingerzeig; dic eigentliche Auswertung kann nicht Aufgabe des mit weit abliegenden Studien ausgelasteten Verfassers sein.

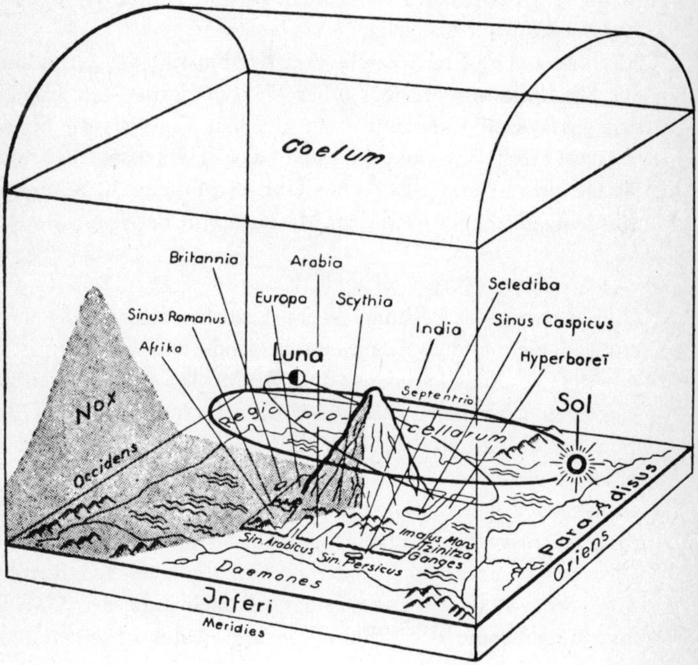
Coelum
Britannia
Arabia
Europa
Scythia
Selediba
Sinus Romanus
India
Sinus Caspicus
Afrika
Luna
Hyperboreī
Septentrio
Sol
Nox
Regio pro-cellarum
Occidens
Para-Adisus
Sin. Arabicus
Sin. Persicus
Imaus Mons
Tzinitza
Ganges
Oriens
Daemones
Jnferi
Meridies

GERMINAL

Vom grossen Kalender

»Nach Entgegennahme und Prüfung des betreffenden Berichts des Ausschusses für Erziehung und Kultur verfügt der Nationalkonvent wie folgt :
Artikel I. Die Französische Ära beginnt mit der Gründung der Republik, am 22. September 1792 alten Stils – im folgenden ‹Sklavenstil› genannt – am gleichen Tage, als die Sonne in das Herbstäquinoktium und das Tierkreiszeichen der Waage eintrat, und zwar um 9 Uhr 18 Minuten 30 Sekunden morgens, gerechnet nach dem Meridian von Paris.«

Und ehe man das bekannte kleine Lächeln erzeugt, oder auch nur resigniert und um eine entscheidende Spur zu historischgebildet die Achseln hebt – à la Ben Akiba : jede politische Umwälzung tendiert anscheinend dazu, von sich aus den Beginn der Welt zu rechnen – sei einiges zu bedenken gegeben.
Man vergesse nie, sobald man den Meterstab zur Hand nimmt oder von ‹Kilogrammen› spricht, daß deren Einführung ihr zu verdanken ist, Unser Aller Mutter – ich sage höflicherweise ‹unser› – ihr, der großen französischen Revolution von 1789. Nicht das war das entscheidende, daß 1 Meter nun ausgerechnet der zehnmillionste Teil des Erdquadranten sein sollte; und auch das wollen wir den Geodäten überlassen, sich nasenhaft darüber zu mokieren, daß man sich damals um 0,02 % vermaß; der Grundgedanke war *der* : Maßeinheiten zu schaffen, die alle Völker der Erde akzeptieren könnten, ohne ihrer nationalen Eitelkeit Eintrag zu tun; folglich wählte man in unübertrefflich maßvoller Einsicht zur Grundlage aller Wägungen das neutrale Wasser; für Längenmessungen lieferte die uns gleichermaßen gemeinsame Erde die Einheit.

Soviel jedenfalls sei vorausgeschickt : die Männer der Revolution waren nicht nur Fanatiker und Dummköpfe !
Als Proben der Urteilsfähigkeit ‹ objektiver Historiker › gebe ich nur zwei sehr bekannte und zugängliche.
Da weiß uns etwa Carlyle in seiner unerträglich ‹ originellen ›, neckisch hüpfenden Weise, die Einführung des neuen Kalenders unschwer zu erklären : » Er ist für den Leser französischer Geschichte nicht das Geringste der ihn betrübenden Vorgänge. . . . 4 gleiche Jahreszeiten, 12 gleiche Monate, jeder von 30 Tagen, macht 360. 5 überzählige Tage wollen wir zu Festtagen machen, ‹ Tagen ohne Hosen ›. . . . Was den Tag des Anfangs betrifft, je nun . . . Und der christliche Sonntag ? : Mag für sich selber sorgen ! « (Und so geht das Gewäsche 2 volle Druckseiten lang fort).
Der erwähnte ‹ christliche Sonntag › leitet auch gleich zwanglos auf den Nächsten über; ich greife in meine Kirchengeschichte (7 Bände mit zusammen 5000 Seiten) und vernehme aus dem Munde des betreffenden Theologieprofessors : » Auch die christlichen Namen verschwanden selbstverständlich aus dem Kalender, und wurden mit heidnischen, aus der Mythologie und dem klassischen Altertum, vertauscht. «
Nach Lektüre der vorliegenden Darstellung mag Jeder die Hand an die Stirn legen und selbst entscheiden, was überwiegt : die Unwissenheit der Herren, oder ihre weltanschauliche Bosheit !
Das allerdings ist richtig, daß die Tage neue Namen erhielten; darauf komme ich noch ausführlich zurück.

In Wahrheit wurde der Neue Kalender natürlich aufs sorgfältigste vorbereitet. Den astronomischen und chronologischen Teil – Frankreich war damals führend, auch in der Astronomie ! – erledigten Lalande, Atheist und Katzenfreund ; Lagrange, Monge, und vor allem der Mathematiker Romme. Politiker saßen selbstverständlich mit im Ausschuß : Frécine, Roger-Ducos, Merlin von Thionville. Für die Nomenklatur war verantwortlich der Dichter Philippe François Fabre d'Églantine – denn damals kümmerten sich die Dichter noch um die Politik !

Und ein unverächtlicher Dichter war Fabre : gebürtig aus Carcassonne (1755), in einem steifen Bürgerhaushalt; dem er folglich entlief; Soldat probierte und Schauspieler (noch heute gilt sein ‹ Philinte et Molière › als eines der besten, ‹ klassischen ›, Charakterstücke der französischen Bühne). Schon früh erhielt er bei den ‹ Blumenspielen › der Dichter zu Toulouse den Preis der ‹ Wilden Rose ›, der Églantine, und fügte sie seitdem seinem Namen zu. Man wußte sehr wohl im Nationalkonvent, warum man gerade ihn zur Neugestaltung des Kalenders heranzog : ein guter linker Mann; sprachgewaltig und naturverbunden – trällerte nicht das ganze Volk sein Liedchen » Il pleut, il pleut, bergère « ? – dazu vor allem fleißig und verläßlich, kein genialer Bummler.

Auch wurde, falls das ihn anderweitig empfehlen kann, die ‹ Wilde Rose › am 5. April 1794 guillotiniert – ein Risiko, das die französischen Dichter zu keiner Zeit gehindert hat, sich um Politik zu kümmern.

‹ September › ? : Was heißt hier September ? ! Einmal ‹ der Siebte › – dabei ist's der *neunte* Monat ! Und was soll uns außerdem der kalt-latinisierende Schall ?

Warum ist in den einzelnen Monaten die Anzahl ihrer Tage derart verschieden, daß das Kind sie sich mühsam einlernen muß ; und auch mancher Erwachsene noch heimlich die Fingerknöchel zu Hilfe nimmt : hätten wir uns nicht wahrlich, bei der rapiden Zunahme des Wissenswürdigen, Wichtigeres einzuprägen als dergleichen antiquierte Schnurren ? Zumal wenn diese Dinge lediglich von unserer Einsicht und unserem Willen abhängen.

Also bekommt zunächst einmal jeder Monat 30 Tage. (Zwölf Monate müssen's freilich sein, des so anschaulichen Mondlaufes wegen ; obwohl an sich fraglos das Dezimalsystem vorzuziehen wäre ; seine Rechenerleichterung ist so groß, daß jede andere Rücksicht zu schweigen hat – dafür wird aber wenigstens jeder Monat in 3 ‹ Decaden › zu je 10 Tagen abgeteilt).

Nun die Namen der neuen Monate – und zumindest kein

Deutscher werfe den ersten Stein : ganz zu schweigen vom Großen Karl, der, ebenfalls des begriffsblassen Latein überdrüssig, mit seinem ‹Windumemanoth› ankam (solch vielgliedriges Steinmaulgeklappe können wir uns freilich rein zeitlich nicht mehr leisten); aber wir kennen ja auch, obwohl arg landschaftlich bedingt, bzw. ‹völkisch eingefroren›, Bezeichnungen wie ‹Hornung› – solche Monatsnamen ergeben sich, im besten Sinne des Wortes ‹organisch›, aus dem Laufe der Jahreszeiten : *darüber* hätten sich die Kritiker lieber lustig machen sollen, daß einer unserer appetitlichsten Zeiträume ‹August› heißen muß (und man betone die *erste* Silbe, um den Widersinn des 2000 Jahre alten, dazu byzantinisch-speichelleckerischen Höflingskalauers voll einzusehen!).

Da das Neue Jahr mit der Herbsttagundnachtgleiche beginnt – und sinnreicher als unser 1. Januar, der gar nichts ist : ‹Sonnenwende› fällt ja 10 Tage früher! – *kann* der erste Monat nichts sein, als ein ‹Vendémiaire›, der Weinmonat, wo der Winzer die Trauben einheimst. Der anschließende – man beachte, daß jedes Vierteljahr seine eigene, bezeichnende Endsilbe führt – ist der ‹Brumaire›; wo der Himmel sich umdüstert, und Dünste, brumes, über die entleerten Felder geistern : genau im Sinne des Storm'schen ‹Oktoberliedes› : »Der Nebel steigt, es fällt das Laub«. Ihm folgt der, schon fonetisch frostklirrende, ‹Frimaire›, wo Reif die Höhen überzieht.

Das Wintervierteljahr (Kennsilbe ‹ôse›) beginnt mit dem flockenstiebenden ‹Nivôse›; der in die schweren Regenfälle des ‹Pluviôse› übergeht; und dieser wiederum in den windigen ‹Ventôse›, der die Winterstürme bringt, die dann vorschriftsmäßig dem Wonnemond weichen.

Denn nun erscheint er, der einzig von ihnen allen noch ein Begriff im Bewußtsein der Gebildeten geblieben ist – dank des großen Zola gleichnamigem Roman – der ‹Germinal›, wo die Saaten keimen. Dann der ‹Floréal›, wo es sprießt und blüht; und der ‹Prairial›, in dem die Wiesen das erstemal geschnitten werden.

Die vollste Zeit des Jahres beginnt mit dem ‹Messidor›, wo

man die Ernte einbringt; dem hitzigen ‹Thermidor› unterm Hundsstern; und schließlich dem ‹Fructidor›, wo der braune Landmann die Früchte von den Bäumen bricht : was will dagegen unser Dummer August ?!

Denn, wie schon der Royalist Lamartine widerwillig bescheinigte : »Die Namen der Monate waren bezeichnend wie ein Gemälde, und vollklingend wie der Widerhall des kräftigsten Landlebens.«

Oder, besser, wie Fabre d'Églantine es rund heraussagte, als er vor den Nationalkonvent hintrat, und in heute noch hinreißender Rede das System seiner Namensgebung erläuterte : »Mit Gründung unserer Republik ist endlich die Zeit gekommen, den Völkern öffentlich darzutun, daß bei uns der Arbeiter – sei es der Industrie, sei es des Feldes – mehr gilt, als sämtliche gekrönten Häupter des Erdballs zusammengenommen!«

Nicht länger waren die Namen verschollener Könige, die Entwicklungsfasen längst bankerotter Reiche, auch nicht die Religionen der Völker, ausschlaggebend für die Maße des Lebens, für die seinssetzenden Stunden und Daten – alles bezog sich auf Ackerbau und Industrie, die ersten und letzten aller Künste.

Denn allerdings erhielt auch jeder einzelne Tag seinen neuen Namen – oder, richtiger : den alten, den er längst hätte führen sollen! Und zwar wurde dieses System befolgt (System muß sein; Zeit zum Chaos hat nur der Schwätzer!) :

In jeder ‹Décade› wurden die Tage 1–4 und 6–9 nach Pflanzen benannt. Der auf 5 endigende (d. h. der 5., 15., 25.) trug den Namen eines Haustieres : also 36 ‹Tage des Tieres›, anstatt unseres heutigen *einen* : wie herrlich weit haben wir's doch schon gebracht! Jeder zehnte Tag erhielt den Namen eines Ackerbaugerätes.

Solche Benennung geschah mit nichten unüberlegt und nach hastigem Belieben : stets wurde wohlbedächtig *die* Pflanze gewählt – gleichviel ob Getreide, Blume, oder Heilkraut – die genau zur betreffenden Jahreszeit blühte; oder geerntet, bzw. verarbeitet wurde. Der 1. Vendémiaire führt also,

ganz logisch, den Namen ‹Traube›; der 10. ‹Bottich›; der 20. ‹Kelter› : wir folgen dem Winzer bei seiner Arbeit!
Ist es nicht sinnvoller – poetisch schöner sowieso! – den 1. Floréal ‹Rose› zu nennen? Oder am 17. Messidor bewußt die ‹Johannisbeere› zu ernten? Es fehlt nicht der ‹Kümmel› (22. Messidor); der ‹Seidelbast› (22. Pluviôse); oder der ‹Spinat› (16. Ventôse).
Im Frimaire, wo die Stämme entlaubt und ihre Gestalten sichtbarer dastehen als sonst in der grünen Tarnkleidung (und wo auch Feuerholz herbeigeschafft werden muß), erscheinen viele der ernsten Bäume; der ‹Wacholder› (9.), die ‹Zeder› (13.), die ‹Tanne› (14.), nicht minder als ‹Zypresse› (17.), ‹Efeu› (18.) und die ‹Olive› (29.).
Im Nivôse ist die Erde kahl und schneebedeckt, die Pflanzen verschwunden : da brennt der ‹Torf› auf dem Herd (1.) oder die ‹Steinkohle› (2.). Hinterm Ofen schlummern ‹Hund› (5.) und ‹Katze› (25.). Selbst der ‹Dünger› fehlt nicht (8.). Da ist die Zeit der Mineralien und Metalle gekommen : ‹Pech› (3.) und ‹Schwefel› (4.); ‹Salpeter› (10.) und ‹Schiefer› (13.); ‹Eisen› (23.) und ‹Kupfer› (24.).
Sorgfältig ist der Neue Kalender durchkonstruiert, mit tiefer Einfühlungsgabe und Würdigung von Naturleben und Menschenwirksamkeit : ein Durchschlagen besten Heidentums!

Wie sorgfältig gearbeitet, *wie* gut und kühn geplant, *wie* tief gedacht war, zeigt sich jedoch erst, wenn man die nächste Seite im ‹Annuaire du Républicain› umschlägt – oder präziser die nächsten 354 Seiten.
Auf ihnen nämlich wird der schlechthin geniale Versuch gemacht, für jeden einzelnen Neuen Tag dem Benützer eine volkstümlich gefaßte, dabei sachlich einwandfreie, Definition und Beschreibung des betreffenden Lebewesens oder Gegenstandes zu geben. Von Pflanzen etwa den Standort, Blütezeit, Verarbeitung, ihre Kraft und Eigenschaft, auch Pflege und Wartung. Ist die Zeit für Sammler des ‹Champignon› (8. Floréal) gekommen, dann handelt der Kommentar 3 Seiten lang über Pilze und deren Verwendung. ‹Eisen›? : dort und

dort in Frankreich wird es gefunden; dergestalt verarbeitet; so schützt man es vor Rost; das und das versteht man unter Stahl.
Denn also sprach Fabre d'Églantine vor den Vertretern seines Volkes : » An jedem einzelnen Tage des Jahres, in der naturgegebenen Reihenfolge wie die Gegenstände auf den Menschen zukommen und er sich mit ihnen auseinanderzusetzen hat, werden kurze und exakte Erklärungen dieses Gegenstandes gegeben; dergestalt, daß jeder Bürger, zu Ende des Jahres, eine erste fundamentale Übersicht über den Stand der Industrie und der Landwirtschaft seines Vaterlandes besitzen kann. «
Das nämlich war der große Grundgedanke : Kalender des arbeitenden Volkes und Fibel der Bürgerkunde vereint!

12 mal 30 macht 360; übrig bleiben 5 Tage, zuweilen 6 : aus ihnen wurden, zu Ende des Jahres und hintereinander, die Feiertage der Nation.
Der erste war der Bürgertugend gewidmet, das ‹Fête de la Vertu›; der zweite ehrte den Geist, ‹Fête du Génie›; der dritte war der Tag der Arbeit, ‹du Travail›.
Der vierte, sehr eigentümlicher Art, bedeutend und tiefsinnig angeordnet vor anderen, war das ‹Fête de l'Opinion› – der Tag der Freien Meinungsäußerung; originell, und dem trokken-geistreichen Charakter der Franzosen völlig angemessen. Eine Art politischer Karneval, bei dem es 24 Stunden lang Jedem erlaubt war, über jede öffentliche Persönlichkeit ungestraft alles zu sagen und zu schreiben : wer nicht öffentlich gebrandmarkt sein wollte, brauchte ja nichts anderes zu tun, als das restliche Jahr hindurch sein Amt unsträflich und tugendhaft zu versehen! Auch diese Idee war durchaus groß und moralisch; viele Mißstände kamen dadurch zur Sprache und so manche peinliche Untersuchung war die Folge.
Der fünfte Tag galt der Verleihung der öffentlichen Belohnungen; an ihm wurden verdiente Bürger geehrt : fleißige Arbeiter; Techniker; Wissenschaftler, die eine neue Entdekkung, Künstler, die ein der Nation Ehre machendes Werk geschaffen hatten – demnach erhoben sich beispielsweise im

Jahre VI (= 1798) die Komponisten Monsigny, Cherubini, Lesueur und Martini auf dem Marsfeld von ihren Plätzen; und wurden, erst vom Directorium, dann vom Herold als ‹ ausgezeichnete Tonkünstler der Nation › ausgerufen (womit, nebenbei bemerkt, ein Ehrensold auf Lebenszeit verbunden war).

Falls der sechste Tag eintrat – man schaltete wesentlich genauer als nach dem ‹ Sklavenstil › – fiel auf ihn das Fest aller Feste, das ‹ Fête de la Révolution ›, an dem man sich in feierlicher Weise der Gründung der Republik und ihrer großen Jubiläen erinnerte; Aufmärsche, zumal der Jugend veranstaltete; sowie Spiele aller Arten.

Allerdings nur 12 Jahre lang rechnete das damals bedeutendste Volk Europas nach seinem Neuen Kalender; nur 12 Jahre lang geschahen folgenschwere Ereignisse am 22. Prairial oder 9. Thermidor. Wer aber die Geschichte jener Jahre nachliest, *muß* mit der Neuen Ära vertraut sein; oder er begibt sich selbst der Möglichkeit sie zu verstehen, nicht nur in (teilweise entzückenden) Einzelheiten und Anspielungen – etwa inwiefern Madame Tallien ‹ Notre Dame de Thermidor › genannt werden konnte – sondern er begreift vor allem nicht Geist und Ton jener Zeit, die selbst uns heutigen soweit voraus war, daß man den Tag in 10 Stunden und diese weiter gemäß dem Dezimalsystem einteilen und neue Zifferblätter für die Uhren anfertigen ließ. Ein Beleg mehr für die Binsenwahrheit, daß die ‹ Aufklärung › – die heute im Freien Westen bestgeschmähte ‹ lumière › – noch nie bisher in der Geschichte die Chance nachhaltig zu wirken bekommen hat, die ihr gebührte.

Alle haben sie, und manche mehr als ein Jahrtausend, Gelegenheit gehabt, sich an ihren Früchten erkennen zu lassen, ob Kirchenstaaten ob Königreiche – nach armen 12 Jahren, am 1. Januar 1806, wurde durch Napoleons Dekret in Frankreich wieder der alte Gregorianische Kalender eingeführt.

Titelbild des ‹Annuaìre du Républicain› vom Jahre II der Republik, mit folgender Erläuterung der Allegorie :

Im Hintergrund der ‹Tempel des Jahres›, dessen Kreisgestalt die periodische Wiederkehr der Jahreszeiten versinnbildlicht. 12 dorische Säulen tragen sein Dach; auf den Kapitälen der uns zugekehrten lesen wir die Namen der schönsten Monate – Germinal, Floréal, Prairial – jeder Säulenschaft trägt, entsprechend den 3 Dekaden des Monats, 3 Kranzleisten mit den Namen der Tage. / Aus dem Tempel tritt die Freiheit, die Vernunft an ihrer Hand, die mit ihrem strahlenden Licht Päpste, Könige und andere, heiliggesprochene Tyrannen verscheucht; geblendet wälzen sie sich im Kot, samt ihren Panieren, auf denen man Namen wie ‹Gregor, Pius, Benedictus› erkennt. / Von links tritt, nunmehr endlich, die Natur herzu, die einen Landarbeiter – auf sein treues Rind gelehnt, in der fleißigen Hand die Sichel – hinführt zu Freiheit und Vernunft. Eine Schar von Bauern folgt ihnen, auf den Schultern Harken, Forken, Dreschflegel und andere Ackerbaugeräte, durch deren Namen das Ministerium für Volkserziehung ebenso sinnreich wie glücklich die bankerotten Bezeichnungen des verschollenen Kalenders ersetzte : weit öffnen Freiheit & Vernunft den solchermaßen Herzutretenden die Tempeltür !

DAS BUCH MORMON

> *Ich könnte mich selber nicht mehr achten, wenn ich von einem Buche hörte, daß von ihm einhunderttausend Stück in der Welt sind, und ich kennte dieses Buch nicht.*
>
> LICHTENBERG
>
> *Die Mormonen haben Recht!*
>
> SCHOPENHAUER

1

Wenn auch vielleicht vor sonst nichts, vor dem einen bin ich sicher : anfällig für Heilige Bücher genannt zu werden.

Aber man verstehe mich recht. Ich weiß sie alle sehr wohl zu würdigen – die feurigen Bässe des KORAN; das in-alls-geduldige Weisheitsgewäsche GAUTAMAS; das große Kompendium jüdischer Kulturgeschichte, das man das ALTE TESTAMENT nennt – aber ich weigere mich standhaft, mit irgendeinem derselben das Wort ‹WAHRHEIT› in Verbindung zu bringen : Wer sich einbildet, im Besitz der Wahrheit zu sein, der hat sie in eben dem Augenblick verloren. Wahrheit ist nichts für uns. Nichts mißlicher, als irgendeine 5%-Klausel des Geistes, und nichts lächerlicher, als wenn ein Profet den andern ‹Schwärmer› schilt; keine ‹Kirche›, sondern grundsätzlich Kirch*en*; keine ‹Heilige Schrift›; wohl aber zahlreiche Heilige Schrift*en.* Also ein – wenn man will, resignierter; meiner Erfahrung nach jedoch recht wohltuender – Agnostizismus als Grundlage; dabei jedoch unermüdlich Jagd auf die eigenen Irrtümer und Wissenslücken machen; und ansonsten eben fleißig arbeiten.

Was in meinem speziellen Fall heißt, Literatur herstellen, oder über sie berichten.

2

Unter allen Heiligen Büchern ist bisher unfraglich am schlechtesten weggekommen das BUCH MORMON (im folgenden abgekürzt BM). Während andere gleichzeitige Sekten, etwa die ‹Babi› oder ‹Bahai›, leidlich ernst genommen wurden, hat man den Mormonen die gleiche Gerechtigkeit fast immer versagt; ob der alte ‹Rohnert›, ob das neueste Fischer-Lexikon, immer, seit nun vollen 130 Jahren, sind wir schlecht informiert worden. Die Berichterstattung in solchem Fall Theologen zu überlassen und auf Objektivität zu rechnen, ist unrealistisch; und man kann auch nachschlagen, wo man will – keiner der Verfasser kann sich der Mühe unterzogen haben, das BM selbst auch nur eingesehen, geschweige denn sorgsam gelesen zu haben; was z. B. ich zweimal (1 Mal in Deutsch; 1 Mal in Englisch) tat – für den Rest meines Lebens freilich werde ich schwerlich Zeit finden, es noch einmal zur Hand zu nehmen.

Die meist prompt verwendeten Ausdrücke erhabenen Abscheus gehen völlig am Kern der Sache vorbei. Wohl ist die Sprache des BM der der BIBEL nachgebildet, aber nicht mit ruchlos-bauchrednerischer Fertigkeit; und die Haarspaltekunst eines mit Vorliebe im Unüberprüfbaren, wenn nicht gar Absurden, lustwandelnden Verstandes ist auch nicht nennenswert größer als anderswo. Wohl kann man das Ganze als eine Haggada zu AT und NT betrachten; und das lokalpatriotische Bestreben, die USA an die christliche Tradition eng anzuschließen, ist unverkennbar. Dennoch wird die gern geübte Herleitung von Spaulding's LOST MANUSCRIPT bestenfalls zum Teil richtig sein; in Wirklichkeit dürfte es sich bei der Abfassung um, wie auch die ‹im allgemeinen gut unterrichtete› ENCYCLOPAEDIA BRITANNICA es nennt, ‹automatic writing› gehandelt haben. Mit anderen Worten : Joseph Smith, auf den das BM zurückgeht, ist (wofür vielleicht auch die sogenannte ‹Deseret-Schrift› sprechen könnte ?) vermutlich ein ‹Schreibmedium› gewesen, wie es die Parapsychologie sattsam kennt.

Aber das alles sind ja letztlich Bedenken 3. und 4. Ranges –

nehmen wir-hier getrost einmal das BM ernst; eine Gedankenwelt für sich, für die das betrübliche Lichtenbergische Motto in erstaunlichem Maße gilt. Man wird nicht schlechter durch seine Lektüre, unbesorgt; und wer nach dem bis jetzt letzten Kriege den Mormonen-Chor singen hörte, wird gern das Urteil von Karl May's Frau unterschreiben : » Man glaubt, überirdischen Gesängen zu lauschen. « –

: » Es liegt im fernen Westen / ein Land so lieb und wert,
wohin manch müder Pilger / sein Angesicht gekehrt.

Auf seinen höchsten Gipfeln / strahlt weiß der ew'ge Schnee;
und lieblich in den Thälern / schläft ruhig auch der See.

Dort haben neue Hütten / sich Lieb' und Treu' erbaut,
und gute-werte Freunde / hab' ich mir dort erschaut....

Wohl will ich gern gedenken / an Freund' und Jugendland;
doch ist's mein Volk im Westen, / wo ich die Heimat fand. «

Das war einst die Nummer 107 im Gesangbuch der ‹ Kirche Jesu Christi der Heiligen der Letzten Tage / Körperschaft des öffentlichen Rechts / Berlin-Dahlem, Am Hirschsprung 60 ›, wie die irgendwie kurios anmutende Anschrift zur Zeit lautet – aber was wäre bei Uns schon nicht kurios ? –

3

Entscheidend für den zetetischen Leser ist ja letzten Endes nur die ‹ poetische Brauchbarkeit › einer Lektüre; mit anderen Worten das, was sie für ‹ Gedankenspiele ›, Interpolationen, Anregungen, hergibt, beziehungsweise wie weit sie Dichter und Schriftsteller anregt.
Bei uns herrscht da, wie billig, unbestritten die BIBEL – » Ruths betrübtes Herz, als heimwehkrank / und tränenvoll sie stand im fremden Korn « (Wordsworth); die vielen KAIN'e, von Byron nicht-angefangen; Klopstock ADAM's

TOD; Bodmers NOACHIDE. Daß der KORAN in dieser Beziehung vielerlei fähig ist, braucht man nicht durch Einkehr bei Hafis'sens oder ‹Omar dem Zeltmacher› festzustellen; ein näheres schönes Beispiel ist May's AM JENSEITS, (obwohl gerade die Mormonen bei ihm übel wegkommen; er hat da mehrere, diabolisch-schöne Schurken – jenun; auch May's Kismet war es, meist schlecht informiert zu sein.) Für die buddhistische Welt mag stellvertretend Gjellerup's PILGER KAMANITA genannt sein; (*ganz* Raffinierte lesen ‹vorher› Indische Liebeslyrik nach). Es bleibt zu untersuchen, ob nicht auch das BM anregend zu wirken vermöchte.

Und ich meine, ich betone es, jetzt also nicht die *äußere* Geschichte des Mormonentums; obschon sich da sehr vieles Interessante anbieten möchte – der große Trek unter Brigham Young nach Utah; das ‹Seemöven-Wunder›; Schauergeschichten von ‹Daniten›· mit 1 Schuß ‹Feme›, Joaquin Miller, ‹The Danites in the Sierra›, (Schauspiel, 1877); Karl Löffler-Tornow, ‹DER GEISTERSEHER; ODER DIE MORMONENBRAUT›; Thomas Dunn English (vgl. POE), ‹The Mormons›, (Schauspiel, 1858); Johann Brandl, ‹Die Mormonen›, (Oper, 1879); Oppermann, in seinen ‹100 Jahren› (1870) hat wohlwollend über die Erscheinung referiert, (Hauptstelle Bd. VIII, Ss. 231–270); eine frühe & ob ihrer kecken Bejahung jener ‹Zustände› merkwürdige, auch ausführliche Schilderung, findet sich in dem umfangreichen Halb-Roman ‹Californien und das Goldfieber› (1863), von einem ‹Dr. Zimmermann› (= W. F. Vollmer); der einen seiner Helden, den deutschen Arzt Franke, mit 3 schönen Schwestern gleichzeitig & mit bestem bürgerlichen Erfolg verheiratet; muß ich erst noch das leckere Stichwort ‹Polygamie› nennen? (Was übrigens so ziemlich das einzige ist, was ein deutsches Normal-Gehirn vom Mormonentum wissen wird. Es sei betont, daß im BM selbst *kein Wort* davon steht; es sich auch nur um ein kurzes Interregnum gehandelt hat, das übrigens sehr-sehr nachdenklicher Aspekte fähig ist: das vorangestellte Wort Schopenhauers bezieht sich eben hierauf. Und das Argument, von dem Pastor Zimmer so entrüstet erzählt hat, daß es eine Utah-Deutsche ihm kühl entgegenhielt: »Pluralismus? Das ist doch etwas schönes. Ich hätte nichts darwider, wenn mein Mann Mormone würde, und noch 1 oder 2 junge Weiber nähme; *da hätte ich es auch etwas leichter bei der Hausarbeit.* «, macht Einen, in seinem naiv-deftigen Realismus, ja unwillkürlich grienen.) Ich beabsichtige also, mich im folgenden rein referierend zu verhalten, und mich auf das BM zu beschränken.

4

Zu dem Zweck sei es erst einmal äußerlich vorgestellt:

DAS BUCH MORMON;

bei der o. a. Anschrift als Taschenbuch zu haben; 2,– die deutsche, 3,– die englische Ausgabe, Vorkasse erforderlich; ich zitiere nach einem englischen Paperback, Utah, 1950; und zwei deutschen Leinenbänden, Basel 1946, und Berlin 1950.

Die erste englische Edition erschien 1830 in 5000 Exemplaren, (und soll heute ein Rarissimum geworden sein); ihren damaligen Preis setzte Smith, einer ausdrücklichen göttlichen Anweisung folgend, auf 1 Dollar 25 fest. 1879 erschien das BM zum erstenmal in Kapitel und Verse eingeteilt, (was bei der BIBEL bekanntlich auch erst im 16. Jahrhundert erfolgt ist), und wofür Orson Pratt, einer der großen Dogmatiker des Mormonismus, wie etwa noch Sidney Rigdon, verantwortlich zeichnet. Ab 1920 dann lag BM in handlicher Zweispalten-Ausgabe vor, mit Geschichtszahlen, Inhaltsverzeichnis, Aussprache der Eigennamen versehen, wie denn der beigegebene Apparat recht ordentlich ist. Der doppelspaltige Index z. B. umfaßt 45 Seiten; und da man es allgemein als ‹gutes Register› anzusehen hat, wenn in einem Buch auf 20 Seiten Text je 1 solche Seite Register kommt, so ist das hier sogar ein ‹bestes›. Als Fußnoten erscheint eine Unmenge von Parallelstellen; die, wie immer etwas gewaltsamen ‹references› fehlen nicht, à la ‹Sind ungetaufte Kinder verdammt? Lies Moroni 8.›, aber das ist ja allgemein Sitte, steht doch auch in meiner

King James Bible vorn drin : ‹ Geschäft geht schlecht ? Lies Psalm 37. › Ein Studium für sich bilden die zahlreichen Verweise auf Bibelstellen; die ‹Verzahnung› ist so gut, wie ein theologisches Gemüt nur immer verlangen kann; daß z. B. Smith am 22. 9. 1827 die ‹ Platten Nephis › im Bühel Cumorah auffand, ist präformiert bei Jesaja 29,4; usw. usw.
Die erste Übersetzung ins Deutsche – es liegen Übertragungen in über 1 Dutzend Sprachen vor – von Taylor & Dykes, 1852, ist mir leider nicht zugänglich gewesen; sie wurde später von Schönfeld neu bearbeitet. Die zur Zeit in Umlauf befindliche stammt von Jean Wunderlich, 1924; sie ist dann, im Jahre 1950, nochmals revidiert worden.
Was dem erfahrenen Übersetzer hier auf den ersten Blick auffällt, ist, daß die deutsche Ausgabe fast genau ebensoviel Buchstaben zählt, wie das englische Original : das gibt es nicht! Infolge der berufenen ‹ Einsilbigkeit › des Englischen ist bei jeder Übertragung grundsätzlich ein Vergrößerungsfaktor anzusetzen, der bei bester Arbeit 1,10 oder ganz dicht darunter betragen *muß* – es gibt kein sichereres Kriterium, ob gekürzt worden ist, bzw. ob der Übersetzer den Text verwässert hat, als solch überschlägiges Buchstabenzählen. Wenn also bei der deutschen Übersetzung des BM dieser Faktor nur 1,00 beträgt, dann ist eben irgend ‹ gekürzt › worden – bei näherer Prüfung ergibt sich, daß die im englischen Text einige tausend Mal biblisch-wiederkehrende Formel ‹ and it came to pass › in der deutschen Ausgabe durch ‹ ( ) › ersetzt wurde; sie ist dadurch erfreulich lesbarer geworden; dem Filologen sind die zahllosen Stellen redlich genug angezeichnet; und die Sache mit dem Vergrößerungsfaktor stimmt auch wieder : wir-anderen Übersetzer brauchen uns nicht zu schämen!

5

Ein erstes Unverächtliches, das den Anregung Suchenden sogleich die Augen angenehm aufsperren läßt, ist das *Namen-Gerolle :* ‹ Lehi und Morianton; Amaleki und Helaman; Zoramiten und Rameumptom; Curelom und Cummom ›; nicht umsonst schrieb schon Schlagintweit : » Man staunt über die Unzahl wohlklingender Namen ! «. Jaja; aber dergleichen ‹ Staunen › ist nur ein anderer Ausdruck für die, eigentlich beschämende, Tatsache, daß 1 Million Menschen in Wortwelten lebt, von denen wir nichts wissen ! Derart miserabel sind wir informiert, daß es, so lächerlich es klingt, eine ausgesprochene ‹ Tat › darstellt, wenn ich eine knappe Synopsis folgen lasse, über den Inhalt des BM und seiner 15 Bücher, mit insgesamt 239 Kapiteln und 6604 Versen :

1. I. Nephi : (22 Kap. / 618 Verse. – 600–575 v. Christi). – 1–16 Lehi, sein Weib Sariah und seine 4 Söhne, Laman, Lemuel, Sam und Nephi, verlassen Jerusalem, und reisen in die arabische Wüste. Lehi's Söhne kehren noch einmal zurück und holen die Heiligen Messingplatten. Weiterreise; der HErr schenkt ihnen die Liahona, den Wegweiser. / 17 und 18 Irreantum oder die Großen Gewässer. Überfahrt durch den Indischen Ozean nach der amerikanischen Westküste. / 19–22 Nephi's Profezeiungen (vgl. Jesaja 48 und 49).
2. II. Nephi. – (33/779. – 575–545 v. Chr.) – 1–4 Lehi's Lehren und Tod / 5 Nephi Führer des Volkes; seine Brüder empören sich, und werden mit dunkler Hautfarbe gestraft = ‹ Lamaniten ›-Indianer. / 6–24 Jakob, Nephi's Bruder, predigt und mahnt (vgl. Jesaja 50, 51 und 2–14) / 25–33 Nephi's Weissagungen.
3. Jakob. – (7/203. – 544–421 v. Chr.). – 1 Tod Nephi's / 2–6 Klagen und Mahnungen Jakobs. / 7 Innere Ereignisse. Sherem. Beginn der Lamanitenkriege.
4. Enos. – (1/27. – ca. 421 v. Chr.) – Kurzchronik. Vers 20 Charakter der Indianer.
5. Jarom. – (1/15. – 420–361 v. Chr.) – Blüte des Nephiten-Reiches.
6. Omni. – (1/30. – 323–130 v. Chr.). – Vers 14–19 Entdeckung des Landes Zarahemla.
7. Worte Mormons. – (1/18. – ca. 385 n. Chr.). – Spätere, redaktionelle Notiz.
8. Mosiah. – (29/785. – 130–91 v. Chr.). – 1–6 Regierung König Benjamins. / 7 und 8 Entdeckungsfahrten; 8,8 er-

ster Hinweis auf die Jarediten. / 9–22 Bericht Zeniffs über die Geschichte seines Volkes. / 23–29 Geschicke Alma's und Mosiah's; Tod der Letzteren.

9. ALMA. – (63/1975. – 91–53 v. Chr.). – Bericht Alma's d. J., des Hohepriesters und Hauptrichters über das Volk Nephi. / 1–7 predigt erfolgreich. / 8–16 Kämpfe mit der gottlosen Stadt Ammonihah / 17–26 Abenteuer der Söhne Mosiah's; Kämpfe mit den Lamaniten / 27–35 Lamanitenkriege / 36–42 Gebote Alma's an seine Söhne Helaman, Shiblon und Corianton / 43 und 44 Moroni's Kampf mit den Lamaniten / 45–62 Helaman's Bericht über das nephitische Volk, seine Spaltungen und Kriege. / 63 Emigration zahlreicher Nephiten nach dem nördlicheren Nordamerika.

10. HELAMAN. – (16/497. – 52–2 v. Chr.). – 1 und 2 Streit um den Richterstuhl. Erstes Auftreten der Gadiantonräuber. / 3 Ausbreitung nach N, bis an die großen Seen / 4–6 Lamanitenkämpfe / 7–16 Profezeiungen Nephi's, des Sohnes Helamans. In 14 sagt Samuel, ein Lamanite, das Kommen Christi voraus.

11. III. NEPHI. – (30/785. – 1 v. Chr.–35 n. Chr.). – 1–7 Nephi's Regierung; Zeichen der Geburt des Heilandes. Innere Zwistigkeiten der Nephiten. / 8–28 Naturereignisse verkünden die Kreuzigung Christi : dessen Erscheinung bei den Nephiten : Wiederholung der Bergpredigt; Einsetzung des Abendmahls; Ernennung von 12 Jüngern, usw. / 29 und 30 Mahnungen des Plattenredaktors Mormon.

12. IV. NEPHI. – (1/49. – 35–321 n. Chr.). – Kurzchronik : 200-jähriges Gedeihen der Kirche Christi; danach jedoch Spaltung und Entartung.

13. MORMON. – (9/227. – 322–421 n. Chr.). – 1–5 Innere Unruhen; sowie Kämpfe gegen Lamaniten und Gadiantonräuber / 6 Endkampf am Hügel Cumorah; Sieg der Lamaniten / 7–9 Moroni endigt den Bericht seines Vaters Mormon.

14. ETHER. – (15/433. – ca. 2280–600 v. Chr.?). – / 1–6 Bericht über die 1. Einwanderung aus Palästina nach den

USA / 7–15 Entwicklung des Reiches; Kämpfe; auch hier letzte Schlacht bei Cumorah. – Ethers Schlußwort.

15. MORONI. – (10/163. – 400–421 n. Chr.). – 1 Moroni's, des letzten Nephiten, verlassener Zustand / 2–9 Lehren und Ermahnungen an die kommenden, noch Ungeborenen / 10 Abschiedsworte Moroni's; er versiegelt den Bericht. –

Zweierlei wäre zu ergänzen. Einmal, daß – es wird keinen Kenner Heiliger Schriften Wunder nehmen – auch hier Bücher verloren gegangen sind, z. B. die mehrfach zitierten Profeten Zenos und Zenock. Und endlich, daß man sich eine unangenehm-breite Hintertür durch die These offen gelassen hat, es seien noch nicht alle Platten ‹entsiegelt› – das mag geübten Klerikern akzeptabel sein; meinem geringen Gefühl nach freilich beginnt bei dergleichen filologischer ‹Moorboden›.

6

Heut & hier sei nur auf zweieinhalb Themenkreise rasch hingewiesen. Zunächst das I. Buch NEPHI; und die Besiedelung Amerikas in drei Wellen von Palästina her.
Um das Jahr 597 v. Chr., da Zedekia König in Juda war, lebte ein frommer Jude, namens Lehi, mit seiner Groß-Familie in Jerusalem. Ihm wurde ob der ‹politischen Lage›, bekräftigt durch einige unangenehme Gesichte, mit Recht allmählig mulmig – man vergebe mir meine Ausdrucksweise; aber beim Stichwort ‹Emigration› wird man immer allzufatal an ‹unsere› Zeit erinnert. Lehi zog also vorsichtshalber ‹davon›; etwa am Roten Meer hinab, südostwärts – ‹Gesichte vom Baum, vom Fluß, und von der Eisenstange› – der eigentliche Held ist sein jüngster Sohn Nephi, der die Beschriftung der geheimnisvollen ‹Platten› eifrig fortsetzt. Eine der netten Episoden ist die ‹Liahona-Sage›, (ein Stichwort, das befremdlicherweise im Register fehlt; man muß unter ‹Kompaß› nachschlagen).

I. NEPHI, 16,9 ff. : »Und es geschah, daß die Stimme des Herrn in der Nacht zu meinem Vater sprach, und ihm befahl, seine Reise in die Wildnis am nächsten Tage fortzusetzen. / Und als mein Vater des Morgens aufstand und vor die Tür des Zeltes ging, sah er zu seiner großen Verwunderung auf der Erde eine seltsam gefertigte Kugel aus feinem Messing. In der Kugel waren zwei Spindeln; und die eine zeigte uns den Weg, den wir in der Wildnis einschlagen sollten. / Und wir brachten alle Dinge zusammen, die wir in die Wildnis mitnehmen sollten, und alle übrige Speise, die der Herr uns gegeben hatte; und wir sammelten Samen jeglicher Art, um ihn mit uns in die Wildnis zu nehmen. / Und wir nahmen unsere Zelte, und brachen über den Fluß Laman in die Wildnis auf. / . . . . . / Und wir hielten uns dort viele Jahre auf; ja, wir blieben 8 Jahre lang in der Wildnis. / . . . . . und wir sahen das Meer, welches wir ‹Irreantum› nannten; das ist verdolmetscht, ‹Viele Gewässer›. «
Dort also baut Nephi Fahrzeuge; gerät mit ihnen in die, tja, ‹Wir vom oberschichtlichen Bewußtsein› würden sagen ‹Westwindtrift der Südhalbkugel›; und landet endlich, 589 v. Chr., im ‹Lande der Verheißung›, das ungefähr dem heutigen Peru entsprechen wird, (es kann aber auch Chile sein; die mormonische Geografie scheint, und nicht nur, was dieses spezielle Contra-Kontiki anbetrifft, noch sehr im Argen zu liegen.)
Natürlich empören sich, es ist ja ein uraltes Märchen-Motiv, die älteren Brüder gegen den genial-Jüngsten; und nicht nur während der, an die Nerven begreiflicherweise einige Anforderungen stellenden, langen Überfahrt (= Columbus-Parallele); sondern auch bald nach der Landung. Der HErr schlägt sie jedoch prompt ob ihrer Versündigung & Bosheit; straft sie mit ‹dunkler Hautfarbe› und überhaupt ‹Verwilderung allgemein› : und so wird im BM die Entstehung der Indianer erklärt. Und ehe man das Anthropologenhaupt noch allzusehr schüttelt, möchte ich dies zu bedenken geben, daß Herkunft & Ursprung der Indianer seit der Entdeckung Amerikas sogleich zu einem der ganz großen Rätsel der Ethnografie geworden waren. Nomaden; von braun-roter Hautfarbe; mit

considerablen Hakennasen; seltsam wohlredend, ‹in Zelten›; ‹mound-builders› nicht minder, als unangenehm-geschickte ‹Skalp-Nehmer›.
»Sebulon wird an der Anfurth des Meeres wohnen«, (alles GENESIS, 49 jetzt) : waren nicht den ersten Weißen, ob Captain John Smith seine Pocahontas, ob den Pilgrim-Fathers ihr Massasoit entgegengekommen? / »Dan wird eine Schlange werden auf dem Wege, und eine Otter auf dem Steige, und das Pferd in seine Fersen beißen, daß sein Reiter zurückfalle« : kann man das Anschleichen der Roten gegen die ihnen fremdartig-berittenen Weißen viel präziser schildern? / »Gad wird gedrängt werden von Kriegshaufen« : wie oft hat man nicht reguläre Truppen gegen sie aufgeboten. / »Benjamin ist ein reißender Wolf; des Morgens wird er Raub fressen, und des Abends wird er Beute austeilen.« / »Naphtali ist ein schneller Hirsch, und gibt schöne Rede.« / Und nun brauchten nur noch ihre Sprache unverständlich gemacht, und sie über die Fläche der weiten Erde hin zerstreut worden sein; was bekanntlich anläßlich Etemenankis Bau geschah. / Und von den ‹10 verlorenen Stämmen Israels› ist auch mehrfach die Rede. / Und wer jetzt immer noch zweifelt – es kann fast nur noch ein Böswilliger oder ein Unsinniger sein! – der schlage Psalm 68,22 auf : »Ja; GOtt wird den Kopf seiner Feinde zerschmettern; den Haarschädel derer, die da fortfahren in ihrer Sünde.« (Und wer, rassestolz, von ‹orientalischer Grausamkeit› murmeln möchte, möge bedenken, daß auch das westgotische FUERO JUZGO von der Strafe des ‹capillos et cutem detrahere› weiß.)
Auch ist die Theorie alt; und das BM nur eine letzte, nicht unbedeutende Zusammenfassung. Man kann davon schon im SIMPLICISSIMUS lesen, oder in LESSING's Rezensionen; der Erfinder war ein sicherer MONTEZINIUS, und die erste Veröffentlichung darüber die SPES ISRAELIS des MANASSE BEN ISRAEL, Amsterdam, 1650. Ich will mit solcher kleinen Gelehrsamkeit nur das Eine festhalten : die ‹Lamaniten› des BM sind nicht halb so absurd, wie Andersgläubige, die dafür wieder *ihre* Spezial-Grillen haben, uns einreden möchten. Und auch *der* Gesichtspunkt ist ja noch zu berücksichtigen, daß es

sich um den ehrenhaft-pfiffigen Versuch handeln könnte, dem neuen großen Kontinent lokalpatriotisch die entsprechende Ahnenreihe zu verschaffen. (Wenn dann allerdings gleich wieder das Vorwort zum BM behauptet, die Geschichte Amerikas sei darin ‹foretold› – I. NEPHI, 13 soll hinweisen in Vers 12 auf Columbus; 16 auf die Puritaner; 17–19 auf den Revolutionskrieg von 1776–83 – so heißt das bei einem 1830, also einwandfrei ‹hinterher›, erschienenen Buch, die Backen etwas voll nehmen.) –

Im Laufe der langsamen, ausführlich abgeschilderten, weiteren Kolonisation treffen die Nachkommen Nephi's noch zweimal auf andere Palästina-Emigranten; OMNI 1 und ALMA 27 ein Volk im Lande Zarahemla; und endlich, eine letzte großartige Perspektive aufreißend, wird ein BUCH ETHER aufgefunden. Nämlich der auch aus der GENESIS bekannte Jared zog mit seinen Brüdern, so um die Zeit von Sintflut und Turmbau, nach Nordwesten, also Europa; gelangt an die Meeresküste, (unter der man sich die Bretagne oder meinethalben auch Irland vorstellen mag); und also spricht der HErr (ETHER, 2,16 ff.):

» Machet Euch an die Arbeit, und bauet Fahrzeuge nach der Weise, wie Ihr sie bisher gebaut habet . . . Und sie waren klein und leicht auf dem Wasser, ja so leicht wie ein Vogel. / Und sie waren auf eine Weise gebaut, daß sie außerordentlich dicht waren, sodaß sie das Wasser hielten, wie ein Gefäß. Und der Boden und die Seiten derselben waren spitz; und der Oberteil dicht wie ein Gefäß; und sie waren so lang wie ein Baum, und die Tür war dicht wie ein Gefäß, wenn es verschlossen ist. / . . . / Denn sehet, Ihr sollt wie ein Walfisch inmitten des Meeres sein. « Leuchtende Steine werden halb gefunden, halb hergestellt, zu Lampen während der Überfahrt; » und er brachte die Steine, welche bereitet waren, in die Fahrzeuge, einen in jedes Ende derselben; und sehet, sie gaben den Schiffen Licht. / Und so ließ der HErr die Steine in der Dunkelheit scheinen. / . . . / Und viele Male wurden sie in den Tiefen des Meeres begraben wegen der Wellenberge, die über sie hereinbrachen; und auch wegen der großen und schrecklichen Stürme, die durch die heftigen Winde ver-

ursacht wurden. / . . . / Und so wurden sie fortgetrieben; und kein Seeungeheuer konnte sie zerbrechen, und kein Walfisch konnte ihnen schaden. «
Und das ist ja doch wohl wieder ein unverächtliches Bild : hohle Einbäume (wie sie auch der Norden von WIELAND DEM SCHMIED her kennt); erhellt von leuchtenden Kristallen; rundum » the raging deep in darkness «. (ETHER 3,3).

7

Die Geschichte der anschließenden Ausbreitung wird ETHER 15,20 in die wohl für alle ‹Pioneers› gültigen Worte zusammengefaßt : » Sie schliefen auf ihren Schwertern. « Endlosverwirrende und verworrene Kreuz- & Querzüge von A bis Z; ‹Die Schlacht am Berge Riplah›; kleine & große Städte werden gegründet : » und das Volk im Lande nordwärts wohnte in Zelten und Häusern aus Zement, und sie ließen die Bäume stehen, die auf der Erde wuchsen « (HELAMAN 3,9), » und Mosiah ließ einen Turm neben dem Tempel bauen; ja, einen sehr hohen Turm, so hoch, daß man von seiner Spitze das Land Shilom . . . übersehen konnte. « (= Wolkenkratzer; MOSIAH 11,12). Und die Geschlechter werden im Verlauf der Jahrhunderte in der bekannten Weise sachlich & unerbittlich ‹umgelegt› : » Coriantur war der Sohn Morons. / Und Moron war der Sohn Ethems. / Und Ethem war der Sohn Ahas. / Und Aha war der Sohn Seths. / Und Seth war der Sohn Shiblons. / usw. usw. «. Und ‹Richter› werden eingesetzt; alles konsolidiert sich, Maß & Gewicht : » und sie rechneten folgendermaßen : 1 Senine Gold, 1 Seon Gold, 1 Shum Gold, und 1 Limnah Gold. / 1 Senum Silber, 1 Amnor Silber, 1 Ezrom Silber, und 1 Onti Silber. / 1 Senum Silber hatte denselben Wert wie 1 Senine Gold; und ein jedes entsprach an Wert 1 Maß Gerste. « (ALMA 11,5 ff. – Dieser Alma trägt Moses-Züge; Jenem auch darin gleich, daß in seinem Buch sein eigener Tod berichtet wird. Niemand sieht ihn sterben; er verschwindet; ‹kings should disdain to die, and only disappear›.) Und schon wieder greifen die Lamaniten an, »und sie kamen im Norden des Landes Shilom mit ihren zahlreichen Scharen herauf; Männer, mit Bogen, Pfeilen, Schwertern, Krummschwertern, mit Steinen und Schleudern bewaffnet; und sie hatten ihre Köpfe kahl geschoren und hatten einen ledernen Gürtel um ihre Lenden gegürtet« (MOSIAH 10,8); aber, wie bereits geklagt, selbst scheinbar so instruktive Stellen wie ALMA 22,27–34 verdeutlichen die Geografie des BM nur wenig – hier wäre ein schönes Tätigkeitsfeld für einen geduldigen Detektiv-Filologen. Daß es Alles in ‹Gods own Country› lokalisiert sein muß, entliest man schmunzelnd vielen Versen : »Sehet, dies ist ein auserwähltes Land; und die Nation, die es besitzet, wird frei von Knechtschaft, Gefangenschaft, und von allen anderen Völkern unter dem Himmel sein« (ETHER 2,12; vgl. auch ALMA 46,17; »No kings to rule America! – Read II. NEPHI 10,10«.).

Wie sehr der HErr seine ‹Neue Welt› als dem Heiligen Lande mindestens gleichwertig erachtet – wenn er es nicht gar bevorzugt? – mag man aus etwa II. NEPHI 10,3 entnehmen : »Daher ist es notwendig, wie ich Euch gesagt habe, daß Christus – denn in der vergangenen Nacht sagte der Engel zu mir, daß dies sein Name sein sollte – unter die Juden kommt, zu dem boshafteren Teile der Welt, und sie werden ihn kreuzigen«; und wie man aus der chronologischen Notiz, untenrechts auf der Seite, ersieht, handelte es sich bei solcher ‹vergangenen Nacht› um eine »zwischen 559 und 545 v. Chr.« Woran sich zwanglos MOSIAH 3,8 ff. anschließt; wo dann schon ‹Maria› bekannt ist, und man ab 124 *vor* Christi den Namen ‹Christen› annimmt, womit ich bei dem letzten, gewiß noch Mehrere interessierenden Themenkreis angelangt wäre.

8

Schon aus der Inhaltsübersicht wird man ersehen haben, daß das III. Buch NEPHI, das die Jahre 1 vor bis 35 nach Christi umfaßt, eines der bedeutendsten sein muß. Eindrucksvoll

wird geschildert, wie man in den USA an Omina, Wunderereignissen, Lufterscheinungen spürt, was sich drüben, in Palästina, abspielt : » Denn sehet, beim Untergang der Sonne trat keine Dunkelheit ein; und das Volk wunderte sich « (1,15); » und auch ein neuer Stern erschien « (1,21); » und sie wußten, daß es der Tag war, an dem der HErr geboren werden sollte « (1,19). Dann erst wieder noch gute 30 Jahre der Gedankenlosigkeit, » das geschah in den Tagen von Lachoneus . . . denn er hatte den Richterstuhl seines Vaters inne und regierte über das Volk in diesem Jahre « (6,19; wohl Pilatus-Parallele. – Man hatte übrigens, wie 2,8 berichtet, mit jener Wundernacht sogleich eine neue Zeitrechnung begonnen.) Nun weiter, ab Kap. 8 :
» Und im 34. Jahr, im 1. Monat, am 4. Tage des Monats, erhob sich ein großer Sturm, desgleichen man nie zuvor im ganzen Lande erlebt hatte. / Es erhob sich auch ein großes und schreckliches Unwetter; und man hörte fürchterliches Donnern, das die ganze Erde erschütterte, als ob sie auseinanderbersten wollte. / Und man sah überaus helle Blitze . . . / Und die Stadt Zarahemla geriet in Brand. / Und die Stadt Moroni verschwand in den Tiefen des Meeres, und ihre Bewohner ertranken. / Und die Erde erhob sich über die Stadt Moronihah, sodaß anstelle der Stadt ein großer Berg entstand. / . . . . . / Aber im nördlichen Lande war die Verwüstung noch weit größer; denn sehet, die ganze Oberfläche des Landes wurde verändert; / und die Straßen wurden aufgebrochen, und die ebenen Wege zerstört, und viele ebene Plätze wurden uneben. / Und viele bedeutende Städte versanken, viele verbrannten, und viele wurden gerüttelt, bis die Gebäude zusammenfielen; ihre Bewohner wurden erschlagen, und die Orte blieben verlassen. / . . . . . / Einige wurden von den Wirbelwinden hinweggetragen, und Niemand weiß wohin; man weiß nur, daß sie weggetragen wurden. « (Hier sei mir die Zwischenbemerkung erlaubt – und es ist mit nichten ein schlechter Scherz ! – daß mir die gleichgerichtete Geschichte vom FLIEGENDEN ROBERT stets die mit Abstand faszinierendste im ganzen STRUWWELPETER war : ich bin im höchsten Grade anfällig für Graues & Windiges; so ‹ riante Gegenden ›,

das ist nichts für mich.) Und nach 3 Stunden Heftigkeiten lagert sich eine Finsternis über das Land, » so daß die Einwohner, die nicht gefallen waren, den Nebel der Finsternis fühlen konnten; / und wegen der Finsternis konnte man kein Licht anzünden, weder Kerzen noch Fackeln; auch konnten sie mit ihrem überaus feinen und trockenen Holz kein Feuer machen, sodaß es überhaupt kein Licht gab. « Ich möchte betonen, daß eine Wendung wie, daß man ‹ vor Finsternis kein Licht machen › könne, durchaus nicht etwa ‹ Höheren Blödsinn › darstellt, sondern eine rechte Feinheit ist, wenn nicht gar der schiere Tiefsinn. Nach solchen Zeichen vernimmt man eine Stimme im ganzen Lande – Christi Stimme; nach stundenlanger Pause wiederum; und so fort, 3 Tage lang.
Nun folgen, Kap. 11–28, die drei Erscheinungen des auferstandenen Heilandes in den USA : » Und als sie verstanden, erhoben sie ihre Augen wieder gen Himmel; und sehet, sie sahen einen Mann vom Himmel herniedersteigen, der war mit einem weißen Kleide angetan; und er kam herab und stand mitten unter ihnen. « Er hält eine erste Predigt, (stark an Matth. 5–7 angelehnt); heilt Kranke; und ernennt sich auch hier 12 Jünger & Apostel : » . . . Nephi mit seinem Bruder . . . der Timothy hieß, und seinem Sohn Jonas, und auch Mathoni und Mathonihah, dessen Bruder, und Kumen und Kumenonhi, und Joremia und Shmenon und Jonas und Zedekiah und Isaiah « (19,4). Dann verläßt er die Nephiten und fährt gen Himmel; kehrt, 19–26, wieder; und ein letztdrittes Mal dann in 27 und 28; (hier allerdings der etwas unheimliche Zug, daß 3 der genannten Jünger, auf eigenen ausdrücklichen Wunsch, nicht den Tod schmecken; sondern bis zum Jüngsten Tage auf Erden wandern und lehren sollen.)
Hier, in Nephi III, wo die meisten der mormonischen Grundlehren verkündet werden, ergäbe sich natürlich für die Theologen andrer Kirchen unendliche Gelegenheit zum ‹ Einhaken › – wie, daß kleine Kinder der Taufe nicht bedürfen, dafür aber Tote quasi ‹ nachgetauft › werden können; 24,8 die Einführung von Kirchensteuern; 18,1–14 Sakramente; Kap. 21 vom Neuen Jerusalem; oder gar ‹ Jenseitsvorstellungen › – alles knifflichte Fragen, über die man sich, wie billig,

bis heute noch nicht einig ist. (Aber, Cave !, das BM weiß notfalls durchaus zurückzuschlagen, falls ein Gegner allzu aggressiv werden sollte. » Und ich sah eine große und abscheuliche Kirche; und ich sah, daß der Teufel ihre Grundlage war. / Und ich sah auch Gold, Silber, Seide und Scharlach, auch feingewebte Leinwand und alle Arten kostbarer Kleidung; und ich sah viele Huren. « Ohlala ! Also I. NEPHI, 13,6 und 7).

9

‹ Genug nun › wird männiglich sagen; ‹ genug berichtet › sage auch ich.
Ein letztes, zusammenfassendes Urteil wäre vielleicht mit den Worten Luthers bezüglich anderer ‹ Apokryphen › abzugeben : ‹ Der Heiligen Schrift nicht gleich zu achten; doch gut & nützlich zu lesen. › Wer will, kann ein ‹ schnurrig & putzig › murmeln; und wer's gar nicht lassen kann, mag von ‹ höllischem Blendwerk › donnern. Und wer *sehr* begeistert sein sollte, kann sich zusätzlich noch die – einiges erläuternden, bzw. ausbauenden – DOCTRINES AND COVENANTS kommen lassen, und die PEARL OF GREAT PRICE; (aber, wie gesagt, erst Vorkasse; beide, in 1 Band gebunden, englisch 2,50, deutsch 5,25. – Und wenn er darum bittet, bekommt er noch ein paar Probenummern des STERN, der Mormonenzeitschrift, gratis zu.)
» Wer dieses liest, möge es verstehen; wer die Schriften hat, forsche darin. « (III. NEPHI, 10,14).

UND ES BLITZTEN DIE STERNE

1

– und dabei haben sie ihn Alle so geliebt, die Besten der Nationen! HERDER wußte Keinen, nach Dem er sich eher hätte nennen mögen; WIELAND veranstaltete vor Begeisterung, in den Fußnoten zum ‹Weisen Danischmend›, ein kleines Privatfeuerwerk, genau im Futatorischen Stil; LESSING's Predigt ist unvergessen, wie Corporal Trim dem abgerissenen französischen Invaliden zwar mehrfach 1 Penny schenkte, allerdings jedesmal, wenn auch immer leiser, dazu sagte : ‹French Dog!›; GOETHE (im ‹Meister›), JEAN PAUL, NIETZSCHE, HIPPEL – aber ich will schließlich nicht ein Schriftstellerlexikon liefern; (dessen ‹Andere Seite›, eine Liste Derer, die ihn *nicht* mochten & mögen, ebenfalls recht interessant wäre : nämlich das ‹Warum?›).
Auch heute noch, nachdem er sich 200 Jahre in der Lesewelt befindet, gilt von

LAWRENCE STERNE
‹The Life & Opinions of Tristram Shandy, Gent.›

das Urteil, daß es zu den 10 größten Büchern gehöre, die bisher in englischer Sprache geschrieben worden sind. Und ehe es auch nur in die nächst-tiefere Dekade rückt, dürften vermutlich noch einmal 100 Jahre vergehen; ein Ergebnis, zu dessen Erreichung schon einiges in einem Buche (*und* im Schädel seines Verfassers) zusammenkommen muß.
Zum Beispiel eine Fülle von mehreren Tausend feinster-neuster Kleinbeobachtungen, die vor ihm noch nicht bemerkt & festgehalten wurden; (aus dem Alltagsleben übrigens, *nur* aus dem Alltagsleben : das ist so 1 der untrüglichen Kennzeichen des wahrhaft großen Schreibers). Oder die ständige Übermittlung des Eindrucks, daß wir in Meeren zu plätschern haben – weniger von ‹Unbegreiflichkeiten›, wie SCHOPEN-

HAUER wollte : das ist eine solche Binsenbemerkung, die vom ‹Schatten an der Höhlenwand›, daß kein Verständiger sich bei dem Tatbestand überhaupt noch aufhält, (höchstens als unruhiger Jüngling ein bißchen, oder als feiger Alter) – wohl aber von absurdester Komik! Weiterhin gehört es zum dauerhaft-großen Buch, daß, durch all das Buchstabengetümmel und die beste Oberflächen-Nichthandlung hindurch, leis' die eine mächtig-schwere Drüsen-Melodey ertöne, die nun einmal einen erklecklichen Sektor unseres Daseins ausmacht : wenn schon die tumb-unbewußte Volks-Sprechweise sich mit S-Anspielungen – ‹S› stehe künftig für ‹sexuell› in all seinen Biegungen – überhitzt ausdrückt : ‹Mehr-Busen, Berg-Rücken; die Straße macht 1 Knie›; wenn schon HERDER (in den ideenreichen ‹Ideen›; und TIECK ergänzte's in der ‹Vogelscheuche›) lächelnd darauf verwies, wie der Blumen-Strauß am Ausschnitt der keuschesten Jungfrau, nichts weiter sei, denn ein Fäustchen schönfarbiger duftender Genitalien, (die die Pflanzen nun einmal stolz her zeigen & hin recken); ja, dann wäre der Schriftsteller, der diesen Ober-, oder wenn man so will, Unter-Tönen nicht Rechnung trüge, ja doch wohl ein ebenso Weltfremder wie Unzulänglicher? – En somme : LAWRENCE STERNE hat uns so große Stücke seiner Persönlichkeit geopfert, indem er sie mühsam zu Papier brachte, daß wir ihm ewig dankbar sein sollten, lasses & lads; denn dergleichen erfordert 3 mal soviel Fleiß, 10 mal so viel Tapferkeit und 100 mal so viel Kunst, als selbst ein gutwilliger Leser sich vorstellt.

Von diesem seinem ‹Tristram Shandy› nun ist soeben eine neue deutsche Ausgabe erschienen (WINKLER-Verlag, München) :

‹*Das Leben und die Meinungen des Tristram Shandy*›

ein schön-flexibler Band von nahe 700 Seiten; auf jenem herrlichen, gelbgrün getönten Dünndruckpapier, das so unendlich wohltätig an die Augen ist, zumal abends, beim Lampenschein. (Schade, daß unsereins, als ‹junger Autor›, das bei den eigenen Büchern nicht mehr erlebt; aber dazu muß man wohl eben mindestens 50 Jahre tot sein.)

Die beiden Nachworte – ein längeres-allgemeines von J. KLEINSTÜCK, und das des Übersetzers-Bearbeiters S. SCHMITZ – garantieren uns Lesern nun ja allerhand ; ich zitiere daraus : » Die in unserer Ausgabe enthaltene Eindeutschung versucht, das englische Original in Bezug auf Wortwahl, Sprachebene, Syntax und stilistische Einzelheiten so getreu wie möglich wiederzugeben, und ist darüber hinaus bestrebt, auch die äußere Gestalt dieses skurrilen Romans zu reproduzieren. « Der Übertragung selbst ist die alte BODE'sche zugrunde gelegt; aber » hier war die Achtung vor dem Originalwerk größer als die vor einer noch so meisterhaften Übersetzung, die sich aus einer anderen geistigen Haltung oft größere Freiheiten erlaubt «. Wahrhaft Goldene Worte (obschon nicht mehr gänzlich neu) ; immerhin hätten wir also was ganz-ganz Köstliches zu erwarten !
Das schon erwähnte ‹ allgemeine Nachwort › ist übrigens bei näherem Zusehen nicht halb so vielversprechend. Wenn ich da von der ‹ Empfindsamen Reise › lesen muß, wie STERNE in ihr zeige, » daß er shandyisieren konnte, ohne die Gefühle einer zartsinnigen Leserschaft zu verletzen « ; dann möchte ich den betreffenden Herrn lediglich einmal darauf hinweisen, wie es im Englischen längst sprüchwörtlich geworden ist, dies ‹ jedwedes Ende einer Sentimentalen Reise ›. Endet doch das schmal-bedeutende Büchlein – übrigens in jeder Beziehung nichts als ein Teilstück im System des ‹ Tristram Shandy › – mit folgenden Worten : ‹ So that, when I stretched out my hand, I caught hold of the fille de chambre's – › –
: nämlich *CUNT !*, mein Herr ; (vgl. PARTRIDGE). Die Liebe Unschuld hat also nicht einmal *das* eingesehen, daß dem ganzen Stück, in stilleren Stunden, auch das ‹ Lesemodell › einer hochsexualisierten Welt zugrundegelegt werden muß : ob ‹ Witwe Wadman ›, ob navarrische ‹ Spitzbärte ›, ob ‹ Nasen ›-Symbolik : überall wird, vor-FREUD-igst, die witzige Wonne der Bi-Nomik eines erzgeschickten Double-Dealers sicht- & hör-bar !
So weit gelangt, wurde an diesem Scheide-Wege, mein Herz dem WINKLER-Band zum ersten fremd. –

2

Seite 591; 29. Kapitel. »‹Putz Er meinen Degen mit einer Bürste und ein wenig Kreide!›. ‹Es soll geschehen wie Euer Gnaden befehlen›, versetzte Trim.« – dieses wäre, (im Sinne meiner langatmig vorausgeschickten Definitionen, wie ein guter armer Autor sich in dieser setebossigsten aller Welten zu verhalten habe), nicht übermäßig witzig. Was steht im englischen Original? »‹T'will be only in Your Honor's way›, replied Trim«: ‹*Er wird Euer Gnaden nur im Wege sein*›. Und das ist ja nun nicht unschnurrig; denn Trim ist selbstredend ein ‹verbesserter Sancho Pansa›, (wer könnte Jenen auch, nachdem er erst einmal erfunden war, *nicht* verbessern?), und weiß, er, ein nüchterner Prakti-Kuß, wo die Empfindsame Reise Onkel Toby's unweigerlich zu enden bestimmt ist –: also auf solche Platitüden muß man bei einer verbessertsten aller deutschen Ausgaben sich gefaßt halten?! –

Was die »äußere Gestalt dieses skurrilen Romans«, die nach Kräften reproduzierte, betrifft, schlage der teilnehmende Leser die WINKLER-Seite 653 auf; wo Trim, nach dem Diktat des pomadig Verliebten, auf den obersten-linksten Rand eines großen-leeren-weißen Bogens widerwillig das Wörtlein ‹Humanität› hinquätscht: *wie schön, wie all-einleuchtend,* ist das in meiner englischen Ausgabe gemacht, wo nun wirklich eine – technisch ganz leicht einzurichtende – Leerseite die, recht begründeten, Widerstände des wissenden Trim, dämonstriert! Ich möchte zusätzlich betonen, wie jeglichem Engländer, er mag wollen oder nicht, vor der bloßen Aussprache des ‹Juhmännitie› etwas wie ‹man› im Ohre mitzuklingen anhebt. Hier sieht das so aus: »*Menschlichkeit* – – – – – wie hier«. Also a) fehlt die optisch so überzeugende, reservierte Reserve-Seite für Trim's 1-Wort-Kritik; b) gehört das närrische »wie hier« selbstverständlich an das Ende des voraufgehenden Satzteiles, und müßte ungefähr mit ‹etwa so› wiedergegeben werden; c) wäre doch die ‹Humanität› zu belassen, denn auch im deutschen wird ja das ‹Juhu: 1 Mann!› erfolgreich akustisch angespielt. Merk's: STERNE's Welt ist im tiefsten Grunde ein pornografisches Lachkabinett! –

‹ Anmerkungen › wäre ein weiteres, sehr berechtigtes Stichwort; ein 200 Jahre altes Buch *kann* von einem heutigen Leser einfach nicht mehr in all seinen, z. T. zeitgebundenen Anspielungen & Speziellst-Witzen sofort begriffen werden – man stelle sich, übertragen, einmal vor : Wer im Jahre 2160 wohl noch ‹ vom Blatt › wissen werde, was ‹ Nitribitt › war (ein Sprengstoff ?), oder der zierlich surrende ‹ Braun › frühmorgens. Gewiß, auf der allerletzten Seite erscheint schon mal 1 Fußnötchen, wie ‹ cock › auch ‹ membrum virile › bedeuten könne; und das sei ab 1730 belegbar : also das ist nun wiederum so armselig, daß selbst ich es, ohne mich deswegen vom literarischen Kontorschemel erheben zu brauchen, dahin berichtigen kann : wie wär's, wenn schon SHAKESPEARE, 1599, auch so ein Meister der Mehrfach-Sinne, es ausgerufen hätte, hah ! : ‹ Pistols cock is up ! › ? (Ganz zu schweigen von FIELD's ‹ Amends for Ladies ›, 1618; in Wahrheit dürfte die neidische Metafer so alt sein, wie die Geflügelzucht der Menschheit überhaupt).

Wie man so was machte – dem willigen Leser durch Anmerkungen zu Hülfe zu kommen; und den Sinn eines so kompliziert gebauten Stückes wenigstens annähernd anzudeuten – will ich an dem Beispiel von S. 102 darlegen ; wo um Onkel Toby's Grundstück größtenteils die Hecke von ‹ rough holly› steht; (WINKLER hat dafür natürlich » üppigen Holunder « ; für die ‹ thick set flowering shrubs › vorn, » dichtes Gebüsch «, was richtiger ‹ gedrungene Blütensträucher › wären; und die Fläche beträgt auch nicht » einen halben Morgen «, sondern, wie man sich jetzt schon denken wird, einen ‹ half acre › : ein Kleingärtner oder Bauplatz-Süchtiger wird den Unterschied zwischen 1200 und 2000 Quadratmetern schon empfinden). Aber zurück zu ‹ holly › : was das ist, weiß jedes Schulkind; was es jedoch nicht wissen dürfte, ist etwa folgendes :

1. durch das ‹ rough › wird die *stechende* Varietät Ilex angedeutet, die man in England gern ‹ he-holly › nennt, und die, vereint mit dem weih-nachtlichen mistletoe, ein beliebtes Orakel abgibt, à la ob in dem kommenden Jahre der stachlichte Mann die Oberhand haben werde ? Und es

handelt sich ja bei all den Sternschanzen & Horn-Werken um ein betont-männliches Wehr-Etablissement.

2. Aus dem holly-Holze wurden damals mit Vorliebe Ladestöcke für Gewehre geschnitten; ein Umstand, der dem Blick der beiden geübten Veteranen mit nichten entgangen sein, sie vielmehr in ihrer Wahl der Lokalität befestigt haben dürfte.
3. Dergestalt umringt von holly, wird jeder Brite auch des anderen trockenen Sprüchworts gedenken, daß ‹die Schwätzer & Fantasten nur fantasierten, wenn der holly grünt› – was der freilich das ganze Jahr hindurch tut. / (Außerdem könnten noch 2 Bedeutungen hier zuständig sein.) –

3

Um der Vermutung zu begegnen, ich hätte lange nach Unzulänglichkeiten suchen müssen, nur ganz schnell ein Bäckerdutzend serviert. / Der »Kitzelfrosch« von S. 232, englisch ‹tickletoby›, hätte ebenphalls ein ‹membrum virile› vertragen. / Das »Hottentottisch« der S. 243 ist im Original ein ‹Cherokesisch›; ‹es trinkt daraus der Cherokese›, sehr wohl : die Willkür der Ersetzung ist durch nichts zu verteidigen. / Die »rotseidenen Beinkleider« (251) sind ein Paar ‹Kniehosen aus carmoisinfarbener Seide›. / Der »liebe Fremde« (277) ist in Wahrheit ‹courteous› also ‹artig› gleich ‹höflich›. / »In einem Monat« (251) heißt ursprünglich ‹that day month›; also zwar 1 Monat später, aber ‹auf den Tag genau›. Die Schildwache examiniert Jenen, auf der gleichen Seite, nicht »am Schlagbaum«, wohl aber – wie man auch aus CRUIKSHANK's klugen Illustrationen hätte entnehmen können – am ‹Stadttor›; und der Abend ist nicht bloß »kühl« sondern ‹cool, refreshing›, ergo zusätzlich auch noch ‹erfrischend›. Daß der Fremde, er par excellence ‹big conk big cock›; »nach Frankfurt reise« wird insofern mißlich sein, als das ja ein Ziel festlegt; es steht auch nur ein ‹was going unto› da, ein ‹auf dem Wege in Richtung Frankfurt›. Und endlich das ‹it grieves me› der Schildwache, das ‹es tut mir leid›, ist mit »es ist doch dumm« ausgesprochen dumm übersetzt. – Das Alles & noch mehr auf 1 einzigen Seite : man sieht vielleicht, daß es sich bei meinen Ausstellungen gar nicht um ein paar Beckmessereien handelt! / 233 gibt STERNE als Grundfärbung des ganzen Buches ‹motley› an; hie »bunt«, weit richtiger aber ‹scheckig›, (beziehungsweise, falls man zum Satzrhythmus 1 Silbe mehr benötigte, ‹gesprenkelt›). / 268 ‹the little objection›, was die Protestanten erheben, ist nicht nur das kümmerliche WINKLER'sche »wenig«, sondern ‹der kleine Einwurf›. / Besonders in den größeren Einlagen, wie etwa der wundersamen Novelle des HAFEN SLAWKENBERGIUS, ist alles schlecht. S. 257 erkundigt sich die erotisch-wohlaffektionierte Trompetersgattin schlicht »Wohin?« – ach nich'doch; der nasen-königliche Fremdling hat doch eben grade S-Fragestellungen herausgefordert, ‹into *what* place?› – ‹an welchen Fleck?›. Ebenso erkundigt sich begierig die Frau Bürgermeisterin ‹To do *what*?› : gerade hier, wo schlechthin Alles erotisch superfötiert ist, ergibt WINKLER's abgesägtes »Wozu?« viel zu wenig; : ‹Um *was* zu tun?!› muß es lauten. S. 276 geht wiederum zumindest 1 der mehreren Sinne verloren, wenn Julia ihren Brief angeblich schließt : »er ((der Kelch des Todes)) wird noch bitterer dadurch, daß ich un –«. Im Original steht das schalkische ‹by dying un-› gleich ‹weh, ich sterbe unge-› . . . : ? : jaja, genau! – Die Fassung des ‹Gedichtes› auf der gleichen Seite ist schier unglaubwürdig platt & mißverstanden :

englisch :	WINKLER :
Harsh & untuneful are the notes of love, unless my Julia strikes the key. Her hand alone can touch the part, whose dulcet movement charmes the heart, and governs all the man with sympathetic sway.	Hart klingt & rauh die Liebesweise, wenn Julia nicht den Ton anschlägt. Nur ihr allein das Lied gelingt, das süß in alle Sinne dringt, des Mannes fühlend Herz bewegt.

Das Silbenmaß stimmt nicht; die Übersetzung hat 1 Zeile weniger als das Original, (wenn's 1 *mehr* hätte, könnte man

das allenfalls begreifen); und wo, frage ich, ist der S-Sinn des ‹touch the part›, dessen dulzflötige Bewegung den ganzen Mann sympathetisch regiert? / (Eine ähnliche sittige Verkennung findet S. 618ff. statt, wo beim Handhaben von Würsten die jüdische Fleischerswitwe ‹held the snout›: ‹ihm das Schnäuzchen hin hielt›.)
Ein ‹groat› ist kein »Heller« (621); dafür gibt es das, den Klang fast genau nachahmende, ‹Groschen› (sogar ‹Bremer Groten› hatte man einst). / Trim's berühmte, stets als Wett-Einsatz benützte, ‹Montero-Mütze› mit »Reitmütze« zu übersetzen, ist abgeschmackt, und beseitigt einen linguistisch-farbigen Begriff. – Mit Zahl & Maß hat der Band, wie schon bei ‹acre› erwähnt, manches Pech: S. 271 sind's nicht »1500« sondern ‹15000› Chaisen. S. 107 kann die Zeitangabe ebenfalls nicht »2 Minuten 13 Sekunden und 3 Quinten« lauten – ‹Tertien› gab es; kommt aber hier nicht in Betracht – sondern ganz einfach ‹2 m 13 3/5 sec.› / 583, »‹Und dann drückte er sie an seine Lippen, Trim›, sagte mein Onkel Toby.«; das sich noch anschließende ‹and madest a speech› ist einfach ausgelassen. Dafür erscheinen an anderen Stellen unverlangte Zugaben; wie S. 106, wo, frei nach ARISTOTELES, zitiert wird, wie ein Mensch, der an Vergangenes denkt, ‹lookeeth down upon the ground›; was, wie uns einzureden versucht wird, heißen soll »wenn er an etwas denkt, was vorbei ist, wieder auf die Erde blickt« – abgesehen von der holprigen Wiedergabe steht von ‹wieder› kein Wort im Original. / 277, »während der Hausknecht sein Maultier anschirrte« – tcha, das tut's leider ‹*wieder*› nicht ganz; denn jener ‹ostler› ist ‹getting ready his mule›, (wie er denn notorisch ‹quick in saddling mules› war; wozu man im PARTRIDGE als Notabene das ‹saddle-cunt› nachsehen möge); also wäre wohl ein ambi-witziges ‹fertigmachen› wesentlich indizierter, als das salzlose »anschirren«. / Muß ich noch erwähnen, wie STERNE's gedankenreiche Interpunktion dezimiert worden ist: die ‹Gedankenstriche› eines Autors von solchem Rang *sind* nämlich welche! Sind stenografierende Mitteilungen des Verfassers, die parenthetisch Gedanken locken, Namen verschlüsseln, heilsam-ergiebige

Stutzungen im Leser hervorrufen, und ihn darauf stoßen sollen, wo ihm etwas zu gefallen hat. In dem hier besprochenen Band freilich wird das so viel besser gewußt, daß sogar Anführungsstriche zugegeben werden, wo das Original nichts davon weiß. Dabei sind die Fehler des Meisters wichtiger-wertvoller-gedankenschwerer, als die Korrekturen des Lehrlings; (selbst wo Dieser einmal ‹ Recht › haben sollte !).
Vor allem aber ist, pausenlos, eines total verfumfeit : der Ton des Ganzen. Dieser herrliche, moussierend-anstößige Nicht-Jedermannston, der gar nicht daran denkt, volkstümlichen Pseudodoxien, und klängen sie noch so respektabel, zu schmeicheln, und die Wahrheit bis zur Unkenntlichkeit zu zerschminken; (ein bißchen ja; dadurch wird all das Getue ja nur grotesker, die habituelle Verlogenheit des Bürgers noch arabesker). Wie nett & spöttlich ist nicht das 'neck-Döntjen von der Äbtissin von Andouillets geraten, der das, darob zur Begleiterin erkorene Novizen-Nönnchen, den Jungfrauenfinger werweißwohin steckte : wie fantastisch-sinnlos der Dialog dieser Beiden – wenn man nicht eben die geheime S-Süchtigkeit der Armen beständig heraushört – und auch das ist hier betrüblich verfehlt. ‹ O my virginity virginity ! cried the abbess. – inity inity ! said the novice, sobbing › : dieses ‹ virginity › mit » Keuschheit « wiederzugeben, bringt sprachlich *nichts* ein. Es muß heißen, entweder

a) ‹ Jungfernschaft › – und Jung-Margareta, ebenso lüstern wie rein, kann das dann nachschluchzen : ‹ -schaft ! Schaft ! ›. / Oder aber
b) man beläßt das latinisierende ‹ Virginität › – na dann stöhnt se halt ‹ -ini tät ! Ini tät ! › –

Aber » -euschheut euschheit ! « ? ? –

4

Genug (und schon zu viel) von einem wahrhaft peinlich herunter-genormten DIN A 4-Produkt randvoller Lacünen & Verkennungen. Die strammen & witzigen Gestalten des Originals treten in einer solchen Ausmergelung vor uns hin; so unsinnig zahlreich sind die reinen Fehler & Mißverständnisse; so schreiend die Disharmonie zwischen Ausstattung und Inhalt, (meinethalben zwischen Absicht und Erreichtem), daß sogar die, auch nicht überwältigende, alte RECLAM'sche Übersetzung noch vorzuziehen ist. Kurzum : *das Ganze taugt nichts !*

Wer, als Deutscher, wissen will, was der ‹Tristram Shandy› des großen LAWRENCE STERNE ist, muß immer noch die englische Ausgabe zur Hand nehmen : soweit sind wir vorgebliches ‹Volk der Mitte› nach nun 200 Jahren immerhin schon geraten, daß man es aussprechen kann, wie schön es wäre, wenn der ‹Tristram Shandy› endlich einmal ins Deutsche übersetzt würde ! –

– : sorry. –

ENTER CONTE FOSCO

1

»Nein, Wilkie; lassen Wir's so! Ich hege nicht den geringsten Zweifel : DIE FRAU IN WEISS *ist der Name aller Namen, ist der Titel aller Titel!«*

CHARLES DICKENS an WILLIAM WILKIE COLLINS

Das wird schon ein Schauspiel gewesen sein, wenn er, seine Kinder haben's berichtet, sich abends dann vom Schreibtisch erhob, und auf schwerfälligen Gichtbeinen zur Treppe stapfte. Plötzlich stehen blieb, und die dicke gedrehte Holzsäule bösartig fixierte – : »Drop it!«, versetzte er scharf; »ich *denke* nicht daran.« Lauschte dem, was der untersetzte Mahogany-Kerl zu proponieren anscheinend nicht unterlassen konnte – : ? – dann lachte's leis' & verächtlich aus dem Riesen-Vollbart : »– of corpse.«; (er sprach das englische ‹natürlich›, wie's dem Großmeister des Krimi ja wohl auch ansteht, grundsätzlich so). Kamen aber schon neue Phantome die Stufen heruntergerempelt; Manche ließen sich ja zur Seite schultern; Andere aber grüßten, oder flaxten ihn gar an – tja, und da dauerte es eben allabendlich eine ganze Zeit, eh' WILKIE COLLINS so ins Bette kam. –

Am 8. Januar 1824 war er in London, als Sohn eines mittelmäßig bekannten Landschafts- & Genre-Malers geboren. Ein schwächlicher Junge, den seine Eltern deshalb 37 mit nach Italien nahmen; zumal Rom hat den tiefsten Eindruck auf ihn gemacht, (und in jedem seiner Bücher kommt ‹folglich› irgendwas ‹italienisches› vor). Nach England zurückgekehrt, gab man ihn als Volontär in eine Tee-Firma; aber der ‹kaufmännische Angestellte› behagte ihm ebensowenig, wie die anschließend 5 Jahre lang betriebene Ausbildung als ‹barrister› in Lincoln's Inn. Nominell hat er die Approbation als Rechtsanwalt erhalten; praktiziert jedoch so gut wie nie –

einzig für seinen eigentlichen ‹ späteren Beruf › hat er allerlei davon brauchen können.
Dieser Beruf ergab sich relativ rasch & organisch : als sein Vater 1847 starb, schrieb er, wie vereinbart, dessen Biografie – er verstand selbst etwas von Malerei; 49 ist sogar ein Bild von ihm in der Royal Academy ausgestellt worden – und die wohlwollende Aufnahme der soliden, materialreichen Arbeit ermutigte ihn, gleich noch einen Roman zu versuchen, ‹ ANTONINA, oder der Fall Roms ›; (‹ Rom › : was hab'ich gesagt ?). Ein mittelmäßiger Erstling; (mit dem er sich wohl auch nur einige Vergangenheiten vom Halse schrieb); er hat, typischerweise, nie wieder einen ‹ historischen Roman › vorgelegt : immerhin konnte er beschließen, bei der Schriftstellerei zu bleiben. 1848 hatte er das, für ihn als Mensch & Künstler entscheidende Glück, einer der besten Freunde des großen CHARLES DICKENS zu werden. Nicht nur, daß man sich häufig sah; Liebhaber-Aufführungen veranstaltete; fleißig korrespondierte; man unternahm auch gemeinsame Ausflüge & Reisen, so im Herbst 53 nach Italien & der Schweiz, (56 wiederum); ja, im Sommer 1860 heiratete COLLINS' Bruder, Charles, sogar Kate, die Tochter DICKENS'.
Noch wichtiger aber, weil uns, die Nachwelt, betreffend, war, daß DICKENS ihn sogleich als Mitarbeiter für seine beiden großen Zeitschriften mit Beschlag belegte, die ‹ Household Words › und ‹ All the Year Round ›. Auch insofern folgte COLLINS dem Exempel des älteren Freundes, als er 73–74 auf endlose Vorlesungs-Tourneen nach Amerika ging; (und ahmte ihm getreulich selbst darin nach, daß er seine zeitlebens delikate Gesundheit endgültig ruinierte). Heimgekehrt hat er dann, in immer zunehmender Zurückgezogenheit, in seinem Haus in der londoner Wimpole Street gewohnt. Seit seinem 35. Jahr schon von rheumatischen Schmerzen gepiesackt, die allmählich unerträgliche Ausmaße annahmen; sodaß er, ohnehin vom Vaterhaus her an mildere Formen der Bohème gewöhnt, zum Opium griff – 67 war die Tagesdosis bereits so stark, daß er damit eine Dinner-Party von 12 unter den Tisch getrunken hätte; (hier ist der 1. Absatz noch einmal nachzulesen).

Die Quellen über-ihn fließen spärlich – können die, notorisch prüden, Engländer es ihm doch scheinbar heut noch nicht verzeihen, daß er ein triolistig-geregeltes Nicht-Hagestolzendasein, mit two molls gleichzeitig, geführt hat : Caroline Graves, (Die kommt gleich); und Martha Rudd Dawson, von der er 3 Kinder hatte; sich auch mit Beiden begraben ließ. – Solchergestalt ist, wie sich's ja auch ziemt, das Leben des bedeutendsten ‹mystery›-writers immer noch eine Art mystery. Gestorben ist er jedenfalls am 23. September 1889; angeblich unter beträchtlichem Wakkeln der mächtigen Stirn; : »... the atoms & the void ...« soll er dazu angemerkt haben. –

2

> »*What brought good* WILKIE'S *genius nigh perdition ? –*
> *Some demon whispered : ‹* WILKIE, *have a mission ! ›*«
>
> SWINBURNE

Bevor ich zum eigentlichen Thema komme – es geht das nicht rasch, wenn das Thema weit über normale Gebühr hinaus vernachlässigt worden ist – einige, doch notwendige, Exkürslein : denn WILKIE COLLINS ist ja mit nichten ‹todt› !
Von modernen Bewunderern nenne ich nur TS ELIOT, RICHARDSON, DOROTHY SAYERS, die dafür eintreten, daß außer dem ‹Mondstein› (67) & der ‹Frau in Weiß› (60), auch ‹Armadale› (68) und ‹No Name› (62) als gleichwertig aufbewahrt werden müßten. Wozu ich evtl. noch die ‹Schwarze Robe› (81) hinzusetzen möchte; vor allem aber ‹Poor Miss Finch› (72); ein nur scheinbar-zerfahrenes Stück, das in Wirklichkeit diverse FREUD'sche Theoreme über ‹Das Unbewußte› & ‹Traumatische Schocks› – ja, ‹vorwegnimmt› wäre unkorrekt; es schildert dergleichen eben.
Rund 30 Bücher hat COLLINS vorgelegt. Mit zum Teil aparten Titeln : ‹Rambles beyond Railways›, (‹To a fat Lady, seen from a train›); ‹Herz-Dame›; ‹The frozen Deep›; ‹Jezebels Daughter›; ‹Kains Nachlaß›; : ‹I say No !›. Und wenn man auch, im Sinn des oa SWINBURNE-Mottos, leicht über ihn & seinen, in späteren Jahren radikalen Feminismus spotten kann –

soll er doch nach Herzenslust ‹metatropisch› gewesen sein! – es ist doch immer in seinen Büchern 1 Schuß Sozialkritik; treffliche Psychologica; und über all-dem eben der finster-windpfeifende ‹COLLINS-sky›, ob der unvergeßliche Friedhof von Limmeridge, oder das Schwarzwasser des Blackwater Park.

Zwar ist *meine* Meinung über ‹Krimis› die, daß es sich dabei um keine sonderlich ernstzunehmende Form der Literatur handelt : ich bin altmodisch; ich bekenne gern, daß mir sowohl ‹beatles›, als auch jene Herrn, die habituell von durchgehenden Rennwagen abspringen müssen, um nur ein bißchen Aufsehen zu erregen, schlicht als ‹Krampfhennen› vorkommen. Ergo muß ein Krimi, um von mir gelobt zu werden, *mehr* sein als dieses : muß ein ‹Weltentwurf› sein; fein säuberlich durch mehrere Jahre hindurch gearbeitet; muß Gedanken enthalten, Erfindungen plus Beobachtungen, portrait-gute Gestalten & Landschaften, kurzum vielviel reiche Alltäglichkeit. Sogar in Filologenkreisen herrscht die Mode, den Krimi auf EDGAR POE zurückzuführen – das ist ein fetter Irrtum. Vermutlich wäre hier – (ich bin kein Fachmann dieses Gebiets; würde mich auch schämen einer zu sein) eher bei SCHILLER'S ‹Geisterseher› anzufangen, oder dem ‹Genius› von GROSSE. Wer mich nach unserm besten *deutschen* Krimi fragt, dem entgegne ich immer : »HOLTEI, ‹Schwarzwaldau›.« – und dann sitzen wir einander halt gegenüber, ich & die Herren vom Colt; (Prag 1855, 2 Bände übrigens : 1 Gratis-tip für Taschenbuchverleger). Der beste *englische* dünkt mich eben diese ‹Frau in Weiß› hier; und ich tat mir recht etwas darauf zugut, ein uns derart verlorengegangenes Stück mit wiederentdecken geholfen zu haben – da wird man sich den Schock ausmalen können, *die* Beschämung, diese Reduktion in mein Nichts, als ich neulich in Celle, am Kiosk, sehen mußte :
– : daß ja bereits eine deutsche Ausgabe im Handel sei!

‹ILLUSTRIERTE KLASSIKER :
DIE FRAU IN WEISS›. –

Da ‹Ironie pur› für den wunderlichen Casus allzu wohlfeil wäre, will ich lieber gleich bekennen, wie ich nach Kenntnis-

nahme besagter Nr. 100 doch beträchtlich betroffen dagesessen habe; (ich hatte die starkfarbigen Fänomene bis dahin nur par distance, in den Händen von Halbwüchsigen, erblickt). Ganz nüchtern, auch gänzlich unpessimistisch formuliert, hat sich mir ein schon seit den zwanziger Jahren gehegter Verdacht bestätigt : Es ist erreicht!
Nämlich das früher oder später doch wieder einmal unvermeidlich werdende (also denn lieber gleich früher!) Auseinanderklappen der Kultur. Via Fernsehen, Illustrierte, Bild-Romane undsoweiter, ist der Sinn für Sprache bereits unverkennbar zurückgebildet worden : rundumunsher schrumpfen die Wortschätze! (Das Gefühl für grelle Optica dagegen scheint im rapiden Zunehmen begriffen : sehr erfreulich für Auto-Mitfahrer meines Schlages!). Und da wäre es nur eine rechte Konsequenz, wenn man – meinethalben als ‹Übergang›; (wohin?; weiß ich nich) – von jeglichem Buch 2 Fassungen auf den Markt brächte : einmal das Original, wie der Verfasser es gewollt hat, dh in altertümlicher Langschrift. Ist es doch statistisch belegbar, daß

auf 10 Millionen Menschen 1 guter Autor kommt;
(auf 1 Million 1 noch-leidlicher);
auf 10 Tausend Menschen 1 Guter Leser :

demnach möchte es, in der Bundesrepublik, noch rund 5000 Abnehmer geben, für – vielleicht könnten wir den Ausdruck gleich-hier münzen, auf daß man weiß, was man im Laden künftig sagen müsse : »Nein; ich möchte 1 Alt-Buch bitte.« (hört sich gar nich so übel an!). Freilich gälte es, diese (allmählich wegsterbenden) Kunden, im Lauf der nächsten 10–20 Jahre zu erreichen. Immerhin könnte ein Verleger es finanziell fast noch verantworten, ein neues Alt-Buch herzustellen; zumal falls sich die Möglichkeit – ja, nu ma buchstäblich! – ‹ab-zeichnen› sollte, es (selbstredend nach einer gewissen ‹Bewährung in der Öffentlichkeit›!) annähernd-parallel als ‹Bildheft› herauszubringen. Denn ob ich schon längst weiß, daß es sich beim ‹Volk der Dichter & Denker› nur um eine eitle-freche Frase handelt, so bin ich doch weit entfernt von der eiskalten Menschenverachtung jenes

FREUD'ianers, bei dem ich neulich ‹Über Unterricht› wörtlich las : »Lesen Schreiben Rechnen ? : *Weg damit !*« ; (und dann empfahl der Bube noch was wie ‹Analerotik›. Nun, er wird's dereinst zu verantworten haben).
Das ganze, leider noch etwas komplexe Verhältnis – man ist in den Kreisen, die über Die Meinung verfügen, anschein'd immer noch zu sentimental – findet unübertrefflichen Ausdruck im Preise : hie 1 Mark; dort, bei GOVERTS, [1965], *achtundzwanzig : ‹ Euch soll eure Kull-Tour noch teuer zu stehen kommen ! ›.*

3

> *»Vergeben Sie mir, mein Bester, wenn ich heut Abend nicht, wie vereinbart, in Ihrer Loge erscheine – ich* kann *nicht fort; ich* muß *erst wissen, was aus Conte Fosco wird ! «*
>
> Premier GLADSTONE an Lord RUSSELL

Denn die Wirkung der ‹Frau in Weiß›, als sie ab November 1859 erschien, ist eben doch, auch auf gute & beste Leute, ganz erstaunlich gewesen ! / THACKERAY saß die ganze Nacht auf & las. / EDWARD FITZGERALD – ‹Omar, der Zeltmacher›; ganz recht – taufte sofort seine Segeljacht ‹Marian Halcombe›. / Von der auch SWINBURNE, der immer für herrische Athletinnen geschwärmt hat, erklärte : sie sei ein grandioses Weib ! / JOYCE, ‹Odysseus›, S. 216 : »Miß Dunne barg das Capel-Street Leihbibliotheksexemplar tiefer in ihrer Schublade : ‹Liebte er nun Die-da-diese Marian ?›«. / TROLLOPE und HARDY haben die Technik gerühmt; vermittelst der, aus den direkten Aussage-Protokollen von ein Dutzend Leuten, 1-&-derselbe Tatbestand, von mehreren interessierten Seiten her angeleuchtet wird. –
Gleich der Anfang – wie da, auf der einsam mondhellen Landstraße, ein Endchen hinter Mitternacht, sich plötzlich die federleichte Hand auf den Arm des Zeichenlehrers legt – ist persönlichst erlebt worden. J. G. Millais hat es, in der

Bio seines Vaters, geschildert, wie man zusammen mit den Brüdern Charles & Wilkie COLLINS, das Haus von Deren Mutter, in Hannover Terrace verließ : die Sommernacht war warm; & der Mond das große klare Zeichen. Unversehns vernahm man, aus dem Garten einer Villa am Wege, 1 Schrei : ! – auf flog die Pforte : und »herausgestürzt kam die Gestalt einer jungen & anscheinend sehr hübschen Frau, ganz in fliegendes Weiß gekleidet, das im Mondschein opalte – sie flog dahin, wie wenn der Wind sie triebe. ‹Wie lieblich & wie fraulich –› war alles, was Millais sagen konnte; denn schon rief Wilkie – : ‹Ich muß wissen Wer Sie ist, & was hier vor sich geht!›; und war bereits hinter ihr her. – Vergeblich harrten die Begleiter seiner Wiederkunft; und als sie sich am nächsten Tage sahen, schien COLLINS abgeneigt, sich über sein Abenteuer auszulassen.« (Aller Wahrscheinlichkeit nach war das die oben erwähnte Caroline Graves.) –

Das Manko des großen Buches ist das *aller* Victorianischen Romane : daß nämlich die offiziellen Helden fade sind & die Plastik von etwa Spielkarten haben – sogar ‹sprechende Namen›, dieser Tod aller Poesie!, sind nicht vermieden; heißt doch der Held ‹Hartright› = Biederherz; und SIE Laura Fairlie, das ist ‹Schönchen›; na schön. Aber das ist, wie gesagt, ein verzeihlicher schriftstellerischer Trick, in einer, nach außen hin über-prüden Epoche : da muß man halt, hell angestrahlt, in Bühnenmitte ‹2 Lämmlein, weiß wie Schnee› stellen, die süß-unbeholfen Händ' & Füß' umeinander legen. / Das Wichtige aber geht grundsätzlich in der Culisse vor sich! Sind dort doch nur ‹Nebenfiguren : zT ausdrücklich als Bösewichter & -wichtinnen deklariert; denen man ergo einiges – recht viel sogar – (vielleicht Alles?!) – verzeihen kann. Ergibt sich der Satz: *‹Im Victorianischen Roman sind die Nebenfiguren grundsätzlich die Hauptfiguren!›*. –

Und da tritt eben, als absolut-Erster, ER aus der Culisse, korsisch & wie gemeißelt, ER :

: Isidor Baldassare Ottavio CONTE FOSCO; Ritter des Ordens der Eisernen Krone von

Pavia; correspondierendes Mitglied mehrerer gelehrter Gesellschaften des In- & Auslandes :

: eine uns allzulang vorenthaltene Gestalt der Weltliteratur! ER, der napoleonische Verbrecher; mit dem verglichen sie alle – ob Commissaire Maigret, Sherlock Holmes undsoweiterundsoweiter – als doch recht magere Lichtlein erscheinen; bestenfalls als Nachfolger eines Vorgängers.

: »COLLINS besaß im höchsten Grade die Gabe, das Int'resse des Lesers zu fixieren. Die labyrinthisch-geknickte Einfachheit seiner Fabel ist schlechthin ingeniös; und viele seiner Gestalten sind nicht nur ‹wirklich›, sondern *ungewöhnlich-wirklich*. Sein Meisterstück in dieser Beziehung ist CONTE FOSCO, aus der ‹Frau in Weiß› : immer & immer-wieder nachgeahmt, hat doch keine Imitation jemals die Subtilität plus Massivität des Originales erreicht.« : also spricht das Buch der Bücher, die ENCYCLOPÄDIA BRITANNICA; (& man vergebe mir, einem unbelehrbaren alten Heiden, auch diese Äußerung).

Die nächst-prächtige Gestalt ist, meines geringen Erachtens, der ältliche ‹Onkel Fairlie›. Ein ‹egoistischer Kränkling›? – Ja; schon; aber sobald er den Mund auftut, hat er nicht-Unrecht! / Unter den ‹Frauengestalten› stehen dem Leser-Kenner mehrere zur Wahl : ‹Laura› schaltet natürlich aus; (‹keusch› darf man durchaus ma sein; aber nich so ausdauernd-insipid!). Da ist die häßlich-feurige ‹Marian› erheblich interessanter; (dh für Den, der ‹Amazonen› mag). Und selbst die ältliche Frau Catherick hat ähnlichen Tiefgang : die ist fast *noch* kälter-heißer; noch matronenhaft-lauernder : tolle lege! –

Ich hab'es über mich gewonnen, das Bild-Heft zu würdigen – vergebe man mir, wenn ich nunmehr auch das Alt-Buch empfehle! Wäre es so über die Maßen unrealistisch zu erwarten, daß man noch einmal, Hundert Jahre nach Ihr, der ‹Frau in Weiß›, Parfüme benennen würde? Modische Hüte, Zahnbürstchen, Quadrillen & Walzer, oder gar Zigarren-Marken?

: aber Büstenhalter? Aber Kugelschreiber??!! –

DER MIMUS VON MIR, DIR & DEN MÄDIES

1

» Werde, der Du vorgibst zu sein ! «

EIN MODERNER

Die int'ressanteste Familie Großbritanniens ? – Das ist nie das Regierende Haus, (» so ennuyant wie ein König « ; SHAKESPEARE); und es sind nicht die HERSCHEL oder ROSS, so sehr man auch ob ihrer ins Gedankenspielen geraten kann; vielmehr wird man nur zwischen zweien zu schwanken haben. Noch führen die BRONTË'S; doch kommt seit 1900 eine jüngere immer dichter auf : die JOYCE'S von Dublin. Nichts wichtiger, nichts spannender ergo, als Tagebücher aus der doppelt unbeleuchteten Epoche früher Noch-Unberühmtheit plus intimer Häuslichkeit.

Nun ist es um ‹Tagebücher› insofern etwas mißliches, als es sich unverbrüchlich um tastende schriftstellerische Handübungen handelt, periodisch akkompagniert von halbbewußtem Kokettieren mit dem Gedanken an Veröffentlichung – das ist so natürlich, daß das Gegenteil unmenschlich wäre. Auch ist der Schade gering; vorausgesetzt, man erzieht sich beim Lesen dazu, die Mentalität des Verfassers laufend zu berücksichtigen, und nicht nur die großen Vorgänge in Bühnenmitte zu bewerten, sondern gleichermaßen die an den Rundumhorizont geschlüpften kleinen Mitteilungen. Die Weltliteratur birgt Reizendes dieser Gattung; von der windsigen MARGARET FLEMING (1803–11) an, bis hinauf zum ausbündigen SAMUEL PEPYS.

Hier nun erhalten wir das ‹Dubliner Tagebuch› des STANISLAUS JOYCE; von bleibender Bedeutung deshalb, weil er der fast gleichaltrige Bruder eines Mannes war, der uns das Buch unsres Jahrhunderts schrieb. Durch die überscharfe

Lupe eben dieses Bruderauges lernen wir, je länger desto instruktiver, hineinlinsen in das Myzel eines einzigunartigen Lebens.

2

» Mein Geist lechzte nach Freiheit; ich sprengte die Fesseln; und werde, da ich einmal knechtisch erzogen bin, ewig hassen, was vornehm ist. Ich werde verwildern; ja, schon hass'ich die Bildung, der ich mein Denken verdanke! «

Gutzkow

Das häufigste Wort im Buche ist » mißfällt «.
Ihm mißfällt Irland, die unbedeutende Insel im Atlantik, bevölkert von Pickelhäringen : » Ich möchte an meinem Vaterlande mit Wonne Rache nehmen, weil es mir den Charakter mitgab, den ich habe! « (52). Mag's dem ‹ inneren SS-Mann ›, dem potsdämlichen, in jedem Patrioten noch so anstößig klingen. / Ihm mißfällt die Religion krummstäblernder Denkverbote : » Das ist eines der typischen Kennzeichen des Katholizismus : bodenlose Behauptungen frech vortragen! « (70). Aber nicht minder mißfällt ihm die Philosophie – korrekter wohl : Lehrgebäude überhaupt – da es ihm, sehr richtig, mehr an der Zeit dünkt, noch ein paar Säkula Materialien zu sammeln. / Ihm mißfällt die Karikatur eines Haushaltes, die er um sich herum erblickt : verwahrloste Räume; an Gerätschaften nur solche, für die kein Pfandleiher mehr etwas gibt, und zwischen denen die Schwestern, hungernd & mit verrottenden Gebissen, eine galgenhumorig-verlorene Existenz betreiben, (ihre Steckbriefe Ss. 33–38). Am meisten geliebt hat Stanislaus seine Mutter; obschon er auch hier den Mund, ständig verzerrt vom Gebet, rügt. Und am meisten gehaßt hat er den rotnäsigen Moreskentänzer, bis zur Zungenwurzel voll Whiskey, den ebenso witzigen wie verantwortungslosen, durch den das Genie in die Familie kam : » Mein Vater ekelt mich an! « (42). Die Eruptionen sind herz-

schneidend. / Weiterhin mißfällt dem Steinernen Gast Einer sehr, STANISLAUS JOYCE sein Name, vor dessen Spiegelbild er sich immer wieder hinsetzen, und den massiven O'CONNELL-Schädel über ihn schütteln kann. Keine Selbstbewußtseinspflege hilft ihm; aus mürrischen Augen gibt ihm ein 19-jähriger vir quadratus jeden Blick zurück : »Einer der Hauptgründe, warum ich in meinem eigenen, speziellen Fall vor der Ehe zurückscheuen würde, ist der, daß ich fürchten müßte, meine Kinder könnten mir zu ähnlich geraten.« (157).

Tja, und dann gibt es eben noch das kurioseste der dortigen Verhältnisse; denn »es ist über alle Maßen entsetzlich, einen genialen älteren Bruder zu haben!«. Einerseits schon; andrerseits hatte er an JAMES einen unschätzbaren ‹Schrittmacher›, und überdem ein Beobachtungsobjekt, wie in 1 Jahrhundert keine 5 auftauchen, und dessen bloße Beschreibung die Mit-Unsterblichkeit garantierte. In dieser Beziehung sind feinste Bemerkungen überall verstreut : »Jim gilt allgemein als äußerst freimütig in Bezug auf sich selbst; aber seine Schreibweise ist von der Art, daß man sehr wohl behaupten könnte, er beichte in fremden Zungen – eine leichtere Art zu beichten, als in der normalen Umgangssprache«. (122). Oder : »Trotz aller seiner Gaben, trotz all seines Genies, werden vermutlich nur Wenige ihn lieben; und wer auch immer sich auf einen Austausch von Freundlichkeiten mit ihm einläßt, wird höchstwahrscheinlich auf die Dauer den Kürzeren dabei ziehen«. (25). ‹Sunny Jim› seinerseits (der all dieses las!) wußte so gut, was er an solchem Bruder besaß, daß wir erst heute langsam erkennen lernen, *wie sehr* er ihn literarisch ausgewertet hat; sei es als direkte Vorlage für Gestalten in ‹Stephen Hero, Dubliner, Finnegans Wake›; sei es durch Übernahme seiner Einfälle. Wenn STANISLAUS üble Laune bei sich dadurch herbeigeführt erkennt, daß er (unbewußt) längere Zeit auf ungewohnte Weise aufgetreten ist, »I have been walking from the ball of my foot« (52); dann erscheint das prompt ebenso im allerersten Buch JAMES', dem ‹Hero› (S. 104 : »I have been walking from the ball of my foot«), wie auch, dämonisch verballhornt, im letzten ‹Wake›, S. 317 : »Soe syg he was walking from the bowl at his food«. Wake 40 : ‹Shaun, Shaun, die Post zur Post!›? – vgl. S. 91 dieses Tagebuches. Und S. 308 des ‹Wake›, mit ihrem merkwürdigen Schuljungen-Gemale, wird nunmehr schlagartig verständlich durch die S. 83f. dieses Tagebuches, und den Hinweis auf IWAN TURGENJEFF'S ‹Überflüssigen›.

3

»Es ist die schlichte Wahrheit, daß wir Amerikaner, als Literaturvolk betrachtet, ein einziger großer aus der Form gelaufener Humbug sind!«

EDGAR POE

Eine Behauptung, die auch diesmal von dem leider diplomatisch-ungetreuen USA-Original nicht widerlegt wird. Professor GEORGE HEALY aus (oh Ironie!) Ithaca hat nicht entfernt das geleistet, was einem geborenen Englischsprechenden obgelegen hätte; und zwar ist sein Versagen von zweierlei Art :

1. Der Apparat der Anmerkungen ist so kümmerlich, daß die hier unter die beweisenden Indizien zu rechnende Verzahnung zum Werk von JAMES JOYCE einer- und STANISLAUS' erstem Buch, ‹Meines Bruders Hüter› (Suhrkamp, 1961) andererseits, nur ganz unzulänglich sichtbar wird. (In der deutschen Ausgabe hat man den Versuch gemacht, dem Leser etwas mehr zu Hülfe zu kommen.)
2. Das Buch weist unangenehmste Kastrierungen auf (kenntlich durch »...... .....«); und zwar sollen, laut Vorwort S. 12, einige Stellen »juristisch angreifbar«, andere sogar *»ohne Interesse«* sein : *also das zu beurteilen scheint mir* HEALY *nicht der Mann!*

Gerade in diesem Modellfall eines modernsten Gehirntiers, wo immerfort Verdacht & Wahrscheinlichkeit bestehen, daß STANISLAUS' Aperçus irgendwo-irgendwann in der geräumigen Seele des sehr großen JAMES wiederauftauchten, in heiliger Doppelzüngigkeit : da kann solch leichtfertiges Vertändeln von unersetzlichen Mitteilungen einer gewaltigen Ehrlichkeit durch nichts verteidigt werden. Wenn Herr HEALY von Stellen spricht, » that I thought simply dull « (sein eigener Brief!), dann dürfte das genau die im Motto definierte, aller filologischen Elemente baare Geisteshaltung sein. (Die deutsche Ausgabe konnte durch Rückfrage 10 Zeilen retten).

Am bedeutsamsten wird die Mitteilung von S. 12 werden, daß es auch ein ‹Triestiner Tagebuch› gebe, » das aber zur Zeit noch nicht öffentlich zugängig ist «. Hoffen wir, daß dieses, wahrscheinlich aufschlußreichste, Stück *bald* erscheinen, sein Herausgeber nicht nur über die Kenntnisse, sondern vor allem über den erforderlichen persönlichen Mut verfügen möge, seien auch STANISLAUS' Meinungen noch so basiliskenmäßig. Licht wird dann fallen, nicht nur auf 10 folgenreichste JOYCE-Jahre, (mindestens ebenso wichtig wie die dubliner); nicht nur auf das Verhältnis zur Brüderin Nora; nicht nur auf den » inn-genius « JAMES & den » steyne of law «; sondern vor allem auf 2 der größten Bücher unserer Zeit, den ‹Odysseus› und ‹Finnegans Wake›.

AMERIKA, DU HAST ES BESSER . . .

1

Unangemerkt von der Kritik vollzieht sich zur Zeit vor unsern Augen ein in der Literaturgeschichte relativ rarer Vorgang : ein Mann, der vor 130 Jahren bestseller schrieb – die freilich, das ist in diesem Zusammenhang wichtig, auch von Kennern gelobt wurden, von GOETHE, STIFTER, BALZAC usw. – der dann zum Jugend- ja zum Kinderschriftsteller reduziert wurde, der erfährt bei uns soeben eine Art bescheidener Renaissance. Taschenbücher erscheinen von JAMES FENIMORE COOPER's Romanen bei Rowohlt, Fischer, Goldmann; Goverts hat einen schönen Leinenband vorgelegt; und nun hat sich auch Heyne in München an eines der gänzlich unbekannten, obschon bedeutendsten seiner Stücke gewagt, die umfangreiche ‹ Littlepage-Trilogie › :

RAVENSNEST

Anscheinend hat man sich wieder darauf besonnen, daß COOPER einer der raren Leute gewesen ist, die Unsummen kultur- & zeitgeschichtlichen Details in leidlich lesbarer Form serviert haben, (im Gegensatz etwa zu dem in dieser Beziehung völlig substanzlosen KARL MAY), und daß man sich durch die Lektüre seiner Gesammelten Werke eine Einsicht in die immer merkwürdige Entstehung der USA – neben Sibirien die andere der 2 Hoffnungen der Weißen Rasse – erwerben könnte, die kein anderer Schriftsteller auf Erden uns ermöglicht. Hinzu tritt noch, daß er einer der wenigen Mutigen in der Weltliteratur war, die, wenn es sein mußte, auch ihrem Vaterlande in derbster Art die Wahrheit sagten, und sich Einschüchterungsversuchen durch Drohungen oder Prozesse so wenig beugten, daß es heute noch für jeden ehrlichen Kerl eine Lust zu verfolgen ist. Und endlich kann man an ihm noch jene, neuerdings wieder so wichtig werdende Mentalität studieren, (bzw. bei sich selbst bestärken), nämlich die des rüstigen, intelligenten Zukunftspioniers, der sich auf hübsche-kalte planetengroße Wildnisse angesetzt sehen und dort den ‹Isolierten Staat› zu bilden haben wird.

SATANSTOE / CHAINBEARER / REDSKINS, die 3 Romane der Serie – also ‹Satanstoe, Der Feldmesser, die Roten›, (Heyne hat leider ‹Satanszehe, Der Kettenträger, Die Rothäute›) – sind zwischen Juni 1844 und Juli 46 entstanden, (vom ‹Chainbearer› wissen wir's sogar ganz genau : der letzte Federstrich daran wurde am Nachmittag des 11. Oktober 45 getan) und haben besonderes Interesse für uns. Einmal handelt es sich um das kulturgeschichtlich fülligste Werk COOPER's. / Der 1. Bd. spielt 1758–59, als New York noch ein Städtchen von 14000 (!) Einwohnern war, und reiht die nettesten Miniatüren aneinander : die erste Theateraufführung ; die ‹pinksterfrolics›, die Saturnalien der Negersklaven, (samt einem uns gänzlich ungewohnten Aspekt der Sklaverei in den Nordstaaten); das rip-van-winklige Albany, das Zentrum der holländischen Bevölkerung, mit den handfesten Narrenspossen der jungen Mijnheers, (bei welcher Gelegenheit dem ahnungslosen Europäer vielleicht klar wird, daß es drüben diverse ‹Mainlinien› gibt & geben sollte; auch bei uns wäre ja eine Querteilung der BRD das falscheste nicht); dann der große Eisgang auf dem Hudson; die Wanderung in die Waldungen des damaligen County Charlotte (heute Washington – das kenn'wa dito, dies Umtaufen alle Nasenlang); und endlich den Feldzug gegen die Franzosen Canadas, die Parallelaktion zu unserm ‹Siebenjährigen›, mit dem exakt geschilderten Angriff auf das Wald- & See-Fort Ticonderoga. / Der 2. Bd. profitiert von dem Vorzug der ‹3 Einheiten›, und liefert hauptsächlich eine Schilderung vom Berufe des ‹Squatters›, unter dem sich Europäer meist etwas ganz falsch-romantisches vorstellen. Es handelte sich bei ihnen nämlich schlicht um bäuerliche Diebsfamilien : 20–30 Köpfe stark pflegten sie sich damals (1785) ein, nicht allzugroßes, Stück von den Grenzansiedlungen zu entfernen; an einem Flüßchen eine primitive Sägemühle aufzustellen, den umgebenden Wald abzuholzen, ihn in Balken & Bretter zu verwandeln, fortzuflößen & zu verscheuern. Ums Blockhaus herum wurden flüchtig Äcker angelegt, sich 2–3 Jahre zu ernähren; dann zog man weiter, um den nächsten Fleck auszupowern. Die Leute wußten übrigens ganz genau, daß Grund, Boden & Baumbestand einem Andern gehörten, und machten sich, falls der erscheinen und begreiflichen Einspruch erheben sollte, kein allzugroßes Gewissen daraus, ihn umzubringen. – Zweimal hat COOPER solche Moses-Typen geschildert, und Beide sind ihm recht gut gelungen; sowohl der Ismael Busch der bekannten ‹Prärie›, als auch dieser unbekannte ‹Tausendacres› hier. Speziell er ist eine schöne Studie im sogenannten, zuweilen im Landfunk gerühmten, ‹bäuerlichen Rechtsempfinden› geworden: was das sei, kann man, ähnlich wie aus KELLER's ‹Romeo & Julie auf dem Dorfe›, unvergleichlich aus dieser Littlepage-Trilogie entnehmen. – Auch hier bemerkenswerte Einzelheiten; ich erwähne nur die grandiose Schilderung des Millionenschwarms von Wildtauben in ihrem ‹Roost›, (eine der Passagen, von denen STIFTER profitiert hat; obwohl man bei ihm leider stets den naturfreundlichen Bieder-Meyer mitserviert bekommt, der, einen Melkerschemel vor den Hintern geschnallt, skizzierend durch die schöne Gegend wetzt – nee nee, es wär' schon was dran an 'ner Mainlinie). Der 3. Bd., die ‹Roten› ist, wie LOUNSBURY, wieder einmal ebenso smart wie falsch, dazu anmerkt, »quite extraordinary for a work of fiction«. Das Buch schildert die Tagesereignisse von 1846, wo es entstanden ist, und mit ihm erst ließ COOPER die Katze aus dem Sack.

Denn es ergibt sich das erstaunliche, daß es sich bei der ganzen Trilogie tatsächlich um eine ad hoc verfaßte Anklageschrift von 2000 Seiten Umfang handelt, gerichtet gegen die Regierung des Staates New York; gegen den Provinzialismus seiner Landsleute; und endlich gegen die ‹Anti-Renters›. Im Jahre 1837 nämlich war, ausgehend von den Pächtern der Güter Stephen van Rensselaer's, eine sehr merkwürdige Agitationswelle über das Land gelaufen, halb Hitler Slogan à la ‹Brechung der Zinsknechtschaft›, halb präkommunistische Doktrin: diese Farmer hatten über 50 Jahre lang für fantastisch niedrige Pachtsummen das Land bebaut; waren dabei wohlhabend geworden; und kamen plötzlich auf den Gedanken, sie hätten sich nunmehr ein Anrecht auf den Besitz der Grundstücke erworben. Zugegeben, die Rensselaer's besaßen ein Latifundium so groß wie das ehemalige Herzogtum Braunschweig; aber die Beschwerden der neu-englischen Landwirte waren in diesem Falle reinster Übermut, hatten sie doch längst ihr Schäflein ins Trockene gebracht; falls sie ‹Land› wollten, war Amerika wirklich noch groß & leer genug; und ihre ‹Methoden› sich als ‹Indianer› zu verkleiden und die Grundbesitzer zu teeren & federn, wenn nicht gar ihnen das Haus über dem Kopf anzuzünden oder sie abzuschießen, richten sich ja wohl selbst. Die damalige Regierung in Albany beging aus reinen Gründen des Stimmenfangs für die nächsten Wahlen auch *die* Schweinerei noch, und zwang die Grundeigentümer durch die entsprechend dehnbaren ‹Gesetze› zum Ausverkauf ihrer Güter. Hier nun war der Punkt erreicht, wo COOPER aufflammte – und es hat schon eine wahrhaft tragische Ironie ergeben, daß der Sprecher des ‹Nullten Standes› (des ‹Lederstrumpf› nämlich) auf einmal in größtem Stil die Partei der ‹Hausbesitzer› ergriff; (denn die Angabe meiner ‹Britannica›, daß er die Anti-Renter-Doktrin gepredigt hätte, ist ein unangenehmes Versehen). Er erklärte öffentlich : noch ein paar Schritt weiter auf dieser Bahn, und er würde nach Europa auswandern (nach Florenz übrigens); und griff überdem zu seiner eigentlichen Waffe, der Feder. Bd. 1, Satanstoe, soll nämlich weiter nichts dartun, als die Kosten & Mühen an Geld & Blut, die auch die geschmähten Großgrundbesitzer einmal zu investieren gehabt hatten, damals, als die ihre Besitztümer erwarben – sie waren eben früher dagewesen, als die Pächter. / Der 2. Bd., der vom ehrlichen (holländischen!) Feldmesser, sollte in einer nächsten Steigerung demonstrieren, wie die Landeigentümer von skrupellosen Yankee-Squattern ausgeraubt, ja, notfalls körperlich vergewaltigt wurden. / Im 3. Bd., den ‹Roten› (und man sieht vielleicht allmählich ein, daß der uns überflüssig eingepaukte ‹kommunistische› Nebensinn durch diese Übersetzung des Wortes ‹Redskins› am besten mit-erfaßt würde) griff COOPER endlich mit seiner prächtigen Wucht direkt in die Tagespolitik ein, indem er die Rollkommandos der nachgemachten ‹ Injins ›, samt den nur auf ‹ Publicity & Stimmen › bedachten Politikern seiner Tage gebührend an den Pranger stellte – gerade dieses Erscheinungen, uns Deutschen des Neuen Bundes bis zum Kotzen geläufig. Insofern ist auch dieser Band ewig aktuell und mit einer Art von ingrimmigem Behagen zu goutieren; ob schon COOPER's Stilmittel nicht die besten sind : wäre das unvergleichliche Material nicht, seine Schreibe wirkte oft allzu platt. Allerdings muß man gerade hier ein Ohr für die erwähnte aparte Dissonanz mitbringen, die aus dem putzigen seelischen Knick resultierte; jenen entzückend falschen Ton, der einen ‹Tausendacres› stirnrunzelnd tadelt, und dabei gleichzeitig die einprägsamste Gestalt der ganzen Trilogie schafft; der mit der Wucht eines Blockadebrechers gegen die innere Verwaltung seines Vaterlandes angrollt, und dennoch synchron-unbewußt das hinreißende Bild eines knospenden Riesenstaates entwirft – oh, der Verlag Heyne hat schon recht, wenn er von einer ‹ Kostbarkeit der Weltliteratur › spricht !

2

» Die Übersetzung hält sich getreu an das amerikanische Original und hat nur Weitschweifigkeiten belangloser Art oder politische und didaktisch-tendenziöse Auslassungen gekürzt, die den Fluß der Erzählung hemmten, unserer heutigen Zeit aber nichts mehr besagen würden «. (Vorwort) – hier zuckte ich das erste Mal; denn abgesehen davon, daß ich den Text eines einst berühmten älteren Kollegen prinzipiell nicht zu kürzen pflege, und abgesehen auch davon, daß COOPER's Technik & Stärke eben genau in jener Häufung des Mikrodetails besteht, die den Leser langsam und ganz unauffällig überwältigt, abgesehen hiervon also ist mir bei allem ‹ bearbeiten › die Gefahr des subjektiven Ermessens (präziser der fehlgreifenden Willkür) viel zu groß. Ich meine immer, man kann nicht Alles wissen; und was dem Einen entbehrlich oder gar überflüssig deucht, könnte dem Nächsten entzückende Anregung werden. / Eine Nachrechnung ergibt, daß der paperback *nur noch die Hälfte* des Originals umfaßt! Oder, um es einprägsamer zu machen : *eintausend Seiten fehlen*; bzw. noch deutlicher : 3 ausgewachsene normale Romane von je 300 Seiten. Frage : müßte das nicht ein ziemlich wahnschaffenes ‹Kleinod› sein, dem man dergestalt mitspielen könnte? Allein von diesem ersten Tatbestand aus entpuppt sich der zitierte selbstgerechte Satz des Übersetzers – Rudolf Beissel ist übrigens sein Name – als eine filologische Unverfrorenheit vom ersten Wasser. Und die Folgen sind denn auch nicht ausgeblieben; ist das Original ein höchst nachdenkliches Buch, so ist in dieser zusammengestutzten Ausgabe hier der Ton so hui & hastig geworden, so atemlos, überstürzt, eilfertig & holterdiepolter, daß man gar kein besonderer Klügelmeister zu sein braucht, um es allein deswegen kopfschüttelnd weit von sich zu schieben. (Beispiele bringe ich absichtlich nicht; der zahlenmäßig belegbare Textunterschleif ist so unsinnig, daß ich den Raum lieber für anderes verwende).

Denn wer einmal damit begonnen hat, Bücher in solchem Umfange zu ‹straffen›, der tut unweigerlich auch den nächst-unbefangenen Schritt, der da heißt, den arm-unwissenden Alten zu verbessern, zu berichtigen – ebenfalls so ein Unterfangen, zu dem ich mich noch nicht reif fühle, (und 1 der Klippen, an der man ja vielleicht als Deutscher von 1964 beim Übersetzen eines amerikanischen Buches von 1845 durchaus scheitern könnte, wie?). Das vorliegende Ergebnis läßt sich denn auch häufig so zusammenfassen : der Dolmetscher ist der schwerer verständliche von Beiden.

S. 33 (im Folgenden ist immer das Heyne'sche Ravensnest gemeint) : »der geistliche Patron von Albany in seiner Kutsche mit 4 Pferden«; englisch : ‹the Patroon of A. is on his way to N. Y. in his coach and four› (und wie nett, daß man damals weit lief, um so was nur zu sehen!). Jene ältlichen ‹Patroons› waren so wenig ‹geistlich› wie nur Herr Beissel oder ich; vielmehr handelte es sich, wie COOPER selbst ausführlich beschreibt (z. B. Vorwort ‹Water-Witch›), um die holländischen Großgrundbesitzerfamilien, und speziell die größten davon, die van Rensselaer's, wurden so genannt. Man findet das übrigens mit 1 Griff in jedem großen WEBSTER; (aber so geht's eben, wenn man mehr wissen will, als der Meister). / S. 347 sehr nett, wie der alte Tausendacres erwägt, dem Feldmesser auf Ehrenwort Bewegungsfreiheit zu gewähren?; dann aber lieber doch Abstand davon nimmt: »Vater ... meinte schließlich, Du hättest in letzter Zeit zuviel außerhalb der Ansiedlungen gelebt«. Nun wird jeder Leser hier sofort stutzen; hätte er doch, und mit vollem Recht, erwartet, daß ein Mann der weiten wirren Wälder, wie der Squatter, höchstens den Menschen *innerhalb* der Ansiedlungen mißtraute – und so ist es natürlich auch; im englischen steht es breit da: ‹had'nt it been, that you'd been living *out in the settlements* so much of late years›. Schon ist wieder einer lütten Feinheit der Genickfang gegeben. / S. 205: »Muss ((ein Häuptling)), der sich mit vieler Mühe benommen hatte«; englisch ‹with great dignity›, also mit wohlpassender Würde. / S. 334 bringt das derbe verliebte Squatterstöchterchen dem beim Vater eingesperrten hübschen Grundbesitzerssohn »eine Schüssel mit Butterklößen«. Und man muß sich einmal richtig hineinversetzt haben, in das holzfällerhaft-improvisierte eines solchen hastig zusammengelaufenen Haufens von Hütten fleißiger Diebe; hinzugerechnet die fahrige Situation der Überraschelten; und endlich noch die fliegenden Finger der Kleinen, die *‹Ihm›* schnell was Liebes anrühren möchte (aber Mutti darf nichts davon erfahren!) – was bringt Lowiny in Wirklichkeit an?: »‹I've brought you ... a bowl of hasty-pudding›.« Und schon stimmt es wieder Alles: dieses rasch etwas Maismehl in Wasser (höchstens Milch) einrühren; allenfalls kam (nach Auskunft meines anderen WEBSTER von 1854) noch ein Spitzchen Melasse dazu; das Ergebnis wurde wohl auch ‹Indian-pudding› genannt, (was sehr fein auf den mitgefangenen Roten anspielt); und wie unbewußt-treffend ist nicht das, haarscharf in die Situation eingepaßte ‹hasty› dieses Puddings. (Wir kennen ja auch Oetker's ‹Galetta›, einen ähnlichen ‹Schnellpudding›. Für noch nähere Auskünfte vgl. man Joel Barlow's komisches

Epos ‹The Hasty Pudding›, 1796). Überall in dieser Bearbeitung stößt man auf eine wahrhaft Anti-Renter-mäßige Unbefangenheit in Textfragen von Mein & Dein ! / Der ausgelieferte deutsche Leser, meist ein viel zu gutgläubiger Reisender durch die Buchnisse dieser Welt, kann natürlich lange puhlen & klauben und wird es dennoch nie erfahren (man kann schließlich keinem zumuten, sich den fremdsprachigen Originaltext neben ein deutsches Buch zu legen), daß der » Cuyper « von S. 97 identisch ist mit dem » Cucler « von 244 ; und Beide wiederum in Wirklichkeit (d. h. bei COOPER) ‹ Cuyler › hießen. Woher soll er, der Leser, ahnen, daß der traurigwürdige Häuptling an jenem Tage nicht mehr ‹ lächelte ›, wo doch Beissel sein flämisches » lachte « setzt (561) ? Woher wissen, daß das kursive Hervorheben des » unsern Raritätenkasten « auf S. 510 ein reiner Irrtum ist ? / Es erübrigt sich, auf wirkliche Finessen einzugehen. Nur 1 Beispiel : wie viel Mühe gibt COOPER sich nicht, die verschiedenen Sprechweisen – das Genäsel der Yankees, das biedere holländischenglisch des Feldmessers, das lustige Gemuschel der Nigger – wiederzugeben : ‹ I don't tink, Masser Corny, you consider pretty much, sah. What good it do a nigger to captivate an Injin, if he let hin go ag'in, and don't lick him little ? Only little, Masser Corny. Ebbery'ting so handy, too, sah – rope all ready, back bare, and feeling up like, after such a time in taking 'e varmint, sah ! ›. Wie aber gibt das der Übersetzer wieder ? Ä-chämm – : » Ich glaube nicht, Masser Corny, daß Sie die Lage ganz richtig beurteilen. Was nützt es einem Neger, wenn er einen Indianer gefangen nimmt, ihn ohne einen kleinen Denkzettel wieder laufen zu lassen ? Bedenken Sie auch, Masser Corny, alles war so bei der Hand : der Strick, der bloße Rücken, und mein Blut war noch erhitzt vom Kampf «. Mit *noch* steiferer Oberlippe könnte kein Kalmäuser dozieren !

3

Theoretisch wichtig wird an diesem COOPER'schen Riesenroman, wie man hier so deutlich gleich 2 technische Feinheiten erklären kann, die uns Heutigen leider weitgehend abhanden gekommen sind : die Kunst der Motti, und die der Fußnoten. Denn nicht nur die genialen Meerkatzen vom Schlage der LUKIAN, VOLTAIRE, WIELAND, JOYCE (‹toujours perdrix›) verstanden ihre Tricks & Gags; sondern auch andere Schulen vermochten dergleichen, (ich bekenne mich schuldig : ‹Gelehrtenrepublik› und ‹Sitara›). Durch gut gewählte Motti nämlich – ein Meister hieß hier WALTER SCOTT – kann man den Leser unaufdringlich ‹stimmen› für das, was folgen wird. Kann ihm ‹trübe Ahnungen› suggerieren; ihn lachen machen (ergo Heiterkeit injizieren); ihm bloß den Inhalt des nächsten Kapitels andeuten (diesen aber auch kommentieren, ad absurdum führen & lächerlich machen); ja, es wären Zustände der Gesellschaft denkbar, wo der Verfasser seine eigentliche Meinung in solch ein ‹Motto› zu verstecken hätte. Ich meine, wenn ich ‹be not afraid, the isle is full of voices› vor etwas setze, dann tippe ich ja damit den ganzen Erinnerungskomplex des ‹Sturm› im Leser an, und drehe ihm so, sanft & kaum gemerkt, das Gesicht in die von mir gewünschte Richtung des Wunderbaren. Und mit wie sicherer Hand macht nicht auch COOPER von solchem technischen Mittel Gebrauch, wenn er etwa vor das ‹Verhör›, welches Tausendacres mit seinen Gefangenen anstellt, nur setzt :

> KAPITEL XXII
> *‹Als Adam grub und Eva spann,*
> *: wo war denn da der Edelmann ?!›*

Das ergibt nicht nur das glänzend-bauernkriegerische Leitmotiv für's Kommende; sondern verrät gleichzeitig wieder einmal den alten Leatherstocking-Trotz des Mannes, der einst – wie mißgünstige Rezensenten ihm hämisch vorwarfen – ‹2 Bände schreiben mußte, um sich selbst zu beweisen, daß er so gut wie ein Lord sei.›
Ein weiteres sind COOPER's ‹Fußnoten›, getarnt als ‹Anmer-

kungen des Herausgebers›; denn er hat, aus Gründen, die Fiktion bevorzugt, daß ein ‹editor› über Familienakten geraten sei. Und da wird ja nun jedweder Selbst-Schreibende es wissen, wie im Laufe einer so umfangreichen Arbeit, und auch kurze Zeit danach noch, Materialien anfallen bzw. nachsickern, die mit dem Faden der Hauptfabel und auch deren Verästelungen leider nicht mehr zu vereinigen sind; obschon sie einwandfrei, nach Genesis & Trend, noch mit zum Buche gehörten; – zumal wenn man imgrunde zu einem zeitgenössischen Problem Stellung nimmt, ermangelt die Mitwelt ja nicht, Einen während der Niederschrift mit immer noch mehr Anekdoten zu versorgen, vollerblühten Tatsachen, die eigentlich unbedingt noch mit hinein müßten. Und man verkenne auch *den* Kunstgriff nicht: den Leser, der sich vielleicht sonst zu sehr einbilden möchte, er läse ja nur generationenfern Vergangenes, immer wieder mit der Nase auf das et tua fabula narratur zu stucken (Deutsche Beispiele für diese Notabenekünste liefert etwa WIELAND's ‹Weiser Danischmend›; und auch die J. v. MÜLLER's zu seiner ‹Schweizergeschichte› sind ein rechter Leckerbissen, allerdings nur für Gourmands.)
Aus den 100 Fußnoten COOPER's 1 Exempel nur. In ‹SATANSTOE› heißt es, anläßlich des Angriffs auf ‹Ty› im Text: ‹das . . . ste Regiment war in Kolonne aufgestellt, unmittelbar hinter den Hochländern, welche bei dieser Gelegenheit angeführt wurden von Oberst Gordon Graham› usw., wozu der ‹Herausgeber› die Anmerkung macht: ‹Die Annalen von Holmes besagen, Sir John Murray habe an diesem Tage das 42. Regiment befehligt. Ich denke, da Mr. Littlepage dabei war, und dem fraglichen Corps so nahe stand, konnte er sich nicht wohl irren. Mrs. Grant von Laggan, welche damals in Albany verweilte, und deren Vater die Schlacht mitmachte, stimmt mit Mr. L. darin überein, daß Gordon Graham das 42. Regiment anführte›. Es hatte sich nämlich mit Bekannten eine Diskussion über diese Frage ergeben; COOPER recherchierte noch einmal – er weiß an solchen intimen Details oft mehr & richtigeres, als selbst der Herodot der amerikanischen Geschichtsschreibung, BANCROFT, (der ihm das auch selbstlos

& öffentlich bescheinigt hat) – und versteckte dann das Ergebnis in eine nette Fußnote à la ‹ich denke, da Mr. Littlepage dabei war . . .› : es paßt alles so ältlich-trefflich! Man erhält fast immer den Eindruck eines guten, erfahrenen Lesers, der zuweilen das Buch sinken läßt, und Anekdoten beisteuert, Zu- & Abneigungen Ausdruck gibt, sich erinnert, Zeitgenossen tadelt, allgemein : Beziehungen zur Lese-Gegenwart knüpft.

Was nun ist, in der hier besprochenen Heyne-Ausgabe aus diesen Künsten der Motti & Anmerkungen geworden? – Während COOPER seine Kapitel lediglich mit Zahlen & Motti versah, hat Beissel ihm das gestrichen, und sie dafür mit Überschriften versehen (S. 639ff. hat man sie-alle beisammen) – – *mit Überschriften!!* : »Ein Schuß fällt. / Die Rache des Huronen. / Kampf und Liebe. / Der Tod in den Wäldern. / Gefangen . . . Flucht . . . Wieder gefangen. / Der Tag des Todes«. – man weiß doch gleich wo & wie, wie? – Also dergleichen herzschneidende Rohheit kann Einen natürlich nicht nur wurmen, sondern schon lindwurmen. Um es ganz grell darzutun, ist der Unterschied ungefähr der, wie wenn man die Gattin eines tödlich Verunglückten ‹schonend vorbereiten› sollte; und da findet sich denn bei COOPER eine stille Römische Zahl, und das BYRON'sche ‹Sie schaut mit leerem Blick in manch Gesicht›; während Beissel gleichsam die Stubentür aufreißt, und hineinbölkt : ‹Wohnt hier die Witwe Wallace?!› Bei den von mir gerühmten Fußnoten liegt der Fall freilich noch um 1 Etage tiefer-komplizierter; denn der Käufer des Heyne'schen paperback wird mir womöglich erstaunt die vielen Anmerkungen am Fuße der Seiten herzeigen wollen : ? – worauf die Antwort zu lauten hat : nicht 1 davon stammt von COOPER, wohl aber alle von Beissel. Und sie sind denn auch danach. Wohl gebe ich gern zu, daß ein so altes Buch *außer* den kunstvollen Zugaben COOPER's auch noch ‹AdÜ = Anmerkungen des Übersetzers› haben sollte – allzugroß ist ja das zeitliche Gefälle geworden. Aber muß das nun gleich wieder so aussehen, daß uns S. 324 aufzuschwatzen versucht wird, ‹1 Joe› sei »1 Münze von 4 Pences«? Mal ganz abgesehen von dem Plural ‹pences›, sei richtiggestellt, daß der oftmals erscheinende ‹ João › so wenig 4 Pence waren, daß es vielmehr schon 8 Dollar sind, (und durch Wiederholen wird dergleichen nicht richtiger). / Wie Woolworth-mäßig billig diese Anmerkungen ausgefallen sind, mögen die läppischen Informationen der Ss. 110, 152 usw. belegen, wo uns die Länge des englischen Zolls mehrfach mitgeteilt wird – wie wenn nicht 20 Millionen Zollstöcke, und einige Hunderttausende ‹ Kleiner Knaurs › bei uns in Umlauf wären ! / Dafür fehlt natürlich auf den Ss. 58, 66, usw. die Erklärung, wer diese Bühnengestalt des ‹ Scrub › gewesen sei ? Der interessierte Leser möge unter FARQUHAR nachsehen. / Überhaupt diese Wiederholungen, in einem Fall, wo man mit dem kostbaren Papier händeringend-sparsam hätte umgehen müssen ! Wie oft (Ss. 137, 144, 205) erfahren wir nicht vom ‹ Fort William Henry › – und in keinem Fall ist der organischste aller Hinweise erfolgt, nämlich der auf COOPER's ‹ Letzten Mohikaner ›, wo eben dies Ereignis ausführlich geschildert wird. (Woher mag Beissel wohl die überexakten Truppenstärken seiner Note S. 144 haben ? Der belagerte Oberst Munro verfügte nämlich nicht über 500, sondern über 2200 Mann ; und Montcalm nicht über 1600 Indianer + 55 (sic !) Kanadier, sondern diese Letzteren bestanden aus 6000 Franzosen. Welch mooskrause, kleine, und dabei betrüblich basislose Gelehrsamkeit). / Ähnlich wird S. 549 der Häuptling Tamenund erwähnt ; aber mit nichten die Querverbindung zum Gesamtoeuvre hergestellt. Wo sind die mehrfach erforderlich werdenden Hinweise auf die frühe ‹ Water-Witch › ; oder die Briefe, aus denen die Anspielung auf die » unwürdigen Geistlichen « (S. 552 u. ö.) erst richtig klar würde ?

Fern sei es von mir, ein Buch zerhunzen zu wollen – dazu weiß ich selbst, aus bisher 20-bändiger Erfahrung, viel zu gut, was es heißen will, ‹ ein Buch übersetzen › – aber hier ist nun wirklich so schwer gesündigt, der Text eines beträchtlichen Schriftstellers so unbefangen als frei knetbare Masse behandelt, die ‹ Erläuterungen › so sehr im Stil von KARL-MAY-Jahrbüchern, daß Schweigen nicht mehr zu verantworten wäre.

4

An diesem Punkt angelangt, wird eine letzte Betrachtung fällig : wie sehr uns Lesern eine Zeitschrift mangelt, die unsre ureigensten Interessen verträte !
Sicher, wir haben da ein paar Surrogate, die uns auf kopiose Art mit fast-sämtlichen Neuerscheinungen vertraut zu machen vorgeben; aber wenn man näher hinschaut, handelt es sich doch wohl eher um Yes-Männer-Blättchen, größtenteils von den Verlegern finanziert (durch Inserate; durch eigene inspirierte Artikel); und da gewinnt man natürlich, ähnlich wie aus den berüchtigten ‹Klappentexten› der Bücher-selbst, den Eindruck, daß wir, was ‹Dichtung› anbelangt, eigentlich doch schlechthin in der besten der Republiken lebten. Dabei handelt es sich zu 80 % um servile Lobhudeleien, um elzevirig geblähte Backen & gespreizt-krampfiges Getue. ‹Hausfrauen› haben bereits ihre Verbände & Gazetten, in denen sie gewarnt werden vor der & der Margarine-Sorte, zu dem & dem übertriebenen Preise verkauft; und der ‹Landwirtschaftsfunk› all-unserer Sender ist natürlich ganz was Herrliches : wie es da tatsächlich Kerls gibt, die sich nicht entblöden, es zu bedauern, wenn die Preise endlich mal fallen ! Wo aber ist der Leser-Schutzverband, mit der eigenen unbestochenen Zeitschrift, die uns derb & redlich & mit Beweisen davor warnte : dem ‹Tristram Shandy› des Winkler-Verlages nicht zu trauen, denn er tauge nichts; die Fischer'schen ‹Entwurzelten› des James Jones kopfschüttelnd abzulehnen, weil 400 Seiten gekürzt worden seien; den Goverts'schen De Quincey nicht zu erwerben, da im ‹Opium-eater› 60 % des Originals fehlen – oder eben auch dieses Heyne'sche ‹Ravensnest› mit Mißtrauen & -fallen zu betrachten, weil es sich, verglichen mit dem Original, um eine Pfuscherei handelt. Zumindest solange ich noch die Tasten schlagen kann, soll es nicht unwidersprochen bleiben, wie die Herren Verleger es sich herausnehmen, mit uns, den Verbrauchern, ihr Schindluder zu treiben. Nichts liegt mir daran, irgendwelche (meist noch schlecht bezahlte) Kollegen über die Klinge springen zu lassen; aber das muß nach Kräften ver-

hindert werden, daß sich Dummheit & Frechheit, ob in der Politik ob in der Kultur, als unangreifbar konstituieren. Und da wird es denn hohe Zeit, der Nation immer wieder ganz klar darzulegen, daß wir Deutschen, auch was Bücher angeht, gar kein ‹Salz der Erde› mehr sind; auch dieser Zweig unserer Produktion ist ausgesprochen verlottert, und was die Editionen der 2. Hälfte des Jahrhunderts betrifft, so werden sich die Enkel noch einmal die Nasen vor uns zuhalten – das mag bitter klingen, ist aber die binsigste Wahrheit. (Wenn die Verleger gut beraten wären, würden sie jetzt einen etwaigen Protest dahingehend beschränken, daß es nun aber auch allmählich, als die zweite unerläßliche Voraussetzung zu ernsthaften Leistungen, *Schriftstellerschulen* geben müßte; damit die Leutchen ihre ‹hastypuddings› auch etwas sorgfältiger bereiten lernten – wozu ich nur in die Hände klappe: ‹Bravo! Sehr gut; sehr richtig!›.)
Das vorgelegte digest von COOPER's großer ‹Littlepage-Trilogie› ist ein bißchen zu begrüßen; weil es, seit 100 Jahren zum ersten Mal wieder, einen ungefähren Begriff davon gibt, worum es sich dabei handelt; die Namen & der ungefähre Textfluß sind, wenn auch nur plump schematisiert, so doch annähernd erhalten. Andererseits ist es ausgesprochen zu bedauern, dies Gespreize mit der ‹Kostbarkeit der Weltliteratur›; da im Endergebnis fast unfehlbar darauf hinauslaufend, daß für die nächsten 20 Jahre kein deutscher Verlag es noch für nötig halten wird, nun eine wirklich gute, vollständige Ausgabe dieser, eigentlich unentbehrlichen amerikanischen Geschichte zu unternehmen – insofern ist dieser paperback widerlich & schädlich zugleich.*

* *Anm.* Ein Jahrzehnt später übersetzte Arno Schmidt die drei Bände der ‹Littlepage Manuscripts› James Fenimore Cooper's – seinen Grundforderungen getreu. Sie erschienen in den Jahren 1976/77/78 unter den Titeln SATANSTOE, TAUSENDMORGEN, DIE ROTEN im S.Fischer Verlag und 1983 im Fischer Taschenbuch Verlag (Bd. 5339, 5340, 5341).

DER FALL ASCHER

1

»The lesser the fish, my dear scholar, the greater the skill in catching it.«

(LEWIS CARROLL, ‹Vision of the 3 Tees›.)

An Voraussetzungen, die ich aus Gründen des Raums & meiner Arbeitszeit machen muß, nur eine : ich werde im Folgenden für gewiß annehmen, daß jeder Leser vertraut sei mit POE's ‹The Fall of the House of Usher›, einem der Wunder westlicher Literatur.
Mit welchem ‹vertraut› sogleich im Widerspruch zu stehen scheint, daß der Verlag Walter-Olten sich mächtig anschickt, dem Publikum eine neue POE-Übersetzung vorzulegen; folglich muß mir, einem der Hauptbeteiligten, die Beteuerung erlaubt sein, daß es sich gar nicht um ‹moutarde après le diner› handelt – im Gegenteil : was bisher serviert wurde, war Senf – und auch der Stand der Forschung sei kurz & grell angeleuchtet, indem ich die offiziösen ‹Key Writings› des Verlags Hill & Wang vorstelle; einem Paperback, auf dessen 563 S. der USA-Weisheit letzter Schluß aus 110 Jahren POE-Filologie etwa so kondensiert ist (S. 514) : ‹eine Quelle für das House of Usher ist nicht bekannt›; ‹Vigiliae Mortuorum – das hier gemeinte Werk konnte nicht ermittelt werden›; ‹TIECK, berühmter deutscher Dichter; die von POE zitierte Voyage into the blue distance war noch nicht zu identifizieren› usw. – dabei hätte 1 Blick in den geringsten Goedeke hingereicht, um zu erfahren, daß TIECK tatsächlich eine ‹Reise ins Blaue hinein› geschrieben hat. Auf der andern Seite ist das, was den Kommentatoren, Craig und Alterton ihre Namen, selbstverständlich erscheint, nichts weniger als dieses. Da POE mehrmals einen ‹nubian geographer› erwähnt, plappert's (S. 517) gleich flott los : ‹jener berühmte

Claudius Ptolemäus . . .›; dabei ist es so wenig Ptolemäus, daß es sich vielmehr schon wieder um Edrisi handelt. Besagte Summa weist nämlich nicht nur einzelne Imperfektheiten auf; sondern besteht überwiegend aus gelehrtem Wind : *die* POE-*Forschung hat noch nicht begonnen !* Es widerstrebt mir, primitive Völkerschaften wie USA und UDSSR in ihrer noch pubertären Nacktheit bloßzustellen, – aber ab & zu können sie es getrost einmal hören : wohl gehört ‹Die Zukunft› (was immer das auch sein möge) einwandfrei ihnen; auf politischem Gebiet, in den Naturwissenschaften, schweigen wir ganz vom ‹Sport›. Aber was Geisteswissenschaften anbelangt, sind sie noch ‹hinten etwas kurz›; noch beträgt das Volumen der diesbezüglichen europäischen Leistungen ein Vielfaches von dem der beiden Genannten zusammen; hier brauchen wir noch gar nicht zu resignieren.

Allerdings wären auch bei uns gewisse grassierende Einbildungen auszureuten, zumindest stark zu beschneiden; z. B. die, daß Leser oder Professoren etwas von Literatur verstünden – ein liebenswürdiger Irrtum, der weitgehend dadurch verschleiert wird, daß beide sich derselben Zeichen (der Buchstaben) bedienen, wie der Schriftsteller-Fachmann auch : vor einem Siebenfach-Integral der Mathematik, oder der intrikaten Partitur einer Fuge kapituliert der Laie ohne weiteres, zieht ehrerbietig das Mützchen & murmelt ‹Medizin !›; Lesenundschreiben jedoch hat er, wie er meint, ja schließlich wohl auch in der Schule gelernt, oder ?

Bleiben wir gleich beim ‹oder› : dem ist nicht so. Der Leser hat keinen Begriff davon, welche Energie, Worthalden anzuhäufen; welche Fähigkeit, Akusmata & Foneme sinnreich zu vermählen (und deren legitime Sprößlinge, mehrsprachige, großzuziehen und geschmeidig trainiert zu erhalten); welche Unermüdlichkeit der Kombinatorik und auch der Analyse; welches tip-toe-Gefühl für Rhythmen & Vokalharmonien; welch umfassende Belesenheit; welcher Mut, meine Herren, welche Aufrichtigkeit, meine Damen; welch rare psychische Spaltbarkeit : gleichzeitig der Schreibende *und* das Jenem mondkalt zuschauende Gesicht am Fenster zu sein – den auch nur mittelguten Autor ausmacht ! (Und daß es noch immer

keine ‹Schulen für Schriftsteller› gibt, ist eines der atavistischeren Merkmale unserer Zwischeneiszeit, das die Enkel uns schon noch einmal aufmutzen werden.) –
Bei dem anstehenden ‹Ascher› nun, geht es um einen Fall, an dem sich sämtliches Vorausgeschicktes, und noch weit mehr, schier unvergleichlich demonstrieren läßt; die Faszination von 5 Lesergenerationen ebenso, wie das buchstabierende Pfuschen & steife Schwärmen der Filologen, meist nach der Melodey : ‹Wo das Material ausgeht, fängt die tiefschürfende Bemerkung an›. Dabei ist der casus relativ einfach; wie immer, wenn ein Fachmann dem andern sorgenfaltig auf den Leib rückt; durchschaut doch er allein – er, durch so manches Jahrzehnt gewohnt, kürzere und längere Prosaformen säuberlich & fein-kompliziert zu konstruieren – sofort, was der Verfasser an Motiven unauffällig vorne hineinsteckt, um sie dann hinten effektvoll wieder hervor zu zaubern; und der Leser ist womöglich noch verblüfft, wenn man ihm, auf S. 100, still voraussagt, was auf 600 passieren werde. Denn im Anfang der Prosa ist eben der Logos – Lyriker mögen mit ‹Genie› ausreichen – und als Edgar Poe die ersten Bogen des ‹Barnaby Rudge› gesehen hatte, schrieb er jenen berühmten Brief an Dickens, in dem er ihm den Gang der Handlung, bis ans 1000-seitige Ende, entwickelte; (müßte das ja auch ein schlechter Scheol-Meister sein, dem ein jüngerer hier im Schattenspiel etwas vormachen könnte). – Der Leser also goutiert die prachtvoll anthrazit-glänzende Hades-Haftigkeit des Ascher; der Anglist versieht ihn mit arrogant-hülflosen Marginalien à la ‹non mi ricordo›; der Fachmann dagegen nimmt etwas sehr Kurioses wahr. Ganz zu schweigen von (noch zu erwähnenden) Klein-Indizien nämlich, springt ihm 1 überaus Befremdliches in die Augen; bei einem derart meisterlichen & bewußten Berechner der knappsten Strukturen etwas, um sich 7 Tage lang darüber zu wundern!
Der Inhalt, aufs Skelett zusammengestrichen, lautet ja : Lady Madeline wird von ihrem excentrischen Bruder voreilig eingegruftet; erwacht wieder; erscheint dem krankhaft-Sensiblen, und reißt ihn mit sich in den endgültigen Schock-Tod. Angefangen von dem berühmten ersten Satz, der bereits einen

grauen Stein eng an den andern legt – das ‹shades› der 5. Zeile ist ja nicht nur ‹Schatten›; es steckt auch ein orthografisch korrektes ‹Hades› darin – stimmen die Motivreihen trefflich; das einzelne Wort sitzt haargenau; eine erstrangige ‹vertu septentrionale› ist gegen uns am herrlich-schleichenden Werke. Ergo liest man bei Ascher's auch die entsprechenden fantastischen Bücher, von hohlen Erden mit bizarren Bewohnern; träumt von Chiromantie & Kabbalistik; aber während die meisten mit einer halben Zeile treffend genug charakterisiert sind, wird 1 davon ganz auffällig ausführlich, nämlich 10 bis 15 Mal so lang, vorgestellt. Unmittelbar vor dem Tode der Schwester heißt es:

»Sein allerhöchstes Entzücken jedoch fand er beim Durchlesen eines äußerst raren & merkwürdigen gothischen Quartbandes – dem Manuale einer längst vergessenen Kirche – den ‹Vigiliae Mortuorum secundum Ecclesiae Maguntinae›. / Ich mußte, ob ich wollte oder nicht, sofort an das schwärmerische Ritual dieses Werkes, sowie seinen sehr möglichen Einfluß auf den Hypochonder denken, als er mir, eines Abends, nach der abrupten Mitteilung, daß Lady Madeline nicht mehr sei, usw.«

An solchen Stellen nickt der Fachmann grundsätzlich ein bißchen resigniert; ist ihm doch eine so nachdrückliche Überbetonung das Alarmsignal, daß der Verfasser über kurz oder lang das Betreffende entscheidend zu benützen gedenkt; (meist über kurz: die Distanz in Seitenzahlen wird fast ein Maß der Qualität abgeben können; bei Karl May z.B. ist es so, daß der Held, wenn die all-entscheidende Geheimschrift auftaucht, 20 Zeilen vorher grade ‹zufällig› den Schlüssel gefunden hat; donc). Nun stelle man sich das Erstaunen vor, wenn eine dergestalt sorgsam eingeleitete, und ja auch höchst sinnvolle Auflösung n i c h t benützt wird! Aus Gründen künstlerischer Architektonik & Ökonomie ist es, bei so kargem Raum, schlecht, unnötig folgenloses Neues einzuführen, ob Personen ob Staffage; zumal wo die ausgeklügeltste Schöpfer-Logik & -konsequenz nichts Passenderes erfinden könnte, als besagte ‹Vigiliae Mortuorum› nun auch celebriren, und durch sie, halb tiefes Summen halb heller

Ton, die Katastrofe herbeiführen zu lassen. Statt dessen erfindet POE ein neu-mittelalterliches Gemächt, von einem toll-tollenden ‹Mad Trist› – sicher; das tut's, wie figura zeigt, bei Solchen, die nicht aufzupassen gewöhnt sind, auch.

Dem Fachmann allerdings kommt so etwas einer Mitteilung gleich; der Mitteilung : *daß hier etwas nicht stimme !*

2

» 3 fremde Blumen wand / ich hier in meinen Strauß; / und wenn ich's nicht gestand, / Ihr röchet's nicht heraus. «

(RÜCKERT, ‹ Weisheit des Brahmanen ›)

Dabei könnte man sich doch wirklich schön-lugubre Vigilien-Szenen ausmalen, zu deren Begleitung die Scheintote weit organischer, sinnvoller ‹entfesselt› würde – meinethalben so . . .

. . . ich nahm mein Buch; schlug auf, wo ich stehen geblieben, und las weiter : / / Darauf hoben die Lehrlinge den Deckel vom Sarge, und der Entschlummerte lag im weißen Sterbekleide, die Hände & Füße gebunden, die Schläfe mit Lorbeer & Weinlaub umkränzt, auf der Brust ein langes goldenes Kreuz, mit Edelsteinen reich geschmückt, auf dem Herzen aber ein frischer blühender Veilchenstrauß. / Brüder Lehrlinge, hob der Großmeister an : thut, wie ich Euch befehle, und antwortet, was ich Euch frage : Was bedeutet der Kranz von Lorbeer & Weinlaub ? / 1. LEHRLING : Der Mensch ist geschaffen für Ehre & Freude. / GROSSMEISTER : Höheres wartet des Menschen über den Sternen. Lorbeer & Weinlaub verwelken. Entschmücket den Todten. / Und die Lehrlinge nahmen den Kranz von den Schläfen des Entschlummerten. / GROSSMEISTER : Warum sind ihm Hände & Füße gebunden ? / 4. LEHRLING : Um anzudeuten, es sey Keiner hienieden frei von der Knechtschaft seiner Sinne. /

Grossmeister : der Tod hat die Ketten der Sinne gebrochen. Entfesselt den Freien. / Und die Lehrlinge thaten, wie ihnen befohlen. / Grossmeister : Was soll der Veilchenstrauß auf seinem Herzen ? / 5. Lehrling : Die Bruderliebe hat ihn damit geschmückt. / Grossmeister : Wißt Ihr gewiß, daß der Bruder im Sarge todt, und zum Erdenschlafe bereit sey ? / . . . / Hierauf hoben die Lehrlinge den Deckel wieder auf den Sarg, und verschlossen ihn mit 7 Nägeln . . . unterdessen hob der Großmeister den eisernen Hammer, und ließ ihn dreimal fallen, auf das Kreuz von Eisen . . . / / Da klopfte es zum drittenmale wieder draußen so stark & vernehmlich, daß ich zusammenfuhr, und vor Schreck fast kein Glied rühren konnte – es klang wie Eisen auf Eisen. Diesmal war es keine Täuschung. Ich hatte es zu deutlich gehört. Ich verlor den Atem aus der Brust. Das Haar sträubte sich mir empor. Es lief mir kalt durch alle Markröhren ! . . .

Nun brauchte man nur noch die Tote erscheinen zu lassen, und die Sache wäre gemacht; stimmt's ? – Aber genug des Scherzes ; ‹ Lex Mihi Ars › ; itzt will ich ernsthaft reden.

3

» Is this plagiarism or is it not ? – I merely ask for information. «

(Poe, ‹ A questionable plagiarism ›.)

Edgar Poe, gänzlich aus europäischer Tradition heraus schreibend, war notorisch gut vertraut mit der deutschen Literatur kurz nach 1800; der für ihn also zeitgenössischen. Von Fouqué kannte er ‹Thiodolf den Isländer›, heute entlegenste Lektüre; der verehrten ‹ Undine › hat er mehrere Studien gewidmet, und mit seinem unvergleichlichen Spürsinn aufgrund ‹ innerer Indizien › herausmeditiert, daß es sich um ein Autobiograficum handeln müsse. Daß er Tieck schätzte, ergibt sich aus unserm ‹ Ascher › ; ja, noch mehr ; nämlich dies :

daß er ein 1835 erschienenes ausländisches Buch nur 4 Jahre später bereits gelesen, es sofort richtig beurteilt & öffentlich empfohlen hat. Und wie er selbst die deutsche Trivialliteratur, die auch bei uns viel zu voreilig in die Ecke abgestellte, gekannt hat, sei nunmehr an einem weiteren Beispiel dargetan. 1812 erschien in dem Taschenbuch ‹ Erholungen › die kurze Erzählung von H. Clauren, ‹ Das Raubschloß › ; (ich zitiere nach meinem wiener Nachdruck von 1825 ; die identischen englischen Wendungen in Klammern). Der Inhalt des 40-Seiters ist folgender :
ein Berichterstatter, bei Cl ebenso ich-förmlich referierend wie bei P, besucht eine Tante im Riesengebirge, die er seit » früher Jugend . . . als Knabe « (in boyhood) nicht mehr erblickt hat, ein » Wiedersehen nach langen 14 Jahren « (many years had elapsed since our last meeting). Von deren 2 Töchtern ist Cäcilie vor kurzem, » in der Blüte ihrer schönen Tage « (in the maturity of youth) gestorben. Sie » hatte sich vor dem Einscharren in die Erde gefürchtet, und die Mutter gebeten, sie nicht auf dem Kirchhof begraben zu lassen, weil es möglich sey, lebendig begraben zu werden, und dann keine Rettung denkbar sey. Unter dem Raubschlosse war ein tiefer, halb verfallener Keller ; diesen bat sie die Mutter zur Gruft einrichten zu lassen « ; (also das Scheintod-Motiv, eine für P unwiderstehliche Vorstellung, die er ja auch mehrfach strapaziert hat ; weiterhin die ‹ remote and exposed situation of the burial-ground of the family ›, auch bei Cl » 1000 Schritt entfernt « ; und die ‹ intention, of preserving her corpse . . . in one of the numerous vaults within the main walls of the building ›). Dies ehemalige » Burgverließ, worin manche Thräne der Verzweiflung mochte geweint worden seyn . . . aus den Zeiten des Faustrechts « (in remote feudal times, for the worst purposes of a donjonkeep – da die USA kein Gebäude aus jenen schlecht beleuchteten saecula vermögen, *muß* der ‹ Ascher › in Alt-Europa spielen), zwischendurch » Polterkammer « und » feuerfestes Gewölbe « (a place as a deposit for powder or some other highly combustible substance – es wäre durchaus möglich, daß ein Engländer mit ‹ Polterkammer › eben nur dieses anzufangen gewußt hat), ist

jetzt also zur Gruft umgewandelt, »deren Eingang . . . mit einem eisernen Gittertor versehen war« (the door of massive iron; diese massige Eisentür wird gleich noch mehr ernüchtern). Der Erzähler schläft in der verfallenen (decay) Ruine, der »gotischen« (auch P hat zweimal ‹gothic›; ja sogar CL's »gothische Bogenfenster« sind als ‹pointed windows› übernommen) allerdings etwas unheimlich : »unter mir Cäcilie im Grabe . . . und die eiserne verriegelte Tür« (bei P liegt das Gewölbe ‹beneath that portion of the building, in which was my own sleeping-room›). »Beide Schwestern ähnelten einander, wie ich jetzt bemerkte«; (a striking similitude between the brother and sister now first arrested my attention). Zur ‹Stimmung› des Lesers benützen beide Autoren dieselben Knalleffekte, »Sturm . . . Blitze« (= tempest . . . lightning) : »Schlafen konnt'ich nicht« (no sleep came near my couch); CL langt, um sich abzulenken, in den Bücherschrank, und gerät perfiderweise an Traktätchen mit lauter Sterbegedanken : »Ist denn die ganze Bibliothek hier der Erinnerung des Todes geweiht?! sagte ich zu mir selbst, und griff nach einem dritten Buche in kleinem Taschenformat« (das wird gleich noch nach seiner Bedeutung gewürdigt werden); und diesmal handelt es sich, der teilnehmende Leser wird es schon ahnen, um die »höchst merkwürdige Beschreibung« (exceedingly rare and curious) »des Ordens der Tempelherren, aus dem 13. Jahrhundert. Das erste Blatt, das ich aufschlug, enthielt das Ritual eines Traueractes« (the wild ritual of this work + Vigiliae Mortuorum); und »das alte Buch, das mich wunderbar anzog« wird natürlich ‹his chief delight›. Dreimal kostet er Proben daraus : dreimal erfolgen fernverdächtige, sich immer steigernde Akusmata von Eisen auf Eisen; »ich hatte, meiner unbewußt, die Laterne in der Hand. Ich wollte hinaus auf den Gang. Tausend Ahnungen traten vor meine Seele.«; (a light step on an adjoining staircase . . . he entered, bearing a lamp . . . a thousand conflicting sensations); denn »beides hatte ich bestimmt gehört!«, (I did actually hear). In den Textproben (von denen ich nur die dritte teilweise zitiert habe) das Abheben und Aufsetzen des Sargdeckels; noch einmal die sorgliche Erkundigung, ob der ‹ Bruder › denn auch wirklich tot sei. Dann erfolgt in beiden Novellen natürlich die Erscheinung der verstorbenen Lady; samt anschließender euhemeristischer Erklärung; bei CL half zum heulenden Forte des Eisernen Thores banalerweise sogar noch eine Ofentür, die im Wind, hoffnungslos ungeölt, auf- & zuklappte (und » Rüstungen « = ‹ armorial trophies › rasseln hier wie dort – der Parallelen ist kein Ende).

Ein paar Hinweise noch für Liebhaber feinerer Methoden; obwohl es sich dabei um gar keine auxiliären oder gar ‹ unsicheren › Techniken handelt. / Daß P nicht 2 Schwestern, sondern nur eine und 1 *Bruder* hat, dürfte ebensosehr auf bloße keusche Spurverwischung zurückzuführen, als auch ihm durch das repetierte » Bruder « der Templer nahegelegt worden sein; und ‹ master of the house › ist das Wort-Spiegelbild des CL'schen » Großmeisters «. / Saiteninstrumente – bei CL Harfe, bei P Guitarre – spielen mit, und Gedichte klingen auf. / POE hat auffällig oft & hart Andere des Plagiats bezichtigt, und nicht unfeine Bemerkungen über dessen Mechanismen mitgeteilt; wie z. B. die, daß man den Nachbildner prinzipiell an der Überhöhung der Adjektive & des Details erkennen könne – wodurch uns also faßlich wird, daß bei CL jenes geheimnisvolle Buch » kleines Taschenformat « hat, während Meister P daraus ein ‹ quarto gothic › machen mußte; und CL sich mit einem » höchst merkwürdig « begnügen kann, welches P zu ‹ exceedingly rare and curious › aufschwellen läßt; aha.

Noch netter wird's, wenn man einmal darauf achtet, wie bei P, der ja nur zu gut wußte, daß es sich um » Templer « handele, lauter Buchstaben-Allräunchen mit ‹ temp › über die Seiten zu pirouettieren beginnen : ‹ temperament, attempting, tempest, temporary entombment, a tempestous night ›, ja, er räumt ein, daß es sich beim Helden um eine ‹ inordinate expansion above the regions of the temples › handele – was ja nun sogleich zweierlei Übersetzung erlaubt; nämlich

a (ehrsam) : eine ungewöhnliche Breitenausdehnung der Schläfenregion;

b (schalkhaft) : einen ungebührlichen Übergriff in die Bezirke der Templer; (das ‹ Maguntinae › sicherlich angeregt durch ‹Termagunt › = Mohammed; man vgl. den bekannten Templer-Prozeß).

Gleichermaßen aufschlußreich ist die 5 Mal überbetonte Spiegelung-Reduplikation im Teich, einem ‹ tarn › voller ‹ remodelled and inverted images › – ergo nicht nur ein ‹ Getarntes voll lauter nachgemachter & gewendeter Bilder ›, sondern gleichwertig dem Geständnis, daß es *zwei Ascherhäuser* gebe, (und das gespiegelte sei sogar das schönere, wird uns ausdrücklich versichert) : was der Mund des Autors verschweigt, das plaudert sein Schreibfinger aus.

Ergebnis: die Identität der Fabel & des Details ist geradezu niederknüppelnd; die für den stillen Umbildner typischen psychischen Mechanismen sind nachweisbar. (Ei verflucht, schreibt sich das schwer, daß Poe ein Dieb sey !) –

4

» Complex sigillum veri «

(‹ Ein Alter ›, bewußt variiert)

Und er war natürlich auch nichts weniger, als ein gemeiner Langfinger ! Denn wenn man nunmehr, nach erfolgter mikroskopischer Anatomie, wieder zurücktritt und sich die beiden Stücke betrachtet, was erblickt man unverändert ? – : auf der einen Seite einen eilfertigen & platten Pfuscher Cl, (der übrigens Münter rüstig ausgeschrieben hat); auf der andern den Großmeister unserer Zunft, (der, wie jedes ‹ Heavyweight ›, eben auch im ‹ Nehmen › groß war). Ob schon das Primat einwandfrei Clauren gehört, und es sich bei Poe nicht um ein bloßes kryptomnetisches Versehen handeln kann – vielmehr um ein sich deutlich & mehrfach wiederholendes, asymptotisches Heranschlängeln an eine Vorlage; jedesmal, wie billig, gefolgt von einem schroffen Ausbrechen, (wenn's gar zu ähnlich zu geraten drohte) – so sei doch eines ausdrücklich betont, nämlich daß hier nur ein immer, und zu

Recht wiederkehrender Vorgang vorliegt. Muß man doch unterscheiden, zwischen dem nacktbrutalen Plagiat des geistig Armen; zwischen Entlehnung (‹Lehnwort›) oder auch nur zufälliger Übereinstimmung; zwischen einer Umbildung, und eben jener, es unvergleichlich besser machenden Zweitformung; gemäß deren etwa aus einer wenig erbringenden beiläufigen Notiz LUKIAN's der ‹Zauberlehrling› GOETHE's entsteht, oder aus BENEDICTE NAUBERT's ‹Thekla von Thurn› eine ganze Episode in SCHILLER's ‹Wallenstein› : was wäre ein Diamant von 186 Karat, ungeschliffen & 100 Meter tief in der Erde? Sorgsam poliert, meisterlich gefaßt, und im Stirnband des Schah-in-Schah nennt man das gleiche Objekt dann ‹Koh-i-Nur›, den ‹Berg des Lichts›.
Denn CLAUREN hat das Thema nicht annähernd auszuthrillern verstanden. Seine Fabel hat keinen Faden, sondern besteht aus zusammengelaufenen Einfällen, während bei POE ein sauberes Fachwerk sichtbar wird; CL's gruselig sein sollendes Rankenwerk wirkt nur gemütlich-kribbelnd im Vergleich mit POE's sinistrer garrottier-Technik; und was gar die beiden Wortschätzchen anbelangt – tja, da tänzelt eben auf deutscher Seite ein rundlich-gewäschiges Ding in Barchentunterhosen rum; während im englischen eine ‹Phtah-ta-te-eta› à la Flikkenschildt auf den Lieben Leser zu todtentanzt. CL hat überhaupt nicht gewußt, was für einen Stoff er in der Hand hatte; worauf er ihm sogleich, und das geschah ihm recht, zu einer Feuilleton-Schnurre entartete; während POE, unnachahmlich sicherer Hand, seine Rabenfeder von Anfang an in ‹earthquake & eclipse› stippte.
Trotzdem ist es unerläßlich-wichtig, dies Dahinterblenden, dies Inbeziehungsetzen zur Tradition, dies Anknüpfen an das Große Gewebe, an dem wir Alle arbeiten; ja, es erhöht imgrunde den Lesegenuß, in so bedeutsamen Fällen einmal die Text-Entmischung vorgenommen zu haben, eine Quellenscheidung, die in letzter Instanz POE's Verdienste nur immer strahlender herausstellen wird. (Eine weitere Serie, wenn auch leichterer Farbtüpfelchen hat IRVING's Skizze ‹Westminster Abbey› geliefert). / Ein Letztes nun – unbesorgt; ich werde mich beeilen – es gibt sicher viele Neugierige, denen längst

die Erkundigung auf dem Zünglein brennt : warum ich immerfort ‹ Ascher › mit ‹ A › geschrieben habe ?
EDGAR ALLAN POE, einer der Kirchenväter der modernen Literatur, hat sich – es ist dies ein Gütekennzeichen – selten mit nur 1 dünn-oberschichtigen ‹ Sinn › begnügt; vielmehr nach Kräften ‹ Nebenbedeutungen › in ein-&-dieselbe Geschichte hineingearbeitet. ‹The Man that was used-up › ? – ein Naiver lacht, Ha-ha; während der Nicht-Taube düster die Stirn senkt, ob der Erfahrung des ‹Verbrauchten Mannes › am eigenen Leibe. / ‹ Allamistakeo › nennt sich die erwachte Mumie ? = ‹ all a mistake oh ! ›. / ‹ Arthur Gordon Pym › ? – entspricht rhythmisch-exakt einem ‹ Edgar Allan Poe ›. / Und bei so urkundlich-belegbarem ‹ double-dealing › wird er ja auch im ‹ Usher › nicht mehrmals umsonst Ausdrücke wie ‹ the quaint & equivocal appellation of the House of Usher › gebraucht haben, oder von einem ‹ under or mystic current of its meaning › gesprochen.
Da es sich um eine absichtlich herbeigeführte Häufung von *Verfall & Tod* handelt – ‹ Friede seiner Asche › heißt ein geläufiges deutsches Symbol-Wort ; (‹ Aschenkrug › hat auch CL) – wird ‹ Usher ›, das sich, hüben wie drüben, fonetisch präzis mit ‹ Asche › deckt, zunächst also dieses bedeuten sollen. / Es tritt, unscheinbar-unaufgefordert, gleich noch Mehreres hinzu : ‹ ash-plant › entspricht z. B. unserm ältlichen ‹ Corporalstock ›, und POE war nun einmal ‹ Capo › bei der Artill'rie gewesen. / Die Nase des Helden ist ‹ vom feinsten hebräischen Schnitt › : Wer dächte da nicht an den ‹ Stamm Ascher › des AT ?; (wenn nicht gar an ‹ Aschera ›; weiteres siehe ‹ ZETTELS TRAUM ›, S. 672ff.). / Hauptsächlich jedoch werde ich auf der von mir vorgeschlagenen Schreibweise bestehen; weil sich unter der exquisit vergammelten Oberflächenhandlung eine Reihe von Selbstporträts verbirgt; ist doch das eingelegte Gedicht nichts als ‹ Die Ballade vom Haupte des Dichters ›; und das Äußere-Innere des Herren-Hauses wird genau parallel zum Angesicht Roderick Ascher's gestaltet : die blicklosen Fensteraugen; vom ‹ fine-tangled web-work › des Haares überhangen; bis zum ‹ Gängeviertel ›, zum Kammern-Labyrinth des Schädels, mit den kurios ge-

schnitzten, sich in Dämmerungen verlierenden Decken. Deswegen also, weil es sich um das vorsätzliche Mehrfach-Selbstporträt des Sängerkönigs handelt, eines der ganz großen Götter meiner Jugend, der hier bewußt in einen Schwarzen Spiegel geschaut, sich selbst die letale Diagnose gestellt, dann die Zeus-Stirn gesenkt (man sehe sich getrost einmal wieder den schönen Anderson'schen Stahlstich an), und auch ein Letztes gemurmelt haben wird, gänzlich unlästerlich gemeint, in steinerner Resignation nur : jehje *Ascher* jehje. – : ‹ICH WERDE SEIN, DER ICH SEIN WERDE.›

DIE 10 KAMMERN DES BLAUBART

1

Und als sie erst aus dem Wasser heraufgestiegen waren, auf Ranken, auf Füßen, da begannen sich auch am Grunde des Luftozeans lange Wälder zu bilden und meilengroße Wiesen – die Fische nannten sich hier ‹Vögel› – manche zeigten frech das Sägegebiß, und verbargen dafür die Organe der Fortpflanzung; die Blumen trieben's umgekehrt, steckten die Freßwerkzeuge in die steife schlüpfrige Erde, und hielten, ja reckten ihre Genitalien, bunt & duftend, nicht zu übersehen noch zu überriechen, unter alle äugenden Nasen. Überall rupfte und knusperte es, und leise sägte ein Meer von Grillen.
Da sie – sie konnten wohl nicht dafür – so angelegt waren, daß Eines nur existieren konnte, wenn es das Andere auffraß, mußten Überfall & Totschlag ihre Hauptbeschäftigung sein, und Lust- & Mordgedanken ein wichtiger Bestandteil ihrer Mentalität.
Als man dann anfing, mit Kunststoffen zu arbeiten – Wespen etwa, die heute noch scharmante hängende Kuppeln aus Zellulose montieren; (Termiten auch, ja); aber sie Alle hoffnungslos gehandicapt durch eine zu geringe Lebensdauer von 4 Wochen – da kam Schick in die Sache. Besonders kluge Tiere, und die im Durchschnitt 10 bis 20 Tausend Tage alt werden, bildeten sich, in Selbst-Konkurrenz, kurios immer weiter; nunmehr, im Jahre Neunzehnhundert Strichundsechzig, sind ihre Wohnsiedelungen groß wie Inseln geworden; kein Krake ist mehr vor ihnen sicher, und kein Stern. Einzelne davon erfinden bereits, rührend tapfer, Wissenschaftchen & Künstlein, winzige nacaratfarbene Pünktchen in einem üblen grau-grünen Neutrum; die Meisten freilich müssen, (und man kann es ihnen, wie gesagt, nicht krumm nehmen), hauptsächlich auf frische, möglichst belegte, Semmeln

erpicht sein – die knirschen noch genau so angenehm zwischen den Zähnen, (und wenn's falsche sind), wie weiland im Groß-Perm! Sie zucken die weißen (oder gelb-braunen) Achseln; sie arbeiten; sie haben Lust- & Mordgedanken; und lassen sich von der Erde um die Sonne kutschieren.

Daß diese Wesen verhältnismäßig bald dahin gelangen mußten, nun auch sich selbst zu beschreiben, war jedem Denkenden von vornherein klar; und ich möchte ausdrücklich betonen, daß es dem homo sapiens – meinethalben auch ‹faber-ludens-lucifer› zur Ehre gereicht, wie er sich dieser jenun ‹Aufgabe› (man lügt, sobald man zu tippen anfängt!) entledigt hat: unsere Museen und Bibliotheken, Konzertsäle und Observatorien, Universitäten und Krankenhäuser, all diese immer-erstaunlichen Konzentrationen & Vermehrungen eines sonst nur in Spurenelementen vorhandenen (wieder ‹jenun›!) ‹Wahrengutenschönen›, können wir durchaus ‹vorzeigen›, in Konkurrenz mit einer ‹Schöpfung›, die sich derart abgeschmackte Witze geleistet hat, wie etwa die Organe der Liebeskraft gleichzeitig als ‹Harnröhren› anzulegen, und sie zusätzlich noch ausgerechnet am Popo zu befestigen! (Ein, zugegeben, seit Sir Thomas Browne nicht mehr ganz neues Aperçu; das jedoch zwanglos zu den beiden, uns anscheinend einzig möglichen, Betrachtungs- und folglich Schilderungsweisen überleitet.)

Selbstverständlich leiden wir noch schwer an ‹Instinkten›; schleppen Urväterhausrat von Zirbeldrüsen und ‹Wurmfortsätzen› mit uns herum; periodisch überwältigen uns Hormone; uns, mühsam Wassertretende in einer See von nichteuklidischen Gespenstrigkeiten – enfin: die Schweinerei um uns ist so groß, daß sie wohl Jedem peinlich ist. ‹Feinsinnige› Autoren nun entschließen sich, (d. h. sie können nicht anders, Gotthelfeihnenamen!), unangenehme Fakten auf gut palmströmsch zu ignorieren oder aber mit Ausdrücken wie ‹Brauchtum› oder ‹kultisch› zu schminken; heißen die Großstadt einen Platz, wo der Teufel Hof hält, deklamieren von der progressiven Reptilisation der ‹Verstandesmenschen›, und propagieren ihrerseits ein fantastisch-blaublümlerisches ‹einfach leben›. Die Anderen hingegen, gern (und es muß wohl eine gewisse Verachtung darin liegen) als ‹Techniker› bezeichnet, (und auch sie können nichts dafür: ihr Großhirn helfe ihnen, Amen!), schreiben nach der Devise ‹Beobachtet, wie auch Ihr beobachtet werdet›; halten jeglichen Romantiker für einen Trottel vom reinsten Wasser, und ein Profetenzürnen für echt Gold-Doublé, und den Vegetarier für einen Pflanzenfleischer. Und dementsprechend zwillingshaft-verschieden fällt eben auch die Darstellung aus, wenn einmal ein-und-dasselbe Thema von Vertretern beider Schulen abgehandelt wird.

2

Es ist große Mode – vielleicht sogar wieder schon ein wenig ‹passé› – Standard-Themen des Menschengeschlechtes neu zu variieren: ‹Ifigenie 1945›; Odysseus; ‹Romeo & Julia auf dem Dorfe›. Daß es solche rekurrierenden Situationen gibt, darf bei Zahlen der Größenordnung von einigen hundert Milliarden, die im Laufe der Zeit kribbelten & wibbelten, nicht befremden; au contraire: es ist weit wundersamer, daß überhaupt noch Neues passiert, bzw. Manchem einfällt. Und da hat uns nun eben in diesen Tagen ein Amerikaner einen neuen BLAUBART bescheert – jenen Mann, der 6 Frauen nacheinander verbrauchte, an der 7. jedoch scheiterte. Ursprünglich ein französischer Stoff, (»Kunststück« wird mancher Teutone ebenso mißbilligend wie neidisch murmeln), ob einem nun Perrault einfällt, oder – aber dazu muß man schon arg gelehrt sein – ‹Gilles de Retz›; und der rechte Kenner sagt still sein TIECK vor sich hin, und meint nicht nur das schöne Theaterstück, sondern gleichermaßen die ergänzende, leider schier unbekannte, Prosa der SIEBEN WEIBER: das nun ist die ‹romantische Lösung›; und das Urteil des Lesers, nachdem er die beiden Stücke zu sich genommen hat, kann, bezüglich Fakten & Inhalt, nur lauten ‹Willkürlich, grausam, skurril und mystisch›. Ich kann doch nicht, bloß um weibliche Neugierde zu bestrafen, 7 Frauen umbringen! (Von ‹Ehefrauen› noch ganz zu schweigen).

Wie gleich und doch anders in dem, eben jetzt im Goverts-Verlag [1961] erschienenen Bande

Stanley Ellin : ‹SANFTER SCHRECKEN›
10 ruchlose Geschichten.

Und ob ich schon wünschen muß, dem Verlag wäre Besseres eingefallen, als ausgerechnet dieser Titel – ‹ruchlos›, wie neckisch; wer möchte das nicht sein : »Hasch mich; mir ist so ruchlos !« – das Buch ist, was bei uns im Jahre höchstens 2 Dutzend Bücher von sich sagen können, trotzdem gut. – Aber zurück zum Thema : Wieso braucht 1 Mann 7 Frauen ?
Da fallen dem Nüchternen – und emotionell Orientierte sind ja, zumindest auf die Dauer, nicht ernst zu nehmen – eigentlich nur 2 Möglichkeiten ein : entweder muß das arme Luder sexuell besonders überdimensioniert gewesen sein (aber dann hätte er die Sieben wohl eher neben- nicht hintereinander benützt); oder aber er braucht Geld !
Und das ist es natürlich. Es gibt letzten Endes nur diese eine, die ‹Ellinsche Lösung› : erotisch wohlaffektioniert kann ‹Mann› ja höchstens 5 % seiner Zeit agieren; der Rest . . . . . ja, was ist, wenn man sich schon erkühnen und 95 % so nennen will, der ‹Rest› ? Ist es die ewige Wippe von Arbeit plus Bequemlichkeit, von Hunger plus Langerweile ? Bei MISTER APPLEBY ist es ‹Der Laden›; eine, genau der einleitenden Definition gemäß errichtete ‹künstliche› und zwar ‹Geordnete Welt›; eine sauberere, korrektere, ja, in gewissem Sinne auch gerechtere Welt als die, die uns umgibt. Der Verkauf selbst der kleinsten ‹Antiquität› schmerzt ihn über die Maßen – nicht des ‹Wertes› wegen; es ist ja alles Kitsch; aber um der ‹leeren Stelle›, der ‹UN-Ordnung› willen ! Wir erleben die Tragödie des, bereits sattsam häufigen, moralisch basislosen bzw. polyvalenten, mit Ordnungszwang gestraften, ‹wissenschaftlich angelegten› Gehirntiers. Dafür haben Ehefrauen wie billig kein Verständnis; wohl aber besitzen sie (leider meist kleinere) Privatvermögen, die sie in solch skurrilen Abgrund nicht zu werfen gedenken – tcha, und da müssen sie eben sterben. Nur an einem kann (und muß !) MISTER

APPLEBY scheitern : an seiner Antipodin, der natürlich-liederlichen Miß Sturgis, und dem Rechtsanwalts-Bruder, der sie überwacht. (Daß Ellin hier, wo er nur 1 Rächer benötigt hätte, 3 ins Treffen führt, ist ein schnurriger Beleg dafür, wie sich die alten Fabeln, wenn man nicht ganz sehr aufpaßt, zuweilen revanchieren.) – Die, selbstverständlich unausgesprochene ‹Moral der Geschichte› wäre vermutlich nicht einmal die, daß ‹Eppel› endlich doch für seine Morde betraft wird, (beziehungsweise, à la Dürrenmatt, für einen Mord, den er gar nicht beging); sondern, weit bedeutend-sachlicher, daß bei kontinuierlich vorgenommenen Morden eine größere Periode von 7 Fällen super-poniert scheint, vor der jeder Mörder sich in Acht nehmen sollte. –

Ist es nötig, ausdrücklich auf den Tiefsinn der SPEZIALITÄT DES HAUSES aufmerksam zu machen??

‹Kannibalismus› scheint ein abgeschmacktes (obwohl noch ziemlich unverbrauchtes) literarisches Motiv; selbst wir, doch an Hungersnöten von 1945–48 geschult, akzeptieren es nur unter größten Vorbehalten – Edgar Poe's GORDON PYM, dieses herrlichste Stück, wird anscheinend nie recht populär deswegen. Hier, wo der Vitzliputzli ‹Sbirro› heißt, erscheint es endlich einmal, mit dem ihm gebührenden Tiefsinn tracktiert : es handelt sich ja mit nichten um einen Autor mit besonders schwarzfleckigem Gedächtnis, oder um eine, sei es noch so solide, ‹filosofische Obstruktion›; sondern in diesem schön-speziellen Falle tut es lediglich not, sich Theodor Storm's ‹Grabsteininschrift› vor Augen zu halten :

‹DAT IS DE DOOT, DE ALLENS FRITT!›.

Denn diese SPEZIALITÄT ist schlicht nur der ‹Abgesang› des Lebens. Man wird älter & fetter; man wird allein; ‹Frauen› interessieren nicht mehr (im ‹übertragenen Sinne› : sie werden bei Sbirro nicht geduldet, nicht ‹bedient›.) Das ‹Geschäft› muß freilich noch betrieben werden; denn Gut-Essen kostet Geld; also heißt es, asthmatisch, cash-as-cash-can, und, abends dann dafür, an den Gabelzinken, das hinreißend-triefende Bratenstück.

Eine-einzige pervers-wunde Stelle – der Romantiker würde

‹Höhere Sehnsucht› sagen – findet sich noch : die Neugier (zur Hälfte Erkenntnisdrang nach dem Rezeptbuch, nach dem diese Welt gemacht ist), einmal die Küche besichtigen zu dürfen! (Im, immer-übertragenen, herrlich-grotesken Sinne ‹Die Werkstatt des Schöpfers›). Aber Gott Sbirro, ganz katziges Grinsen und Weisheitszahn, lehnt dergleichen Ansinnen grundsätzlich ab; erst wenn man die (‹letzte›?) Reise antritt, darf man es ganz kurz sehen : das Geheimnis einer Welt, deren lebende Wesen dadurch existieren, daß Eins das Andere auffrißt!

3

Es gibt kaum einen amerikanischen Schriftsteller, der nicht irgendwie an Poe scheitern müßte; ergo ist dies auch Ellin zweimal passiert – einmal im TOD AM WEIHNACHTSABEND, wo er das ‹House of Usher› verwässert hat; zum andernmal im AUGENBLICK DER ENTSCHEIDUNG, (wo das ‹Cask of Amontillado› herhalten mußte) – sei's drum; Undankbarkeit gegen Vorgänger ist beinahe die Bedingung jedes Fortschreitens in Literatur oder Wissenschaft. (Auch, falls dies Einen trösten können sollte – mich eigentlich nicht – : die Atombomben sind Uns-Allen bereits gebacken.) –

Denn ob auch die GESELLSCHAFT IN DER VILLA eine nur bedingt gültige Gleichung zwischen Repetition und Höllengefühl herzustellen versucht, das HUNEKER GAMBIT ist wieder ausgesprochen gut : ein präsumtiv-bedeutender Mann, von einer nörgeligen Nichtganz-Zanktippe frustriert, ‹befreit› sich durch die Flucht ins Schachspiel – und einmal mehr frappiert der Kontrast zwischen der schmierig-normalen und einer gefährlich künstlich-künstlerischen Welt; die jedoch einwandfrei die geistvollere, ‹gerechtere›, also vielleicht bessere ist.

VERRÄTER / BÖRSENPFEIL / VON ALLEM DAS BESTE – nun ja; auch hier nicht üble, aktuelle Themen : vom Jungen Mann, der den Versuchungen von Maßanzug & Rennyacht erliegt (durch Mord beschaffbar); vom Alten Mann, der den Geliebten seiner jungen Frau beseitigt (durch einen, sorgfältigst-sorgenfaltigen Mord; der Witz ist nur der, daß er unbewußt seinen eigenen Tod geplant hat!); oder die Schöne, die zwangsläufig ein Katalysator für ‹Schuld› aller Art wird – sie alle füllen ihre Stelle aus.

Aber die schönste von allen bleibt immer sie, die HOCHLEISTUNGSWERKZEUGE GMBH; zumal uns, den Deutschen, den ‹Japanern des Westens›, ewig-nachdenklich zu studieren!

: wie da der ältlich-arbeitslose Mister Crabtree sich um die 1 offene Stelle bewirbt; er, der Archetyp des ‹Beamten & Angestellten›, ein Ehrenmann, der Skrupel hat, die Telefonnummer seiner Pension niederzuschreiben, weil der Apparat nicht ihm gehört – steht er doch nur, zum Gebrauch für alle Mieter, im Hausflur. Und das Wunder geschieht, er wird ‹eingestellt›; zu einer ödesten, statistischen Arbeit, die sich jedoch ihm, dem normal-sinnigen Gemüt, umgehend zu beleben anfängt: da bekommen die Firmen-Namen allmählich ‹Gesichter›; er mitfühlt und -leidet bei Personal- und Aktienveränderungen. Tcha; und dann erscheint eben eines Tages der ‹Chef›, Herr Spelvin, er, über alle Abteilungsleiter-Vorstellungen hinaus mächtig & reich. Mit dürren Worten gibt er Mister Crabtree die Anweisung zu einem solennen Mord: 1 Erpresser ist aus dem Fenster des einsamen Hochhaus-Kontors zu kippen.

Und – ganz abgesehen davon, daß vom kadavernen Gehorsam ‹Die Stellung› dependiert (aber kann man von dergleichen absehen? Feiern wir nicht einen ‹20. Juli›?) – tritt eine unheimlich-zweite Erwägung hinzu: Ist ein Mord, den ein (ja bekanntlich mit höherer Einsicht ausgerüsteter) Chef befiehlt –: ja, ist das noch 1 Mord? (Und wem fielen hier nicht die ‹Hitler› der Weltgeschichte ein, ‹Menschen à la Eichmann›, auch all die Herren Generäle & Obristen, die Myriaden Gleich- und Andersdenkender ‹verheizten›, ‹wie das Gesetz es befahl›?). Welche Finesse auch, daß Herrn Crabtree ganz offen gesagt wird, wie seine ‹Arbeit› völlig wertlos & irrelevant sei: sobald er seine mühsamen Tabellen abgeliefert hat, wandern sie auch schon synchron, nicht 1 Blickes gewürdigt, in den Papierkorb : »Nu wenn schonn ! Sie kriegen doch jeden Ersten Ihr Gehalt.«

Und Mister Crabtree akzeptiert auch das; ja, schlimmer noch, es leuchtet ihm ein : er stößt jenen, ihm gänzlich Unbekannten, aus dem Fenster; und taucht wiederum ein, verantwortungsfrei & pensionsberechtigt, baar jeglichen Geständniszwangs oder Strafbedürfnisses, in seine ‹Geordnete Welt›. –

4

Ich schätze den ‹Kriminalroman› als solchen nicht. Nicht seine alberne Voraussetzung, daß Morde geschähen, um aufgeklärt zu werden; nicht seine bescheiden-allwissenden ‹Regulatoren›, (und noch minder die liebenswürdig-halballwissenden, die ‹auch mal Fehler begehen› – wenn man für geniale Kombinationen auf Fußspur-Basis anfällig ist, sollte man gleich Karl May lesen, der macht das viel netter.) Und auch den neuerdings beliebt gewordenen Aufputz goutiere ich nicht, wo die Mörder vorher schwermütig über Rembrandt-Bilder dozieren, oder sich gegenseitig vergammelte Psychologica auftischen; (aber vielleicht bedeutet das ja ein Einlenken in die rechtere Bahn?). In seiner bisher gängigen Gestalt jedenfalls ist mir der ‹Kriminalroman› eine lächerlich einseitige, und ergo zur Drittrangigkeit verurteilte Literaturform.

Was hier not tut, wäre die Einsicht, daß wir Alle Ungeheuerlein sind; beziehungsweise, weniger schockierend ausgedrückt : daß zumindest Gedankenspiele von Lust & Mord zum unveräußerlichen Bewußtseinsbestand auch des normalen Bürgers gehören. Das ‹Alltägliche› ist noch nicht halb so klar, wie man sich einzubilden pflegt; und das Außerordentliche eigentlich nur eine Erfindung der Journalisten, die der Dichter verschmähen sollte. Dergleichen Erkenntnis führte dann freilich in allerletzter Instanz ‹nur› zu einer Bereicherung des Großen Romans, zu seiner Weiterführung in Richtung Dostojewski (und darüber hinaus!).

In dieser, teils Rückwärts- teils spiralig Höher-Entwicklung könnte Stanley Ellin ein Markstein werden. Noch wissen wir zu wenig von ihm; noch sind seine Bücher – 2 Romane gibt es außerdem, wenn ich nicht irre – in Deutschland unbekannt. Falls es ihm gelingen sollte, (und in diesen 10 Geschichten zeigen sich unverächtliche Ansätze), zum Tiefsinn seiner Fabeln und der schlechthin vorbildlich knappen Konstruktion sich auch noch eine dichterische Sprache zu erarbeiten – ja, dann könnte es sein, daß wir binnen kurzem einen neuen, wiederum amerikanischen, Poe begrüßen dürfen. Zeit wäre es.

VON DEUTSCHER ART UND KUNST

(James Jones und der Text der ‹ Entwurzelten ›)

» Es liegt in der deutschen Natur, alles Ausländische in seiner Art zu würdigen und sich fremder Eigentümlichkeit zu bequemen. Dieses und die große Fügsamkeit unserer Sprache macht denn die deutschen Übersetzungen durchaus treu und vollkommen. « –

Goethe zu Eckermann ; am 10. 1. 1825

1

Die alleräußerlichste, jedem Leser bei der Beurteilung von Übersetzungen aus dem Angelsächsischen anzuempfehlende Klugheitsregel, ist die Vergleichung des *Umfangs* des Originals mit dem betreffenden deutschen Buch.

Nun hat Some Came Running 1266 Seiten à 44 Zeilen à 68 Buchstaben – wird also insgesamt rund 3,8 Millionen Buchstaben umfassen. Weiterhin ist jedem, nicht nur ‹ Fachmann › sondern sogar Schüler, sattsam bekannt, daß die ‹ Einsilbigkeit › des Englischen, und noch mehr des Amerikanischen, bei der Verwandlung ins Deutsche den Ansatz eines ‹ Vergrößerungsfaktors › notwendig macht. Bei sehr sorgfältig gearbeiteten Übersetzungen dürfte er immer noch 1,1 betragen ; (es gibt aber Bücher – ich besitze eine deutsche Jane Eyre – wo er 1,4 ist ; da kann man auf Anhieb sagen, daß der Übersetzer ‹ umschrieben › hat, also geschwatzt). (Dieser Faktor ist, versteht sich, bei jeder anderen Sprache natürlich verschieden : wenn ich im Burmesischen lese von der » Zeit, wo der jüngere Bruder dem älteren Bruder begegnet, ihn nicht erkennt, und ihn dennoch erkennt «, und dann erfahre, daß das unserer schlichten deutschen ‹ Dämmerung › entspricht – ei, dann bin ich froh, daß ich, wie so Vieles andere, auch Burmesisch nicht verstehe).

Bringen wir aber nun diesen ‹Schmidt'schen Vergrößerungsfaktor› – ich nenne ihn so, weil ich bei der Kalkulation meines nächsten Übersetzerhonorars bereits damit zu arbeiten gedenke – beim vorliegenden Jones an; und es ergibt sich, daß eine getreue deutsche Übertragung wohl oder übel ihre 4,2 Millionen Buchstaben aufweisen müßte.

Das ist enorm! Das sind, rein quantitativ, 15 Goethe'sche WERTHER; oder 2½ Stifter'sche NACHSOMMER; und der Verdacht einer reinen Prosa-Elefantiasis liegt ebenso nahe, wie der eines dicken holden Buches.

Aber stellen wir den entscheidenden Kalkül an, mit dem vorgeblichen Äquivalent dieser ENTWURZELTEN : 1044 mal 46 mal 70? – Keine Angst; es ist keine Hexerei; es ist die reine Geschwindigkeit : ergibt 3,3 Millionen. Und Sie könnten ergo, mit völliger Sicherheit, einen nicht unbedeutenden Betrag darauf wetten, daß man uns rund 900 000 Buchstaben gestrichen hat – was übrigens einen nicht unstattlichen Band von etwa 400 Normalseiten ausmacht : *rund 20 % des Urtextes fehlen also!*

Einen ersten Beleg liefern die reinen Kapitel-Zahlen : das Original hat 76, die Übersetzung nur 74; die Nummern 36 und 73 sind ganz ausgefallen; der Streicher war nicht schüchtern.

Man könnte mir freilich zunächst, ganz allgemein, entgegenhalten, daß ein derart unsinnig umfangreiches Produkt durch energische Dehydrierung durchaus gewonnen haben könnte. Zugegeben; (obwohl es sich auch dann immer noch um eine *Veränderung* handelte!); man kann durch Zusammenstreichen bessern. Man kann aber auch *bösern;* ja, verfälschen! (Ich erfinde 1 Beispiel : wenn es von einem Werk hieße ‹Ein echter Dichter hätte solchen Tinnef nie hingeschrieben› – und ein geschäftstüchtiger Buchhändler zitierte nur : ‹*Ein echter Dichter*›!).

Um also nachzuweisen, daß mir nicht nur an einem bloßen, ebenso end- wie belanglosen, Silbenkrieg gelegen ist, sondern an einer ‹Grundsatzerklärung›, muß ich schon ein wenig ins

Einzelne gehen : bei einem Buch, das voraussichtlich Millionenauflagen erleben dürfte – ob verdientermaßen, steht auf einem anderen Blatt – bei dem es sich also um eine meinungsbildende Großmacht handeln wird, ist es von überragender Wichtigkeit, zu wissen, ob die Ansichten des Verfassers, die Denkweisen seiner Helden, kurz, alle seine Intentionen, korrekt wiedergegeben sind.
Und also ist es vielleicht nicht ohne Interesse, zu erfahren : *welche 20 %* uns in diesem Fall vorenthalten wurden !

2

» Er hatte seine ersten 3 Deutschen getötet, und fühlte sich so ergötzt, und machtvoll, und gottgleich ! « : Potz NATO & Atomrüstung : das Uns ? !
In der deutschen Fassung fehlt die betreffende Druckseite 145 freilich (die Seitenzahlen sind im Folgenden die der amerikanischen Originalausgabe); fehlt, wie die nicht seltenen Anspielungen auf die Kriegsverbrechen der Nazis, auf die » Konzentrationslager ; und in dem einen war ein grausiges Bild gewesen, wie nackte Frauen gezwungen werden, über ein Feld zu laufen, vor der Front deutscher Soldaten entlang « (814, 1113, und öfter). Es wird uns systematisch unterschlagen, wie – drücken wir es ganz vorsichtig aus – wie einige von Jones' Helden, trotz der sonderbar großen Freundschaft zwischen Adenauer & Eisenhower, über uns Deutsche denken : Oh peuple babillard, si tu savais agir ! (Oder wenigstens richtig zu wählen).
Gut und menschlich Jones' Einstellung zu Krieg und Kriegskrüppeln (11, 15) – unnötig zu sagen, daß sie ihm gestrichen wurden ; sie hätten vielleicht auch manchen ‹ Wehrwillen › beeinträchtigt.
» Dave haßte die Kommunisten, haßte sie bitterlich . . . . . ‹ Wenn wir ihnen nur immer um 1 Atombombe vorausbleiben könnten ! › . . . . . Wenn es nur eine Methode gäbe, um zu ermitteln, ob es sich bei ihnen tatsächlich um menschliche Wesen handelt. . . . . . ‹ Kommunisten sind keine Menschen ›,

sagte Dave von der Theke her, ‹Ich hab' sie in Deutschland kennen gelernt.›« (295, 419, usw. – dies ‹usw.› spare ich mir in Zukunft). Eine Hoffnung bleibt den Amerikanern vielleicht noch (1264), daß sich Rußland und China mal anständig-gegenseitig in die Haare kriegten : »Das wär' schön!« (Jones hat sogar das noch perfidere und plattere »nice«). – Ich habe lange darüber nachgegrübelt, warum wohl dergleichen – bei uns doch ebenfalls weit verbreitete – Gedankengänge weggefallen sind : sind sie vielleicht doch um 1 Spur zu primitiv ausgefallen?

Aber das ist noch nichts gegen das, was man in ‹Gottes eigenem Land› so über die Chinesen denkt; und Jones hat die ebenso hahnebüchenen wie instruktiven Waidsprüchlein nicht etwa nur *einer* Gestalt in den Quermund gelegt : ob Dave, ob Wally, sie denken Alle so! : »Es war zum erschrecken. Für Hunde mochte es allenfalls angebracht sein . . . . . oder chinesische Bauern; die waren ja noch im Tierzustand, und wußtens nicht besser.« (687). Oder wie uns das Eingreifen der Amerikaner in Korea unschwer faßlich erklärt wird : »Sie wollen uns das nehmen, was wir in der Heimat gelassen haben : diesen unseren Lebensstandard, von dem sie nicht mal in Träumen wissen!« (1263) – so räsonnieren Intellektuelle, Schriftsteller, bei Jones : wenn es nicht ein so lächerliches Schauspiel wäre, diese hirnlose Überheblichkeit der Yankees, heulen könnte man! Die deutsche Ausgabe erspart uns allerdings humanerweise diese und ähnliche Tränen. –

Aus unserer speziellen bundesdeutschen ‹Seelenlage› heraus begreiflicher (wenn deswegen auch nicht entschuldbarer) ist die Kürzung aller Passagen, die sich gegen ‹Pietät› und Staatsreligion richten : »Haben Sie schon mal 'ne Hure gesehen, die geglaubt hätte, sie wäre eine? . . . . . Haben Sie schon mal 'ne Mutter gesehen, die sich nicht eingebildet hätte, sie wär' die Jungfrau Maria?« (185).

»Tcha, das Bibellesen kam ja auch immer mehr außer Mode« (519); oder : »Merkwürdig, diese Church of Christ, Saved : sie wußte grundsätzlich mehr von dem, was in den Kneipen vor sich ging, als sonst ein Bürger der Stadt; es seien denn die beteiligten Bummler selbst« (387). Man hätte Jones

wahrlich nicht dergleichen unerhebliche Einwände gegen das Christentum zu nehmen brauchen – er ist nichts weniger als Atheist; vielmehr ein ganz knieweicher Myste; und macht die transatlantische theosophische Mode groß mit; wer an Yoghi-Yogha Interresse hat, und Annie Bee's Aunt, kommt bei ihm voll auf seine Kosten.
Begräbnisse? : »verlegen-verlogen kam sie sich vor und nackt und obszön – barbarisch war das Ganze!« (1063, 1067).
Eltern? : »Zwei Leute, die mit monumentaler Kaltblütigkeit, ohne das geringste Verantwortungsgefühl und gedankenlos« Brüder machen; und anderseits denkt Dave : »Gottseidank, wenigstens hatten sie nicht noch die Sorge für ein paar verdammte Kinderbälger. Ginnie hatte als Kind mal Tripper gehabt, und war infolgedessen unfruchtbar – also waren sie wenigstens *die* Sorge los, gottseidank!« (1205); so beschreibt Jones die Gefühle von Menschen, die sich einmal nicht verstellen – im Original.
‹Pietätlos›? – wie Sie wollen; aber es steht nun mal so im Buch!

3

Und, ha!, jetzt kommt's dick; (und gleich beide Hände vor den Mund; und filistern geflispert) : *SEXUALITÄÄÄT!!* Denn hier kann man einmal, tausende von Zeilen hindurch, die moralisch-lüsterne Verwirrung ‹auf bundesrepublikanischer Ebene› bewundern, und einen Kleinmeister ‹am Werk› :
5 Seiten lang (379–384) malt Jones – und es ist eines der, nicht zu häufigen, ‹niederländischen› Meisterstücke des Mammut-Bandes – die Umarmung des 70-jährigen halbbesoffenen Vic und der 65-jährigen Weibsreckin Jane im fremden parkenden Auto : ein ‹danse macabre›, schön vor lauter Häßlichkeit! : *Das* gestrichen zu haben, möchte *ich* dereinst vor Apoll nicht verantworten müssen!
Oder Gwen French, die ‹Miss› des Buches, eine treffliche Charakterstudie (der man ohne weiteres großenteils persön-

liche Erfahrungen des Verfassers und viel Einfühlung und Arbeit vindizieren würde, auch wenn Jones es nicht ausdrücklich im – selbstverständlich gestrichenen – Kurz-Vorwort erwähnt hätte) : die 35-jährige Jungfrau; steif, wie aus rosa Röhren erbaut, die schnappt sich verzweifelt die pornografische Bildersammlung ihres Lyriker-Vaters Bob, und geilt sich, 5 meisterliche Seiten lang (311–316), hilflos-wunderbar daran auf; vexiert sogar, zusammengebissenen Geschenkels, die Passanten damit, und epidiaskopiert ihr Leid in die Nachtstadt hinaus : *im Original! : Die Verödung der Hintergründe, die Verarmung der Charaktere der deutschen Fassung ist himmelschreiend!*
Unglaublich, mit welch nichtswürdiger Sorgfalt der Streicher gestrichen hat! Wie bezeichnend ist nicht das doowe talkige Gewäsche Ginnie Moorehead's (423f.) : »Immer Sex; schon als ganz kleines Kind. Ganz winzig noch wäre sie gewesen, und hatte immer längere Gedankenspiele gepflegt : wie ein Wettbewerb veranstaltet wurde, und sie die dicksten Titten im ganzen Kreis hatte; und die Preisrichter schrien ‹Hoch!›, und alle Leute klatschten wie wild.« Denn Ginnie ist ein »pig« und soll als solches genau porträtiert werden. / Ein Mädchen faßt den Handgriff des Spielautomaten »wie ein phallisches Symbol« (447); die Betrachtungen über den »Brust-Fetischdienst« (448); die alte Muttel auf dem Klo (675) – alles heraus; alles entschärft; weil ‹nicht passiert sein kann, was nicht passiert sein darf›, was?!
Mit diesen ENTWURZELTEN in der Hand kann man freilich nur hauchen : ‹Oh, diese tauig-keuschen Amerikaner!› – und dagegen unsere deutschen Autoren, die Schweine, gelt ja? –
Denn wir sind ja bei einem fundamental-traurigen Abschnitt angelangt : der bedrückenden Verflachung aller Gestalten. Gedankenschwund; Kastrierung; systematische Zerstörung sämtlicher Feinheiten : zwischen der amerikanischen Fassung und der deutschen ist ein Unterschied, wie zwischen Braut und Brautbett!
Ob in den Kapiteln 29 respektive 45 das leitmotivisch bedeutende »his-her mind froze« immer wiederkehrt, sobald das getrennt lebende vergreiste Ehepaar aneinander denkt. / Ob

der Polizist grundsätzlich-zwanzigmal »langsam & methodisch« sich regt, spricht, handelt. / Ob Edith Barclay erwägt, vor der endgültigen Abreise noch einmal mit dem Bruder des Geliebten ins Bett zu gehen : weil er ihm doch so ähnlich sieht! / Ob Jones die Metafern für Verworrenheit und Komplexität grundsätzlich-bedeutend von Technoidem hernimmt : »wie wenn ein Mann steht, inmitten eines verwirrenden Irrgartens aus Eisenbahnschienen – die Züge schießen an ihm entlang-vorbei, erst aus dieser Richtung, dann aus jener, dann aus einer dritten; es pfeift vorbei, und perlend-blendende Lichter, und der Qualm nach verbrannter Kohle« (42) – den vergleichenden Leser überkommt, je länger desto mehr, das Gefühl, als seien hier Sortiermaschinen im schüdderumpenden Gange gewesen, die sämtliche Feinheiten ausgesiebt haben!

4

Und die bedeutendste Gestalt ist mit nichten, wie der (diesmal besonders irrelevant geratene) Waschzettel dekretiert, Dave Herschmidt – dieser ‹Schriftsteller› ist Jones arg unvollkommen, unüberzeugend geraten; von fleißigen Intellektuellen hat er wenig Ahnung – nein : die, mit Abstand, einprägsamste Figur ist Alabama-Dillert! Und ist in der deutschen Ausgabe in einer Art & Weise kastriert worden, dekapitiert, platt geschlagen, auf gut irokesisch verstümmelt, daß selbst die spitzeste Zunge einen Augenblick lang um Ausdrücke der Entrüstung in Verlegenheit gerät! Wie fährt er nicht im Original Auto (490 fff.); wie bezeichnend-beabsichtigt ist nicht die Einrichtung des gemeinsamen ‹Junggesellenheims› (759); oder das wichtigste : der Besuch von ‹Bamas' Farm› : 18 (in Worten : achtzehn) Seiten hintereinander wurden hier mit beneidenswert unbeteiligter Hand entrupft.

Wie abgesägt agiert nicht in der deutschen Fassung, der zweitbeste Mann, Frank : wo ist dessen meisterhaft ausgeführte ‹Entwicklung› vom ‹normalen› Geschäftsmann an, dem schlecht verheirateten; über den Mätressen-Hälter, den traurig Experimentierenden; bis ‹hinauf› zum Voyeur, zum

» Peeping-Tom «, der durch Nighttown irrt, und an Schlafzimmerfenstern durchs Klaff gafft, um nur 1 nackte Frau zu sehen und auswendig zu lernen, Szenen wie im Tollkirsch-Traum : wo ist er ? Wie unzureichend die jetzigen klapperdürren deutschen Andeutungen ! (1142, 46, 50, 53 – undsoweiter).

Wie sorgfältig hat Jones nicht die Stadt Parkman aufgebaut : die Namen der Straßen ; die, uns ungeläufige, Benennung der Wohnblocks nach verdienten Bürgern : ein bürgerliches Ziel, meine Herren, und einer der Angelpunkte in Franks Dasein ! ; das College und seine Geschichte ; das große Fest anläßlich der Hundertjahrfeier des Verfassers des OREGON TRAIL. Und wie wird dem deutschen Leser nicht durch die Zusammenstreichung des ‹ Lokals › die geistige Ansiedlung in dem Buche erschwert.

Sorgsam bevölkert ist sie, mit 100 Gestalten – von denen jetzt freilich nur, und meist aus Versehen, noch die Namen stehen geblieben sind : » Doc Cost « und » Doris Frederic « und » Judge Deacon « ; selbst » Dawn « und » Wally « (mit seiner Messersammlung ; das gibt es nur in Texas) : wie flach sind sie nunmehr Alle, die ursprünglich schön-sorgsam gebosselten Hochreliefs. Wo in der reduzierten Platitüde erkennt man noch den sehr bemerkenswerten still-klug-reservierten ‹ Sohn › und Waisenknaben » Walter « (1042–45, 54–55).

Selbst die dienenden Gestalten, zweiten und dritten Ranges besitzen im Original, nach guter uralter Angelsachsen-Tradition, seit Richardson her, beträchtliche Selbstständigkeit, jede hat ihren ‹ Hintergrund › – *gehabt !*

Nicht uninteressant vielleicht noch, wie man Jones jeglicher Bildung beraubt hat : er erwähnt Stendhal und Tolstoj (304) : gestrichen. / El Greco & sein Toledo : » Wie mußte der Grieche diese Stadt gehaßt haben. Oder gefürchtet. « (3) : gestrichen. / Kritik an Remarque's IM WESTEN (651) : gestrichen. / Der immer wiederkehrende, wahrlich höchst nachdenkliche Vergleich mit den letzten Zeiten des Römischen Reiches, Gibbon, Attila : gestrichen. / Thomas Wolfe – ein Name, bei dem man viel denken kann ; (übrigens nicht nur Gutes !) :

gestrichen. / Villon und seine Katherine? : gestrichen. / Anspielungen auf Christopher Marlowe, Nash, Green? : gestrichen! / Dabei sind die amerikanischen Schriftsteller gar nicht so hinreißend doof – oder, höflicher ausgedrückt, ‹Naturburschen› – die lernen sehr wohl etwas; und bringen es in ihren Büchern, an passender Stelle, auch genau so an, wie unsere. Das heißt, in der amerikanischen Fassung; bei uns scheint immer noch unerläßlich die Vorstellung grassieren zu müssen, vom Gemisch aus, bestenfalls, Cowboy & Rockefeller.

5

Die Übersetzung selbst scheint redliche Handwerksarbeit; vielleicht etwas unter Durchschnitt – ein Lächeln »like gall« ist etwas mehr, als bloß »bitter«; – »twice removed« nicht ‹verlobt›, wohl aber ‹2 Mal abgetrieben›; usw. – aber ihr hat meine Aufmerksamkeit nicht gegolten. Auch ist der Jones'sche Text selbst kein Meisterwerk; also spielt's weiter keine Rolle.

Wie denn Jones, meiner Ansicht nach, maßlos überschätzt wird : im Vergleich zu wirklich erstklassigen Leuten und ihren Werken, wie etwa dem ODYSSEUS des James Joyce, ist Jones nur ein kleines Licht; der Wert seiner Stücke liegt allenfalls in Teilen des Materials; die Verarbeitung ist ziemlich dürftig.

Aber abgesehen von solch absoluter Wertung : das amerikanische Original ist unvergleichlich viel vollständiger und besser, zumindest himmelbreit verschieden, von dem, was man uns hier im Deutschen aufgetischt hat : ‹*20 % der besten und charakteristischsten Stellen wurden sorgfältig gestrichen*›, würde *ich* dem Impressum zusetzen, wenn's ‹meine› wäre. (Beziehungsweise umgekehrt : welch einen Band würde nicht dieses ‹Herausgestrichene› ergeben!)

Ich hatte schon zuvor von der menschlichen Unvernunft sehr hohe Begriffe; aber auf die Kaltblütigkeit uns dergleichen zu servieren, war ich dennoch nicht gefaßt : ist der amerikanische Roman ein trotz allem schmackhaftes und sättigendes Gericht; so ist die vorliegende deutsche schwarz-rote Schüssel lediglich randvoll einer teichgroßen, bettelsuppenbreiten insipiden Tunke! –

Es beginnt bei uns, in lieben Deutschlands Mitten, im Gegensatz zu Goethes pompöser Behauptung überall eine Textverwilderung einzureißen, zu der man, will man sein literarisches Gewissen auch nur einigermaßen intakt erhalten, nicht schweigen darf. Und da keinem beruflich anderweitig tätigen Leser zuzumuten ist, tausende von Seiten zwei-sprachig-mikrologisch miteinander zu konfrontieren, so ist es Aufgabe der Schriftsteller, ihr BIS HIERHER UND NICHT WEITER! zu rufen.

Und da kenne ich eben jetzt 2 verschiedene Bücher: 1 nicht schlechtes amerikanisches, namens SOME CAME RUNNING. Und ein reduziertes deutsches Gemächt; es heißt DIE ENTWURZELTEN.

UND ES BLITZTEN DIE STERNE . . .

(Über eines der Hülfsmittel des Schriftstellers)

1

» . . . *married to writing . . .* «
THOMAS AMORY

Die starke schwarze Morgenluft, in der unten ein Endchen Mond flakkert (mit zwei ‹ k ›; da gebärdet's Schriftbild sich wimpelchenmäßiger, und deckt ergo den flirrenden Tatbestand etwas besser). Sehr fernes Glockenläuten (also Südwind; ‹ nahes › ist unangenehm, dazu gehört schon ein ziemlich rindsledernes Trommelfell). Ein roter Querstrich auf weißem Grund – ? – (das ist dann, im Fernröhrchen, ein Reh in blühenden Kartoffeln).
Bauern & Bäuerinnen, gebäucht über landwirtschaftliche Geräte verschiedener Art, rüsten sich, zum Melken zu fahren; denn es ist kurz nach 5 – da bin ich das erstemal schon müde. Ich gehöre leider nicht zu jenen beneidenswert ‹ Faustischen Naturen ›, deren Hauptwesenszug nach St. Joyce in einer » general disinclination to work of any kind « besteht; halte vielmehr einiges von der hübschen-alten puritanischen Maxime des

: ‹ 1 TAGEWERK NOCH VORM FRÜHSTÜCK ! › :

(und daß man ‹ im Osten › Orden für Fleiß & Arbeit verleiht, dafür wäre Carlyle auch gewesen).
Hier sitz' ich also, ein alternder Autor, mein Bündelchen Bleistifte in der Hand, morphe ländliche Poly-Camellen nach meinem Geiste; an den Wänden, in hölzernen Regalen, der Aufmerksamkeit meiner Zeitgenossen entschwundene Bücher; und kann, bevor ich das nächste größere Pensum angehe, zwischendurch ein wenig auf der Zunge fantasieren, ‹ Über die Hülfsmittel des Schreibenden ›.
Und ich meine jetzt nicht Schillers faulende Äpfel, und nicht Grabbe's sorgsam auf dem Tisch zurechtgestellte 4 Wasser-

gläser blanken Rum's, (vom ‹ Gehirntier › orakle ich nachher noch ein bißchen). Meine nicht die den Wortvorrat auffüllenden oder auslüftenden Vokabel-Schatzhäuser des Adelung, oder Klett's sehr brauchbares Synonymenlexikon. Und will auch gar nicht sehr Fehlendes beseufzen, als da wäre ein gutes-großes Reimlexikon (aber nun wirklich 1000 doppelspaltige Seiten!) unschätzbar dem Übersetzer, oder dem Entzifferer von nur am hinteren Ende noch lesbaren Worten; oder ein deutsches Äquivalent des ‹ Oxford Companion to English Literature › – nein; von all dem (vielleicht) ein andermal. Heut will ich lediglich 1 Bändchen erst liebevoll in der Hand wiegen-wägen, dann präsentieren:

den ‹ AHNERT ›. –

2

» Last night of all, / when yon same star, that's westward from the pole, / had made his course to illume that part of heaven, / the bell than beating one . . . «

HAMLET

‹ Beispiele aus dem täglichen Leben › heißt es, hätten immer so was Überzeugendes? – nu wunderbar!; da brauch' ich bloß links neben mich zu greifen.

‹ Das Dubliner Tagebuch des STANISLAUS JOYCE ›, (das ich gerade für Suhrkamp übersetze), hat als Herausgeber einen Prof. Healy, von der Cornell-Universität in, ausgerechnet, ‹ Ithaca › – ein Europäer muß ja bei sowas immer zuerst mal kichern. Der stellt einleitend, bezüglich der kurios durcheinandergehenden Daten der einzelnen Eintragungen, nach verantwortungsvoller Erwägung mehrerer Möglichkeiten, die Hypothese auf: daß es sich dabei nicht um den Tag der Niederschrift, sondern um den des Ereignisses selbst handeln müsse.

Da bin ich nun eben auf den Ss. 58ff., wo der erstaunliche Neunzehnjährige anläßlich eines Abendganges durch Dublin beschreibt, wie er dicht über Parkbäumen den » bright horned moon « erblickte; und wenige Zeilen weiter suggeriert es ihm einen » garden to the crescent moon «. Das Datum – nach dem Herausgeber ergo ‹ Der Tag des Ereignisses › ! – soll der » 26. Juli 1904 « sein; nur schade, daß ausgerechnet in der Nacht vom 26. zum 27. Juli 1904 *der Vollmond die Stunde regierte !* Prof. Healy's Theorie ist also, zumindest in diesem 1 Fall, schwerlich haltbar. Aus den näheren Umständen – » Stephen's Green « von » the top of Grafton Street « aus gesehen – ergibt sich, daß es, wenn schon überhaupt ein Julitag, dann der 17. gewesen sein muß. Woher ich das weiß ? : aus dem AHNERT ! (Da ich, wenn finanziell irgend zu verantworten, kein Scharlatan bin, gebe ich, hinter der Hohlhand, zu : *ich* hab' den OPPOLZER benützt. Aber der ist seit 70 Jahren nicht mehr im Handel, und AHNERT leistet genau dasselbe.)

1 einziger Einzelfall ? Ach, Du lieber Setebos ! – Seien aus der Fülle dessen, was nur-mir schon zustieß, flink noch ein paar Exempel herausgegriffen. Ich habe u. a. auch eine Biografie des Romantikers Fouqué verfaßt; und konnte dessen ‹ Böhmenreise ›, im Juli-August 1822, nur deswegen von Tag zu Tag genau datieren, weil Der einmal angab, wie er zu 1 bestimmten Stunde, an 1 bestimmten Stelle in Teplitz einfuhr, während eben der Mond, in 1 ganz bestimmten Gestalt, dort über den östlichen Höhen emporschwebte – es hat sich das bißchen Rechnung gelohnt : rund 50 Tage seines Lebens lagen, zeitlich & räumlich geordnet wie auf einem Meßtischblatt, plötzlich vor mir !

Karl May (über den ich eben eine umfangreiche Studie bei Stahlberg erscheinen ließ) hatte die verständliche aber äußerst unangenehme Angewohnheit, seine frühesten Beiträge in selbstredigierten, allerobskursten, seit 90 Jahren ausgestorbenen Zeitschriftchen unterzubringen, die zu benützen ich leider verdammt war, weil es bei ihm, aus ganz bestimmten Gründen, auf die Genesis und die mikroskopische Anatomie der unfrisierten Erst-Texte ankommt. Und da war nun die eine, nur in fragmentarischen Nummern auf mich gekommene Wochenschrift zeitlich platterdings nicht zu fixieren. Mir war in dieser Beziehung schon mancherlei zugestoßen; einen

Jahrgang des ‹Vaterhaus› habe ich nur datieren können, weil in einer Nummer für die ‹192. Sächsische Landeslotterie› geworben wurde; und selbst Einzelnummern der diversen ‹Gartenlauben› geben gern Rätsel auf; aber hätte hier, in dem erwähnten schwierigsten Fall, sich nicht eine der beliebten volkstümlichen Betrachtungen à la ‹Der Sternenhimmel im Januar› gefunden, ich wäre heute noch unsicher – ein Zustand, den ich ganz besonders schätze. So allerdings war's Kinderspiel; denn Wer half mir aus der Not? – ‹?› – : Ganz recht.

3

»I don't mind lying, but I hate inaccuracy!«
S. BUTLER

»Sehen Sie doch bitte einmal nach« schreibt am 12. 10. 1843 der sehr große Gauß an seinen Freund Schumacher in Altona, »ob Sir Walter Scott in der Ihnen gewiß leicht zugänglichen Originalausgabe auch immer den Mond in Nordwesten aufgehen läßt?, ‹the full moon, rising in the north-west›. Ich habe nur den Chemnitzer Nachdruck, in dem er dies Phänomen zweimal vorführt; im ‹Herz von Midlothian›, Kap. 15, und in der ‹Änne von Geierstein›, Kap. 8«. Da der Mond nur im Ost-Sektor aufgehen kann, handelt es sich hierbei nämlich um eine schlichte Unmöglichkeit; (‹engagierte› östliche Kollegen dürfen sofort, ex-oriente-lux-mäßig erfreut, den Kopf heben; westliche Literasten in ihre Reportagen Wendungen verweben wie ‹traurig schlich die unvollkomm'ne Scheibe des späten Monds mit feuchter Glut über der DDR herauf›).

Eines der bekanntesten englischen Deklamatorenstücke, Wolfe's ‹Burial of Sir John Moore at Coruña›, schildert es ergreifend, wie Jener am 17. 1. 1809 vor Tagesanbruch auf dem Glacis der Festung begraben wurde; und der umflorten dumpf-tumben Trommeln & vorschriftsmäßig gedrückten Untergebenenstimmung ist kein Ende: »We buried him at the dead of night « – von mir aus genehmigt; aber auch » by the struggling moon-beams misty light « ? Also *das* nun eben nicht! Denn bereits 48 Stunden zuvor war Neumond gewesen; der ging am 17. erst *nach* der Sonne auf; und war überhaupt, vor lauter Magerkeit, noch gänzlich unsichtbar. Nichts gegen Nachtübungen am Busento; aber das hier ist heroischer Kientopp.

Natürlich sind Frau Luna's Foppereien nicht etwa auf den angelsächsischen Sprachraum beschränkt.

In Gottfried Kellers prachtvoll-realistischem » Landvogt von Greifensee « reitet der Held am Abend des 13. Juli 1783, langsam über Dietlikon nach Hause. » Zur Rechten begann die Abendröte über den Waldrücken zu verglühen, und zur Linken stieg der abnehmende Mond hinter den Gebirgszügen des zürcherischen Oberlandes herauf «, und nun lauscht der Herr Salomon Landolt wie üblich dem » stillen Walten der Natur «. Der Haken ist dabei lediglich, daß der Mond erst zwei Tage später voll wurde; am 13. also noch frisch zunahm; und, – sagen Sie selbst – : hätte der Landvogt auch so nicht » ganz Auge werden « können ? Hätte der Stimmungsgehalt der Szene darunter gelitten ?

Leopold Schefer, bekanntlich einer meiner Lieblinge, kriegt das leider auch fertig, in seinem Gedicht ‹Nordlicht› zu schwelgen :

> » Denn feurig geht der Vollmond gar nun auf,
> bang ächzend schwirrt die Eule wieder um,
> die alte Weide leuchtet wie ein Geist,
> und nach der Sterne Stand ist's Mitternacht. «

Sorry ! : das, was um Mitternacht aufgeht, kann nur ein abnehmender Halbmond sein. (Und man komme mir, bitte, nicht mit ‹Stimmung› und ähnlich feinsinnigen Ausreden; da frage ich nur zurück : hätte er nicht auch sagen können, » denn feurig geht der *Halb*mond gar nun auf « ?).

4

» Phantom cities phaked by philim pholk «
FINNEGANS WAKE

‹ Alles bisher negativ, und bestenfalls literaturhistorisch brauchbar › ? – Moment ; ich bin noch nicht ganz zu Ende.
Wäre nicht auch ein Schriftsteller denkbar, der, ehe er zu einem umfangreich-gewichtigen Buche ansetzt, sich gern mit ‹ Ordnung › schon aus dem Grunde umgibt, weil er der (vielleicht ja sogar richtigen) Meinung ist, daß auch Landschaften und Beleuchtungen genau so echt sein sollten, wie Gestalten & Vorgänge ? Brockes, der bedeutende, oder Cooper (in dessen Nachfolge dann Stifter) pflegten sich, ehe sie die Beschreibung einer Lokalität wagten, den betreffenden Ort nicht nur mehrmals und eingehend anzusehen ; nein, sie bestimmten auch die dort gedeihenden Pflanzenarten, und sahen möglichst Kalender & Wetterberichte jener Tage ein, in die sie ihre Handlung zu verlegen vorhatten – alles zeitraubende Vorstudien ; die sich Der, der mit ‹ erdachten Landschaften › arbeitet, freilich spart. Ich bekenne mich allerdings zur ‹ Methode Brockes › ; ich gestehe gern, daß es mir peinlich wäre, wenn ich eine hübsche-dicke hitzige Puppe beschrieben hätte, im Heu, die mondige Seite nach oben gekehrt – tja und dann käme irgendein neidischer Kritiker, und wiese mir nach, daß zu der betreffenden Viertelstunde damals der Mond überhaupt nicht geschienen habe.
Wie aber, wenn man unseligerweise auf den Einfall gerät, sein Gedankenspiel in eine Zeit zu verlegen, wo es noch keine Abreißkalender gab ? Wo der Pfahlbauer am 21. 8. 3937 v. Chr. popelnd auf dem Bootssteg sitzt, und auf seine künftige Pfahlbäuerin lauert ? So stach mich einmal der Teufel, eine meiner Lieblingsepochen, den Spätherbst des Jahres 541 n. Chr., bukolisch abzuschildern : wieso wußte ich, wie damals die Planeten standen ; wie & wo der Mond sich erhob ; und wann also Agraule, in den labyrinthigen Lagunen des Schwarzmeers, im grau-leuchtenden Kahn, angefahren kommen konnte, die schönste Sünde, die Selene je sah ? Die Ant-

wort lautet, jeder Leser wird es nunmehr selbst wissen : im AHNERT.

Oder wenn man einen ‹ Zukunftsroman › zu verbrechen gedenkt – auch so ein beliebtes Ausweichen in (angeblich) Unkontrollierbares; mit andern Worten, meist ein Alibi zitternd schwatzender Feiglinge – dann sei es den Herren hiermit endlich einmal gesagt : wenn von der Zukunft meinethalben noch Alles offen sein sollte, *die Mondaufgänge sind es nicht, Messieurs !* Mir blieb, bei meiner ‹ Gelehrtenrepublik ›, auch nur übrig, den Perihelgängen meiner Helden, ob Zentauren ob Never-Never's, u. a. als rechnender Liebhaber-Astronom zu folgen; (die Unterlagen davon liegen in meinen Mappen; ich zögere jedoch immer noch, dem Publikum die kostbare Freizeit damit zu stehlen – freilich, wenn sie sich doch bloß vorm Fernsehapparat ‹ verliegen › . . .). Ich habe nichts dagegen, wenn man mich einen ‹präsenilen Postselenen › schilt – elegante Tadel weiß ich durchaus zu würdigen ; ich erlaube mir dafür, den betreffenden ‹ piping poet › als ‹ geboren 70–71 in Retrograd › zu bezeichnen : sind wa kwitt, bong – aber wäre nicht noch ein anderer Standpunkt zu beziehen ?

Ich hüte mich zwar prinzipiell davor, meine Träumungen, ja meine Ansichten mit dem Wort ‹ Wahrheit › zu beschweren; aber mir däucht doch zuweilen, als wären Wir-Häutigen Zeugen davon, wie sich auf Basis des homo erectus eine neue biologische Spezies bilden zu wollen scheint : der ‹ Genius ›; bzw., was ich vorziehen würde, ‹ Das Gehirntier ›, at whose name all knees shall knock together. Man hat zuweilen den Eindruck, wie wenn es in einer (erfreulichen ?) Vervielfältigung begriffen wäre, seit etwa 1789; infolgewessen es eigentlich allwichtig würde, die Verhaltensweisen früherer Gehirntiere bis ins millimetrig-einzelnste zu studieren; möchten sich doch möglicherweise daraus brauchbare Maximen für uns ergeben können, zur Regelung und Nutzbarmachung der mächtig zunehmen wollenden Gehirntätigkeiten. Das bisher meist übliche, äußerst gefährliche Leben des Genius, auf einer Wippe zwischen Betäubung und Erleuchtung, dürfte sich, millionenfach praktiziert, verhängnisvoll auswirken : Schädel wie Speicher brennender Wortvorräte allein, tun es nicht;

Diät vielmehr, Ordnung, ja ich wage das (leider militärisch vorbelastete) Wort, eine möglichst weitgehende Disziplinierung, scheint zum Überleben unerläßlich. Eine Disziplinierung, wie sie z. B. sorgenfaltigstes Übersetzen aus fremden Sprachen ergibt; oder Urkundenstudium im Großen; oder eben auch eine ‹mathematische Genauigkeit› bei der Beobachtung & Materialeinsammlung. –

Neugebauer und Schoch sind vergriffen – so viele Namen, so viele ‹unbekannte Größen› fürcht' ich – und Oppolzer hat Prachtwerke in 4° darüber herausgegeben, die kein normaler Privatmann mehr bezahlen kann, geschweige denn zu gebrauchen versteht. Ich aber empfehle uns arm-Exakten zur Anschaffung den bescheid'nen und leicht zu benützenden 8°-Band des

Paul Ahnert, ‹Astronomisch-chronologische Tafeln› Leipzig, 1961;

zu beziehen durch das ‹Zentral-Antiquariat der DDR›, Leipzig C 1, Talstraße 29; Preis 10,20 Westmark.

‹URKUNDLICH BELEGT›

1

Fern sei es von mir, Materialien zu den ohnehin überflüssig vorhandenen Kriminalromanen liefern zu wollen – zu deren eisernem Bestand freilich gehört die, alle Teufeleien beweisende, ‹Urkunde›, die sich dann, im letzten Buch-Zehntel, (und jedem Leser war ja gleich nicht wohl dabei zumute!), als unecht herausstellt. Das klassische Beispiel liefert immer noch der alte WILKIE COLLINS; in dessen ‹Woman in White› der Hauptschurke, Sir Percival Glyde, dieses nur aufgrund der gefälschten Heiratseintragung seines Herrn Papas ist.
Derlei müßige Erfindungen also überlasse ich herzlich gern jenen armen Würstchen von Brotschreibern, die verzweifelt an ihren thriller-Zitronen herumpressen, und uns einreden möchten, daß Verbrechen eigentlich nur deswegen geschehen, um aufgeklärt zu werden. Die Praxis des Literaturhistorikers liefert da weitweit echtere, bestürzendere, auch groteskere Fälle; was allerdings voraussetzt, daß man eben ‹Urkundenstudium› nicht scheue, und gar nicht nach Art jener Kompilatoren verfahre, denen, wenn sie links 50 Oktavbände durchblätterten, währenddessen rechts 1 Duodezbändchen abgegangen ist: wieder'n Ding fertig! (Und davor noch den, solche Produkte unweigerlich kennzeichnenden, schwer assonierenden Titel à la ‹Radio, Radegast und Radieschen›.)

2

Ohne mich auf Haarspaltereien über den Begriff der ‹Urkunde› einzulassen, sei mir, knospenden Biografen zur Warnung, vergönnt, von einigen, immer wieder vorkommenden, Possen & Streichen zu berichten, die Einem bei Archivarbeiten von

den scheinbar verläßlichsten Dokumenten gespielt werden können.
Hat man sich erst einmal 1 Bestimmten zum Verbiografieren erkoren, dann ergibt ja selbst die kleinste Briefnotiz, (und sei ihr Inhalt ansonsten noch so nichtig), als mindestes noch 1 Ort und 1 Datum im Briefkopf. Wobei sogleich zu beachten : um Sylvester herum erfolgen gern Verschreibungen *im Jahre !* Ein Tatbestand aufgrund von ‹ Komplexbildung ›, den ja Jeder von sich selber her sattsam kennt; dergleichen Flüchtigkeiten sind jedoch meist leicht zu entdecken und zu berichtigen. Schwieriger wird es schon, wenn schwere, womöglich geistige, Gesundheitsstörungen – sei es infolge von Schlaganfällen, oder sonst mehr oder minder ehrbaren Leiden – systemlose Faselfehler hervorrufen. So datiert der große Romantiker FOUQUÉ, dessen ‹ Undine › ja heute noch in aller Welt 1 Begriff ist, einmal einen Brief an Perthes vom ‹ 2. Pfingsttage 1811 › – dabei ist er, es läßt sich erfreulicherweise anderweitig rektifizieren, notorisch am 11. 5. 1818 geschrieben. (‹Tintenvergleichungen › sind hier oft hülfreich; auch geben die ‹ Wasserzeichen › der Briefpapiere wertvolle Hinweise : wenn ein Büttenbogen 1816 ‹ geschöpft › wurde, kann der darauf geschriebene Brief schwerlich von 1811 sein !).

3

Auch das ist noch relativ harmlos – weil so rührend leicht durchschaubar – wenn Ernst Moritz ARNDT sich einmal, in einem Bewerbungsschreiben an das zuständige schwedische Kriegsministerium um 1 Jahr jünger macht : jenun; er wollte eben durchaus als Fähndrich eingestellt werden ! (Und die Schoritz'er Geburtseintragung auf Rügen bringt alles wieder ins rechte Lot.)
Wesentlich unangenehmer wird es schon, wenn die ‹ gestempelten Urkunden › einander nicht nur einmal, sondern gleich serienweise widersprechen. Der schon erwähnte FOUQUÉ heiratete 1833 in dritter Ehe eine gewisse Albertine Tode ; und die Heiratsurkunde sagt aus, daß sie damals 23 Jahre alt gewesen,

folglich 1810 geboren, sei. Ihre spätere Todesurkunde, aus Hannover, gibt an : ‹ gestorben am 28. 2. 1876, morgens 3 Uhr; im Alter von 65 Jahren, 11 Monaten, 22 Tagen ›; woraus also nun auch der genaue Tag, der 6. März 1810, abzuleiten ist, (dieser überdem noch zusätzlich durch ein ‹ Geburtstagssonett › gesichert). Zum Überfluß berichtet FOUQUÉ selbst noch an 2 weiteren Stellen von ihrem Geburtsjahre; einmal in einem der ‹ Brautbriefe › an sie selbst, wo er am 20. 3. 1833 schreibt : » Du Süße, von der an meiner Wiege gewiß schon Engel sangen, *mehr denn 30 Jahre,* ehe Du geboren wurdest ! « – und da er 1777 das Licht dieser Welt erblickte, macht sich die Anwendung auf 1810 von selbst. Das zweite Mal berichtet er, noch präziser, am 10. 5. 1834 an Perthes : » Meine liebe Frau Bertha . . . . . erst 24 Jahre alt, « ; ergo : 1810 geboren. (Man müßte, als Biograf, oftmals froh sein, wenn man nur einen Teil so vieler und so netter ‹ Zeugnisse › für ein Faktum beibringen könnte !).
Dabei ist das Alles gar nicht wahr !
Laut Eintragung des Kirchenbuches zu Barth in Pommern, ist Frau Albertine zwar sehr wohl am 6. März, nicht jedoch 1810, sondern bereits 1806, *also 4 Jahre früher,* geboren ! (Und die Notiz wird sogleich noch zusätzlich durch das Datum der Konfirmation von 1820 bestätigt, die ja in evangelischen Landen prinzipiell mit 14 Jahren erfolgt.)
Es ergibt sich die erstaunliche Tatsache, daß FOUQUÉ nicht gewußt und nie erfahren hat, wie alt seine Frau war ! Oder, andersherum ausgedrückt : Frau Albertine muß irgendeinen Grund gesehen haben, 4 volle Jahre ihres ‹Vorlebens› zu ‹ löschen ›. (Mit dem, zugegeben naheliegenden, ‹*WARUM ?*› bin ich überfragt; ich habe keine Ahnung. Die Verhältnisse der Familie Tode sind überflüssig dunkel, und harren noch jeglicher Erhellung; allerdings ist die Forschungslage verzweifelt, und nur 1 Zufall könnte noch neues Material auftauchen machen.) – Immerhin sei festgehalten, daß sich hier unverkennbar irgendwelche ‹ menschlichen Tragödien › zu verbergen gesucht haben – erfolgreich; bis heute.

4

Und damit das Satyrspiel nach der Tragödie nicht fehle, ein urkundliches Kuriosum von 1907 – wahrlich, man muß als Biograf auf die blödsinnigsten Einfälle geraten! Auf ‹Lösungen›, mit denen verglichen die post festum hinzu konstruierten ‹Motive› der Verfasser von ‹Krimis› dürr wirken, und unüberzeugend und weltfremd. (Mein Kollege, dem es passierte, heißt im folgenden Y.; der Schriftsteller über den er arbeitete, X. – er ist noch nicht ‹frei›, noch nicht 50 Jahre tot; auch Kinder leben noch.)
Herrn Y. also schreibt ein begeisterter Leser aus N. (die Stadt existiert ebenfalls noch – ich bin mir bewußt, daß ab nun meine Wahre Geschichte nach Märchen schmecken muß; schade), daß bei seinem Vater, weiland Besitzer des Gasthofs ‹Zum Schwarzen Walfisch›, (Neenee : nix Askalon; es handelt sich schon um einen Ort in der Bundesrepublik), damals, vor nun 50 Jahren, auch Herr X. eingekehrt sei. Das Gästebuch, mit der eigenhändigen Namenseintragung des berühmten Mannes, sei noch in seinem Besitz : nahezu 3 Wochen habe Der mit seiner Gattin dort geweilt; und sein Vater noch so manches Jahr später, im geselligen Zirkel, bei der Flasche, folgende Anekdoten von den Beiden zu berichten geliebt; (folgten mehrere Schnurren; die 1 ziemlich starker Toback). Kollege Y. ließ sich, gewissenhaft wie er manchmal ist, von einem N.'er Fachmann die betreffende Seite jenes alten Gästebuches fotokopieren – naja; die Schrift konnte es durchaus sein; bei Zubilligung einer gewissen reisebedingten, emotionellen Flüchtigkeit.
Wer schildert Y.'s Erstaunen, als er kurze Zeit danach, den sorgfältig geführten Tagebüchern von X. entnehmen muß, daß Der in den angegebenen 3 Wochen treu & brav daheim gewesen ist?! Das Kontinuum der täglichen Eintragungen erlaubt keinen Zweifel, jede Stunde ist ‹belegt›; Briefe aus jenen Tagen, an diverse Bekannte, auch Verleger, liegen vor – und Y. kommt die Erleuchtung, (er schilderte mir's, mit vollendeter Handgaukelei, und überhaupt mimisch erstklas-

sig; das kann er!) : ein Schwindler also! Der den hohen Namen gewissenlos mißbrauchte.
Daß diese Lösung um eine entscheidende Spur zu einfach sei, mußte er buchstäblich am nächsten Tage erfahren, als er unter den Papieren von X. *die auf dessen Namen lautende Hotelrechnung samt Fahrkarten nach N.* fand. Es stimmte also das Unglaubliche, ans Wunder grenzende : *Herr X. war gleichzeitig in N., und daheim, 600 Kilometer weiter südlich, gewesen!* (Und die Funde der nächsten Monate und Jahre verdichteten, geradezu possenhaft, wie bei Raimund & Nestroy zusammengenommen, den wunderlichen Befund.)
Die Aufklärung kam durch einen ausgesprochenen Glücksfall 4 Jahre später : es handelte sich weder um einen Betrüger und Hochstapler; noch um Doppelgängerei; und auch ein bemerkenswerter Fall von ‹Levitation› oder ‹Zweitem Gesicht› (oder wie man das in Fachkreisen nennt) lag mit nichten vor – die Duplizität des Herrn X. hatte ganz abenteuerlich-simple Gründe, (und ich schlage Allen, die über nach 1860 geborene Notabilitäten arbeiten, vor, zumindest die *Möglichkeit* in ihre Liste der stets gegenwärtig zu haltenden Skrupel mit aufzunehmen) :
1891 nämlich war eine Art ‹Abschluß› in der Einkommensteuer-Gesetzgebung erreicht; und wenn auch uns die ‹Sätze› schier sagenhaft, wie Zahlen aus dem Goldenen Zeitalter, anmuten – von 9500 bis 30500 Mark betrug er z. B. 3 (in Worten *drei!*) Prozent – so waren sie doch für den schon stark alternden, und wirklich ehrwürdig zuschanden gearbeiteten, nur noch fami non famae scribens, Herrn X. zu hoch. Seine Augen begannen katastrofal nachzulassen; und er beschloß deshalb den Ankauf einer Schreibmaschine, (was damals anscheinend kein Kleines gewesen sein muß; man erinnere sich des, heute ganz merkwürdig anmutenden, Briefwechsels Nietzsche's.) Er erwarb also eine teure ‹Fisher Record›; ein putziges Instrument, mit der man Hefte, d. h. leere Seiten in Buchform, auch mit steifem Deckel, be-schreiben konnte. (Die Tastatur ist fast schon die uns geläufige; aber anstatt daß nach jeder Zeile die Walze mit dem Papier bewegt wird, ist es hier, umgekehrt, der Maschinenkörper

selbst, der über das festliegende Blatt hin und her und nach unten wandert; auch die Tasten schlagen durchs Farbband *nach unten* – alles gewissermaßen ‹gekontert›; aber ansonsten eine völlig legitime Lösung des Problems).
Nun muß es jedoch damals noch so gewesen sein, daß der Autor wohl eine ‹Berufsreise› ‹absetzen› durfte (über die er freilich hinterher ‹einen Aufsatz zu schreiben› hatte); nicht aber ein noch so relativ kostbares Präzisionsgerät wie eine Schreib-Maschine. Und so stieß Kollege Y., der allmählich so weit war, sich nun auch die Freunde & Bekannten des Großen Mannes vorzunehmen, jenes erwähnten schönen Tages auf eine Briefabschrift, die ungefähr (ich zitiere aus dem Gedächtnis) so lautete: »Lieber Karl! / Gerne habe ich Deinen Wunsch erfüllt, und mich in N. 3 Wochen lang für Dich ausgegeben – ich hoffe, daß die Belege für Deine Zwecke hinreichen; die Summe jedenfalls wird gedeckt sein. / Nur gut, daß ich Deine Bücher so genau kenne; ich habe diverse Male, zuletzt bei einer unheimlich belesenen Dame, tiefgründige Auskünfte geben müssen: warum ich dies so, und jenes so gemacht hätte ... / usw. usw.«
Ein skurriler Vorgang, wenn man ihn sich illustriert vorstellt; wer leugnet's? (Auch ‹Steuerhinterziehung›, jaja; aber es sind schließlich fast 55 Jahre seitdem vergangen.) Dennoch ist der bloße Tatbestand so wehmütig, und charakteristisch für ‹Glanz & Elend› der ausgedienten Literaten, daß den Schlußworten, mit denen jener brave Freund die Übersendung der Gasthausrechnung begleitete, eine gewisse Gültigkeit nicht völlig abzusprechen ist: »Der Staat hat immer Unrecht –«.

Dichter & ihre Gesellen :

JULES VERNE

1

(Erst etwas ‹ Vorlauf ›, zum Zunge lösen ; (nicht zum ‹ Mut machen › : Mut vorm Schreibtisch hab' ich immer gehabt)). – Undankbarkeit gegen Vorgänger ist zwar etwas schönes, und wohl 1 der Bedingungen alles Fortschreitens in Wissenschaften & Künsten – die Freimachung der eigenen schöpferischen Individualität scheint selten anders erfolgen zu können, als durch eine Twen-Periode energischer Ablehnung jedweden Urväterhausrats. Ich finde das auch ganz in der Ordnung : kein netteres Schauspiel, als so ein knospender Künftiger, der just seine Persönlichkeit zusammenstellt; einerseits, briareusig argusselnd, Alles an sich zieht, was ihm an Kenntnissen & Benutzbarkeiten nur irgend anregend & gemäß ist; andrerseits Jedem, der das Unglück hatte *vor* ihm da zu sein, Lakünen & Unzulänglichkeiten nicht nur nachsagt, nein, nach*weist* – geht es imgrunde doch lediglich darum, sich selbst in jenen Zustand schöpferischer Arroganz zu versetzen, ohne den nichts Namhaftes gelingen *kann.* Und da man noch nichts Positives vorzuzeigen hat, wird die Überzeugung, daß schlechterdings *kein* Thema bisher unverbesserlich erledigt, die Welt, ob Kleindetail ob Sigma-Summe, vielmehr noch ganz neu & frisch & eigentlich unbeschrieben seien – worauf man dann ja sofort anfangen kann, die Angelegenheit mal in die Hand zu nehmen, wie ? – subjektiv am schnellsten dadurch herbeiführt, daß man es ‹ feststellt › :
Schiller, ‹ Nadowessiers Totenlied › ? : eine Episode aus Carver's ‹ Reisen ›, in vierfüßelnde Trochäen gebracht, pff ! Edgar Poe, ‹ Das Haus Usher › ? : ist eigentlich von unserm kleinen-deutschen Clauren, ausgerechnet Dem ! Und was gar ein Lessing ‹ benützt › hat, so ist das ein schier unangenehm weit- & breites Feld. Erst in späteren Jahren lernt man die feinen Diebsunterschiede einsehen, (beziehungsweise

selbst machen); wie es hier überaus delikate Nüancen gibt, ‹ mausen stibitzen naschen expropriieren ›, bis zum nackten ‹ klauen ›; und so wird man auch in der Literatur distinguieren müssen zwischen ‹ bloß zufälliger Ähnlichkeit, Entlehnung, Umbildung, Benützung ›. Und wenn an dem einen Ende der Skala das blanke wortwörtliche ‹ Plagiat › steht; so an dem andern das – für mein Gefühl kaum minder peinliche – ‹ unbewußt Abgeschriebene ›. Das gibt es, zumal bei unklaren Köpfen, durchaus; (und welcher ‹ echte Dichter › wäre das, nach populärer Vorstellung, nicht ?); Die sind dann immer furchtbar erstaunt, wenn man ihnen beiläufig mitteilt, dies & jenes fände sich, und zwar verdammt wörtlich, bereits bei, sagen wir, LENAU – und ein Stündchen später teilen sie Einem, versonnen lächelnd, mit : wie in ihrem Elternhaus, ja, doch, LENAU gestanden habe : ein dicker roter holder Band. – Immerhin wird das Entscheidende sein, ob man's *besser* machte; und ein HERDER, der seinerzeit die ‹ Kraftquellen › LESSING's, (und wenn's GOLDONI war) noch deutlicher plätschern hörte als wir, wird schließlich nicht umsonst geurteilt haben: » Solange deutsch geschrieben ist, hat, dünkt mich, Niemand wie LESSING deutsch geschrieben. « –
Als zweites Hierhergehöriges, wird bei jedem Künstler der Zeitpunkt eintreten, wo sein Privatleben – oder, wie ich es neulich einen Eisenbahnschaffner bezeichnen hörte, die ‹ Intimsphäre ›; und sein Kollege nickte nur kalt – hoffnungslos zu schrumpfen anhebt; geschieht uns recht; behelligen doch auch wir unerbittlich die Leute mit unsern Schnurrpfeifereien : wer würde schon mit der Lupe über einem Stadtplan von Dublin grübeln, wäre nicht JAMES JOYCE; und ‹ Oberplan › gäb' es ja gar nicht ohne STIFTER. Speziell ich laboriere notorisch an einem – Manche sagen ‹ störenden ›; mir verhilft's zu amüsanten Genauigkeiten – ‹ historischen Sinn › : wie gern hätte *ich* mich seinerzeit nicht auch mal mit FOUQUÉ unterhalten ! Ihn unerbittlich ‹ umgefragt › : wo überall im Oeuvre die änigmatische Gestalt MASSENBACH's erscheine, abgesehen vom ‹ Alethes von Lindenstein ›, einem der repräsentativen Stücke unserer Romantik, (und so unbekannt, daß man sich als Deutscher eigentlich immer furchtbar schämen muß, wenn

man ihn nennt) : aber wie war dessen letztes Viertel ursprünglich?; (er hat's nämlich vernichtet, und wir kennen nur noch eine ins Milde verzerrte Zweitformung). Oder ob er gewußt habe, wie Poe die ‹Undine› rühmte, und sie instinktiv als Fouqués Jugendliebe bezeichnet hat, jene junge Dame aus Minden :? Mit ehrlichen Worten : *auch ich* hätte ihm ganze Serien derartiger ‹Hosen runter›-Fragen mit nichten erspart; ihm im Gegenteil mit beträchtlicher Kaltblütigkeit dargetan, was man unter ‹Majestät der Geschichte›, zumal der der Literatur zu verstehen habe; und daß, Wer schon habituell ‹A› sage – also seine Persönlichkeit öffentlich & freiwillig in Bücher auflöse – sich bei ‹B›, das heißt den *irgendwann doch* einmal logisch einsetzenden Erkundigungen nach realen & sonstigen Grundlagen, nun eigentlich auch nicht mehr sonderlich zu zieren brauche. (Daß Er, der typische Priester-Dichter, versucht haben würde, mir mit einem koketten : »Von oben, lieber Herr; alles von oben!«, zu entwischen, sei en passant angemerkt.)
Tja; aber jetzt soll also *ich* mit dem Namen der ‹Jugendliebe› rausrücken . . . . .

2

Ein erstes erfreulich Schützendes könnte, falls ich's darauf anlegte, die relative Einfältigkeit der Fragestellung abgeben – müßte das ja schon ein ziemlicher Simpel sein, der über 1 & *nur* 1 Leib- & Magen-Schriftsteller verfügte – tatsächlich; je näher man sich's bedenkt, desto mehr kommt's einer Versuchung zum Flunkern gleich – aber nein; wie ich früher schon einmal mich verpflichtet habe : die Wahrheit über fast-Alles! (Ganz abgesehen davon, daß ich mich mitten in einem kompliziertesten Buche befinde; und kaum noch die Kraft aufbringen würde, nun auch noch in meiner Freizeit zu lügen.)
In Wirklichkeit wird es so sein, daß es bei jedem Autor $^1/_2$ bis höchstens 1 Dutzend älterer Kollegen gibt, die ihn während seines Lebens – die meisten erscheinen übrigens schon während der Jugendjahre; im Alter kommt nur noch in gro-

ßen Abständen der Ein- oder Andere dazu – Die ihn so beeinflussen, daß er ihnen dann, zur Zeit seiner eigenen Produktivität, Situationen Motive Wort-Wendungen, ja nun nicht brutal ‹stiehlt› – das würde der Feinheit & Verschränktheit des Vorgangs meist nicht entfernt gerecht – wohl aber, daß er ‹seinen Gesellen› erkennt; ein Wesen von parziell-ähnlicher Geistes- oder Seelenlage, dessen Themen & ‹Erfindungen› ihn deshalb faszinieren, weil sie beinah ‹von ihm sein› könnten. ‹Vater-Sohn› wäre ein viel zu plumper Vergleich für die subtile Relation; selbst wenn es etwas wie ‹Telegonie›, ‹Fernzeugung› über die Saecula hinweg, gäbe; (»das fehlte noch –« wird die Hörerin murmeln; aber, keine Furcht, ich bin auch im literarischen Sektor für Geburtenbeschränkung). ‹Lehrer-Schüler› trifft's auch nicht. WIELAND, wie immer der Feinere, hat anläßlich seiner bewundernswerten LUKIAN-Übersetzung von einem ganz neuen Aspekt der Seelenwanderungs-Hypothese gesprochen. / Aber zur Sache, der Herr Inculpant ...

Mein erstes selbständiges Leseerlebnis – das zweifellos ‹Folgen› gehabt hat; von 1 Stelle, in 1 meiner Bücher, weiß ich's bestimmt – ist, mit 3 Jahren, ein starker Großoktavband gewesen, abgenütztes Dunkelrot, mit mattgelbem Linienzierrat & dito Schrift; ich weiß heute, daß es sich um das ‹Märchenbuch› der AMÉLIE GODIN gehandelt hat, das ab 1874 in mehreren Auflagen erschienen ist; leider habe ich seiner noch nicht wieder habhaft werden können. Bevor man ob der ‹3 Jahre› protestiert, sei erläutert, daß ich mit meiner um 3 Jahre älteren Schwester zusammen lesen gelernt, und es rascher begriffen haben soll als sie – sie war stets (& ist es vermutlich heute noch) ein temperamentfolles Augen-Mensch. Die vor allem ‹LEBEN!› wollte; (man hat da scheinbar ‹die Wahl›, ob man als ‹Lebens-Künstler› existieren möchte, oder aber als Kunst-Künstler; vor der Illusion, es lasse sich doch gewiß beides vereinbaren, wird gewarnt werden müssen). Jedenfalls bin ich nahezu ab ovo zum Bibliophagen (& zur Isolierung) prädestiniert worden; und habe, inmitten einer unliterarischen Familie, alles bedruckte Papier verschlungen, was in Reichweite gelangte.

(Der Nächste, für mich sehr Anregende, wird gleich noch ausführlich dargestellt werden; und, unbesorgt, ebenso effektvoll wie ehrlich – aber ich möchte doch noch, und sei's nur um michselbst zu ‹stimmen›, mir das absurde Bild wieder einmal vergegenwärtigen; ich tu's nicht übermäßig gern : diese immerhalbdunkle hamburger ZILLE-Küche; das 1 Fenster führt in eine Hinterhof-Schlucht, 4 mal 5 mal 50 Meter; neben diesem Fenster ein Bretterstuhl; auf ihm ein ‹Kinderstühlchen› (dies die Familienbezeichnung); auf diesem Bicêtre-Thron – ach nix ‹Größenwahn› : es war auf der Buchfläche einfach *heller* so in dem verwünschten Loch! – etwas Vierjähriges, das sich auch mal ‹ICH› genannt hat; altklug & unterernährt & wohl überhaupt unangenehm anzuschauen. Aber ein Teller Pellkartoffeln mit Leinöl war 1918 ein fürstlich Mahl.)
Mit 12 Jahren ist dann KARL MAY gekommen; allerdings konzentrierte sich mein Interesse rasch auf die Spätwerke, die ja wirklich bedeutend sind; die mag ich heut noch. Mit 16 ARTHUR SCHOPENHAUER, ein ausgesprochener *Mann*, dessen gewaltige Ehrlichkeit & bullige Wucht mich auf ewig für NIETZSCHE verdorben haben : *Der* changierte mir gleich beim ersten Anblättern etwas *zu* elegant. Dann hab' ich, mit 17–18, etwa gleichzeitig, WIELAND und ETA HOFFMANN kennen gelernt; darauf . . . . . aber Halt!, bis hierher & nicht-weiter. Ich bin zwar ein gutherzig Närrchen; muß jedoch auch an Weib & Katz' denken; (das ‹laß sie betteln gehn, wenn sie hungrig sind!› hat mir eigentlich nie imponiert; ist halt ‹Grenadier›-Mentalität. Ich bin auch in dieser Hinsicht von der Alten Schule, und meine : wenn man sich schon eine Pussy hält, muß man sie auch standesgemäß ernähren können.)

3

Da soll jetzt also der erwähnte gelehrte Gnom hocken, ganz ‹in Sachen seines Vaters›; und auf den Knien ein Buch (aus der ‹Leihbibliothek Prenzlin›, Rumpffsweg) halten : broschiert; auf dem Umschlag ein Floß im Sturm, mit gesplittertem Maststumpf; daran sich 3 Männer klammern, die, mit Recht starren Augs, in den Hintergrund gaffen; allwo, wahrlich unangenehm zu erblicken, ein kohlschwarz-baggergroßes Maul an endlosem Hals-Stamm auftaucht. Der Titel

JULES VERNE
Die Reise zum Mittelpunkt der Erde. –

Ich habe anschließend natürlich alles Erreichbare von dem Manne gelesen – sicherlich auch wieder ein scurriles Spectaculum : wie ich mich da in die betreffende Kleinbibliothek verfügt; und, die Nase auf dem Ladentisch, in klingendem Schriftdeutsch meine erste Fachliteratur verlangt haben werde – dann ist zähelange jeder einzelne Nickelgroschen gespart, und anschließend mein erstes Buch gekauft worden : Titel wie eben gehört. Und nun kommt das Bizarrste : besagtes Buch liegt jetzt, wo ich dies schreibe, zwar nicht ‹neben mir›; das wär' mir doch zu feinsinnig; aber ich *könnt'es* jeden Augenblick hin legen; befindet es sich doch keine $2^1/_2$ Meter von mir! (Daß mir das ‹bizarr› wirkt, mag man einem ‹Flüchtling› verzeihen; jedenfalls ist seine Existenz wider alle Wahrscheinlichkeitsrechnung; ich schüttle aber auch jedesmal liebevoll den Kopf, wenn ich daran denke.) / Apropos ‹Kopf› : Wer meinen ‹Kosmas› kennt, wird jetzt vielleicht ahnen, *woher* in dem einleitenden Traum eines Jünglings von 540, im Hintergrund jenes Ur-Vieh, halb Plesio- halb Ichthyo- & zur dritten Hälfte Dino-Saurus hervor-bopt : RIOU! Im gleichen Buch ein 2. Traum des gleichen Jungen Mannes, von einem in-sich-hohlen Felsen-Weltall; einer oneiromantischen Somnambulanz wohin? – also sagen wa : zum ‹Mittelpunkt der Erde›. *Diese* beiden Verlötungen sind *bewußt* hergestellt; handelt es sich bei meinem dortigen Thema doch um ‹Weltbilder›-allgemein; speziell das des ‹Indienfahrers›, also eigentlich das ‹Buch Henoch›, (ohne dessen Kenntnis DANTE ebensowenig verständlich wird, wie das alte ‹Da führte ihn der Teufel auf einen hohen Berg› – ergänze ‹des Nordens›). Was nun die Namen in meinem ‹Kosmas› anbelangt, ist ein

Teil historisch bedingt, lag ergo fest; ich habe aber die Gewohnheit mich zu fragen, wieso ich das Liebespärchen – bei dem ich theoretisch ja die beliebte ‹ Freiheit des Willens › hatte – hier ausgerechnet so & nicht anders taufte ? Und da habe ich, nachträglich, eben feststellen müssen :

Lykophron	&	Agraule
Lidenbrock		Agsel (= Axel) + Graüben

Und da ist eben ‹ Lidenbrok › der Held in VERNE's ‹ Reise › ; und ‹ Axel plus Grauben › heißt das Liebespärchen – also wird' schon stimmen; (aber *das* ist mir, bei der Niederschrift, *unbewußt* passiert). –
Ich möchte erst einmal noch weiter ausholen, und bekennen, daß ich das Kaiserreich jenes Dritten Napoleon irgendwie ‹ mag ›. Aus mehr als 1 Grund; (und nicht *nur*, weil ich die ‹ Deutschen Siege über Frankreich › immer bedauert habe : wieviel weiter könnten Wir heute sein, wenn damals, unterm Ersten Napoleon, die Einigung Europas erfolgt, und dieser Begriff, Europa-selbst, bis zum Ural hätte vorgeschoben werden können. Aber das sollen immer akademische, zu deutsch ‹unrealistische › Betrachtungen sein; bleiben wir lieber beim klein-Positiven.) Ich will es nur frisch gestehen – ich bin einmal, trotz AUGUSTINUS oder ROUSSEAU, (die ich Beide nicht mag), beim ‹ bekennen ›, sprich ‹ Mich-kompromittieren › – daß ich, als Vollblut-Schrift-steller, es ist dies mein gutes Recht, ‹ Musik › danach beurteile, ob sie

a) mich nicht stört; oder aber
b) mich sogar fördert.

(Jeder Komponist wird aufschreien, klar; das ist wiederum *sein* gutes Recht : versteht *er* doch unter ‹ Literatur › das, was ihm ein leidlich-brauchbares Libretto liefert.) Und da stört mich eben *nicht* PUCCINI; (von mir aus insofern ‹ korrekt ›, weil er überwiegend eben ‹ untermalte ›, ‹ lasierte ›. Es kann sein, daß ich mich irre.) Und *fördern* tut mich ein Israeli – was übrigens auch bei andern Leuten & auf mehreren Gebieten der Fall ist : MARX, FREUD, CHRISTUS – meiner-hier heißt Juda Ben Eberscht, genannt JACQUES OFFENBACH; geboren zu Köln, gestorben zu Paris. Der erscheint mir hell & geistreich; und spöttisch & elegant : *dafür bin ich sehr!* (Und daran – ob ‹Stiefelmarsch› ob ‹Ballett der Mondgeister› – hängt auch eine Familien-Anekdote. Die Lieblingsmelodie meines Vaters war die ‹Barcarole› aus ‹LES CONTES DE HOFFMANN›; wenn die ‹NORAG›, der hamburger Sender jener Jahre ab 1924, sie brachte, wurde der Kopfhörer unweigerlich in 2 Teile geschraubt : an der einen Muschel saß, aufrecht-verzückt, er; an der andern Eins von uns Dreien; (der betreffende ‹Detektor›-Apparat, 5 mal 9 mal 13 Zentimeter, ist zur Zeit als Briefmarkenkästchen bei uns bedienstet). Als nun mein Vater 1928 starb; und der Geistliche in Ohlsdorf sich nach seiner, ihm jetzt gleich, in der Kapelle, getragen aufzuspielenden Lieblingsmelodie erkundigte, verwies meine verwirrte Mutter ihn schluchzend auf eben diese Barcarole aus HOFFMANNS ERZÄHLUNGEN – wenn uns späterhin ob des Todes des rauhen Ehrenmanns zuweilen Trauerähnliches überkommen wollte, hat uns die Erinnerung an das Gesicht jenes, sicher auch nicht übermäßig zu beneidenden Halb-Beamten, eigentlich stets zu beträchtlichem Troste gereicht. – Damit man auch diese lütte Epizykloide zum Thema gehörig erkennt, sei betont, daß OFFENBACH diverse Fabeln JULES VERNE's vertont hat; den ‹Docteur Ox›, oder die erwähnte ‹Reise zum Mond› – Wir gehören schon irgendwie zueinander.) –

VERNE also ein fleißiger Mann von rund 60 Romanen, plus ein paar Bänden anderer Kleinigkeiten. Und sein eigentliches, noch nie so recht gewürdigtes literarisches Verdienst besteht darin, daß er als Erster (& bisher immer noch Umfassendster) den Groß-Nachweis geführt hat : wie die Errungenschaften des Technikers – man darf auch ‹Ingenieur› sagen, ‹Wissenschaftler›, ‹Forscher-allgemein› – nicht nur *nicht poesie-zerstörend* wirkten; sondern vielmehr unerhört neue-reiche Gebiete dem *Dichter eröffneten* ! (Hier wäre der Ansatzpunkt für eine abendfüllende Zungenschlägerei, so ein ‹Streitgespräch› (aber ‹Ohne Mich!›, bitte) : ob *jene* Gruppe von Dichtern, 95 % aller Schreibenden sind's etwa, recht habe, Die, verdrehten Geäugs, vom ‹einfach leben› schwärmen, (zumeist am Steuer des eigenen ‹Taunus›; und wenn

sie abends an der leuchtenden Riesenwaffel einer Fabrikfront vorbei ‹gleiten›, murmeln sie unvermeidlich : »Also wie ein Feenpalast ! «). Oder aber, ob jene paar Anderen vorzuziehen wären, die den nun einmal von der Menschheit eingeschlagenen Weg mit gehen, das heißt redlich mit ersaufen wollen.)
JULES VERNE also hat eine erstaunliche Anzahl technischer Möglichkeiten, die sich schon damals deutlich genug abzeichneten, auf ihre poetische Verwendbarkeit abgetastet; wozu 1 der Voraussetzungen war, daß er die von den Blaublümlern krampfhaft festgehaltene, angeblich so ‹fundamentale› Differenz zwischen Kultur & Zivilisation, glatt abstritt. Seine These war & blieb's, daß im Zeitalter der Technik die Dichtung so wenig zur Schrumpfung verurteilt sei, daß im Gegenteil ihre Anlässe dadurch vervielfacht würden; und er versuchte den Beweis hierfür in seinen Büchern zu leisten – freilich auf die bekannte ‹gallische› Weise, die mich speziell bei ihm immer an helles, trockenes, eben ‹elektrisches› Licht erinnert hat.
So schritt er die ganze Enkyklopaideia, die ‹Inumfangslehre› der Naturwissenschaften ab – und es war dies damals bereits kein kurzer Weg mehr, Mesdames. Hat seine Helden zum Mond geschossen; ganz aktuell raketisch; (und noch klingt mir die Antwort im Ohr, die Michel Ardan dem hohnnasenden Streitgesprächler auf dessen argumentum ad hominem, »Wie wollen Sie denn wohl zurückkommen ? ! «, erteilt – : »Ich werde nicht zurückkommen. «). / Die US-Amerikaner nannten ihr erstes Atom-U-Boot ‹Nautilus› ? Ja; das ist auch eine seiner schönsten Geschichten, die vom Kapitän ‹Nemo›; und gar nicht nur mit der Traumversunkenheit des Aquarienliebhabers zu lesen. / ‹Die Reise um die Welt in 80 Tagen› – da habe ich erst voriges Jahr die Aufführungen des Westens und des Ostens vergleichen können : die der DDR war besser; einfach & geistvoll die Kulisse; (und der ‹Seesturm› schlechthin unvergleichlich !). Der Trick am Ende, daß man ja 1 Tag eingespart habe, ist POE's ‹Die Woche mit den 3 Sonntagen› entnommen; denn POE wiederum ist für VERNE einer der großen Anreger gewesen – (was Wunders, daß auch ich eben 1000 Seiten POE übersetzt habe ?) – ja, er ist so weit

gegangen, daß er zu POE's Roman vom ‹Gordon Pym› eine Fortsetzung geschrieben hat, die ‹Sphinxe de Glace›, die ‹Eis-Sphinx›. Auch seine Vorliebe für Ballonfahrten, oder die immer wieder erscheinenden ‹Geheimschriften› ist der Zurückführung auf POE fähig – hier wäre ein schönes Arbeitsfeld für mehrere cand.phil.

Ein halbes Dutzend seiner Bücher ist auch heute noch im Handel; allerdings weiß ich nicht anzugeben, ob vollständig, oder in den, bei uns leider übermäßig eingerissenen ‹Bearbeitungen› . / So kann man jederzeit die Geschichte vom ‹Michael Strogoff›, dem sprichwörtlich gewordenen ‹Kurier des Zaren› bekommen. VERNE's Wirkung auf Schriftsteller ist mindestens so groß gewesen, wie bei uns die von KARL MAY; und nicht etwa nur auf Frankreich beschränkt! Bei GERHART HAUPTMANN leuchtet am Sonnenuntergangshimmel der ‹Grüne Strahl› auf. MAX BROD hat die ‹Reise zum Mond› das Lieblingsbuch seiner Kinderjahre genannt. (Selbst in ‹Finnegans Wake›, Seite 237, blitzt es auf : »round the world in forty mails«). BERMANN in seinem ‹Urwaldschiff› läßt den Helden, den rührend Don-Quijotischen Doktor Schwarz aus Leitmeritz, an der Reeling also träumen : »Er sah sich *nicht* auf dem braven komfortablen Dampfer der ‹Booth Line›, Liverpool; sondern jung & keck auf der romantischen ‹Jangada› des JULES VERNE, mit Joan Dacosta, Yaquita & der Mulattin Lina – welche Erlebnisse seiner Kindheit mochten dies Buch für ihn so wichtig gemacht haben, so zentral, schicksalsgebend?« *Was* trällert in CHARLES DICKENS' ‹Little Dorrit› gleich zu Anfang der boshafte Gefangene? : »Wer geht vorbei den Weg so spät? : Compagnon de la Marjolaine!« Wer weiß schon, daß es sich dabei um einen Vaudeville-Text von JULES VERNE handelt? (vermutlich hat auch DICKENS keine Ahnung gehabt; aber just deswegen ist es ein doppelt netter Beleg : wie Wir-Alle doch zusammenhängen!).

Tiefsinnig ist das ‹Karpathenschloß›; wo ein Millionär, dem die geliebte Sängerin starb, sich allabendlich ihr Bild, vermittelst einer Art Prä-Tonfilm, zurückruft; halb Voyeurismus halb neuer Todtenkult. / Ein vom Stoff her besonders gewichtiges (und für uns peinliches) Buch sind die, unter dem Eindruck von 70–71 geschriebenen ‹500 Millionen der Begum› – an sich auch wieder auf POE zurückgehend : in Dessen ‹Park von Arnheim› erbt der Held ein ähnliches Riesenvermögen, 450 Millionen. Während bei POE aber vom Helden nur ein subjektiv-verbindliches ‹paradis artificiel› skizziert wird, hat VERNE hier 2 Vertreter der Menschheit bemüht : 1 humanen Franzosen, der von seinem Anteil ‹Ville France› anlegt; halb lockere Siedlung gesünderer Zukunft, halb Künstlerkolonie. Auf der andern Seite 1 Deutscher, Schultze geheißen, der ‹Stahlstadt› errichtet – und da nun ist *niemals so früh* das finstere Panorama einer Hitler-Landschaft, bis in präzise Einzelheiten hinein, gezeichnet worden; buchstäblich intuitiv; mit der Hellsichtigkeit des Hasses! Alles ‹Gehabte› ist erschütternd vorhanden : der tauromorphe Diktator in seinem ‹Stierturm›; die wahnwitzige Aufrüstung, mit dem Rumfummeln an & Prahlen mit ‹Geheimen Waffen›; die uniformierten, ekel von sich begeisterten Arbeiterheere, unter halbem KZ-Verschluß; und die ‹SS›-Typen, ‹Arminius & Sigimer› – man kommt sich, als Deutscher, zum Speien blöd vor, wenn man erwägt, daß dergleichen ‹zur Warnung› seit 1875 vorhanden gewesen ist; sogar hunderttausendfach ins Deutsche übersetzt!

Aber rasch noch ein friedlicheres Bild : in den ‹Historien von Jean Marie Cabidoulin› hat VERNE etwas, dem Selbst-Schreibenden sehr merkwürdiges, gemacht : ein ganzes Schiff mit den Klassenkameraden seiner Schulzeit, namentlich aufgeführt, bemannt, und sich in ihrer Gesellschaft auf die Reise begeben – vielleicht nicht der schlechteste Kunstgriff eines Alternden, sich ein klein wenig zu ‹verjüngen›? –

Aber inzwischen wäre ja wohl allmählich die Zeit für einen mittleren Knalleffekt gekommen :

4

Da habe ich also, vor nun rund 10 Jahren, ein Buch geschrieben – das eben, vor ein paar Monaten, als Fischer-Taschenbuch erschienen ist – ‹Die Gelehrtenrepublik›. Es besteht aus 2, jedoch sehr zusammengehörenden & immer wieder miteinander konfrontierten Hälften;

a) der Schilderung einer ‹reservation›, allwo sich die ‹Folgen›, der, doch wohl nicht aufzuhaltenden Atomversuche herumtummeln : scharmante Zentauren; die schon etwas unangenehmeren ‹Fliegenden Masken›; und endlich lugubre ‹Never-Nevers›, die Riesenspinnen. Unter sie Alle gerät, ziemlich unversehens, ein armer Reporter; der an sich nur einen Permit für die ‹IRAS› hat, eben jene schwimmende Stahlinsel der (parodiert-klopstock'schen) ‹Gelehrtenrepublik›.

b) Die ihrerseits dampfert genüßlich in den Roßbreiten herum, als ‹*I*nternationale *R*epublik für *A*rtisten & *S*cientisten›; also eine Art rosig-erhöhtem Pseudo-Worpswede; und auf Seite 116 des Originals heißt es.... : »..... wenigstens ungeniert die Bilder an den Wänden betrachten. / ..... / Hier ein Medaillon, aus dem mir ein Vollbärtiger erheitert zusah, ‹JULES VERNE›, ähä. – Ei'ntlich nie gehört. – (Aber was Namhaftes mußte er schon erfunden haben; denn es stand was drunter, von ‹whose creative spirit›; ein MDCCC, (und dann noch der Schwanz der Zahlenreihe, genau so lang) ... / ...... : (Vielleicht der Erfinder der Schreibmaschine ?! 1800-so-&-so-viel könnte zeitlich stimmen!).« / Hierzu, unten auf der Seite, die gravitätisch-narrende – und trotz ihrer Steifhosigkeit doch auch wieder idiotisch-weiterfördernde ‹Fußnote› des fingierten Übersetzers : »Natürlich der seinerzeit recht bekannte welsche Populärschriftsteller; nach dessen ‹Reise zum Mittelpunkt der Erde› unser großer deutscher STORM möglicherweise seine unvergleichliche ‹Regentrude› entwarf. Vergleiche mein Gymnasialprogramm, Bonn, 1966.«

Jaja; schon recht; ‹Bon›. Aber dies ist 1 der mehreren Hinweise, wo ich meine große Anregung für eben-diesen zweiten Teil meines Buches andeute; nämlich JULES VERNE's
‹L'île à hélice› (Lilli & Alice) : ‹Die Propellerinsel›. –
1894 war es, als er, mit schon erlahmender Kraft, dieses *mir* immer-merkwürdige Stück zu Papier brachte – absolut genommen, ist es eines seiner schlechteren, hastigeren. (Ich

möchte hier einmal die schöne Hartlebensche Parallel-Übersetzung empfohlen haben, die alle die, unter VERNE's Aufsicht entstandenen, Illustrationen hat. Am deutschen Text ließen sich fraglos so manche Verbesserungen anbringen.) Nun war allerdings VERNE, wie sich's zu seiner Zeit für einen besten Aufklärer gehörte, technischer *Optimist*; das heißt, es kam ihm so gut wie nie in den Sinn, daß ein Mensch den Andern schließlich auch mit einem Portable erschlagen könne. (Im tiefsten Grunde ist das 1 Punkt *für* JULES VERNE, *für* einen Licht-Freund von Geist; *nicht gegen* ihn.) Überdem ist seine Schreibe, wie's den ‹Volksschriftsteller› leider gruselig ziert, plan & dünnflüssig, so daß ‹Tausend Worte Französisch› für seine Lektüre hinreichen – » Les mots ne me viennent plus « stottert ein Briefbekenntnis jener überarbeiteten Tage – jegliche Übersetzung, so einfältig sie uns auch scheinen mag, ist fast stets besser als das Original; (was besonders für die Übertragungen ins Englische gilt).

Und so ist denn bei ihm auch dieser herrliche Einfall hoffnungslos ins Platte reduziert worden : es sind eben nur 2 schwerreiche Kaufmanns-Familien, die die Propellerinsel in halbierter Konkurrenz auf Aktien erbaut haben. Ein luxuriöser Tummelplatz für Technoides, durchtänzelt von Süßen Nichtigkeiten ist hergerichtet; mit Schlauchanschlüssen für Havanna-Raucher, Fernsehtelefonen & Fahrgestühlen; die Mentalität ist die einer permanenten Welt- plus Bade-Reise; und am happigen Ende ‹kriegen sich› Söhnchen & Töchterchen der beiden, hochfinanziell beteiligten Zechenbarone, unerbittlich. Nu solln se.

Dennoch habe ich, außer dem Bilde der Großen Insel, diverse seiner Possen mir angeeignet; schon aus dankbar gerührter Knabenerinnerung : Seite 106 heißt mir mein Inselpräsident genau so ‹Calistus Munbar› wie bei VERNE, (das reziproke ‹BARNUM› kam mir noch rechter als ihm). Die technischen Daten (Seite 114) hab' ich ihm zu Ehren einfach, ohne nachzurechnen, abgeschrieben : das war ich meinem Vorbild, dem Meister der Genauigkeiten, schuldig !

Sonst allerdings kaum noch etwas. Wer sich die beiden Stücke nebeneinanderlegt, wird erkennen, daß ich – ob Szenerie; ob

Ereignisse; ob Denkweisen der Personen & Persönchen; schweigen wir ganz vom ‹ Styl › ! – ihm *Entscheidendes* nicht zu verdanken habe.

5

Aber das wäre, möchte man einwenden können, immerhin schon wieder 10 Jahre her – ach was, ich will mir auch ma das Gütchen tun, und ‹ 2 Lustra › schreiben – und wo denn das, zu einer wahren Liebe erforderliche, ‹ on revient toujours › bliebe ? – Ich glaube, mir selbst hierauf die Antwort leisten zu können. –
Ganz abgesehen davon, daß ich noch 1 weiteres Buch VERNE'S in petto habe; wo er, ähnlich wie in der ‹ Propellerinsel ›, einen glänzenden Grundeinfall dadurch verplemperte, daß er ein banales, ja läppisches Fabuliergeranke korbmachern drumherum flocht : also das könnte *ich so viel* besser-bedeutender machen ! – man vergebe mir die kleine Prahlerei : mehrere Andere könnten's ebenfalls, ich weiß, es ist grade in diesen Fällen ganz peinlich leicht, und eigentlich ein rechter Einwand gegen VERNE – den Titel nenne ich diesmal selbstredend nicht; ich war wirklich bereits entsagungsvoll genug. –
Aber voriges Jahr zum Beispiel, hat mich ein guter Bekannter im Auto mit nach Tönning genommen – ich reise nicht mehr gern; nur wenn es unbedingt sein *muß*, also dienstlich – und so machte ich denn auch hier die morose Bedingung, daß wir am 15. Juni, gegen Abend, dort einzutreffen hätten. Das geschah. Am Morgen darauf sind wir dann langsam die Eider entlang, nach Osten zu, gebummelt ..... *(leiser)* : » die sich in unzähligen Krümmungen dahinwindet : oft kommt man ganz nahe an den Punkt wieder zurück, wo man vorher war. Das Land ist flach aber üppig grün, und hat viele Weiden, auf denen sich Pferde, Kühe & Schafe zu Hunderten frei umhertummeln. Von Zeit zu Zeit erscheinen einzelne bewaldete Hügelchen – Fabriken, Landgüter, die Häuser mit ungeheurem Strohdache bedeckt ; die niedrigen gelbgrauen Backsteinmauern durchbrochen durch Fenster mit grünem Rah-

men. Kleine Flecken, die alle unter Bäumen wie versteckt liegen. / Von der Pracht der Vegetation dieser nordischen Lande, macht sich Derjenige, der sie nicht selbst gesehen hat, kaum eine richtige Vorstellung! Der Kanal führt durch einen veritablen Park, eine Art ‹Saint Cloud›; aber mit 200 Fuß hohen Bäumen, vorzüglich Buchen. Oft erweitert sich die Eider zu ausgedehnten & ruhigen Wasserbecken, welche das Bild ihrer anmutigen Ufer unverändert widerspiegeln. Weiterhin zieht sich der Fluß zusammen, und windet sich in zahllosen Biegungen unter gigantischen Bäumen hin, deren Kronen sich über seinem Bette berühren & ein für die Sonnenstrahlen undurchdringliches Gewölbe bilden: die Yacht gleitet ruhig durch die geheimnisvollen Laubengänge, zwischen hölzernen Baken & geflochtenen Uferwänden hin, und die Fahrt scheint nach unbekannten Welten zu gehen! Rings um das Schiff zittert & säuselt ein Blättermeer, und das Ufer verschwindet gänzlich unter dem dunkelglänzenden Grün .....«

Vielleicht haben meine Begleiter – das heißt, korrekt gesprochen war *ich* ja der Bey-Fahrer; eine Art ‹denkenden Ballastes› – gemeint, ich schwelgte in Reminiszenzen à la ‹Eidora Romani terminus Imperii› – (aber nein; das wäre ungerecht; sie wußten natürlich, daß ich ein ‹fruchtbringender Gesellschafter› bin & immer ‹meine Gründe› habe). Immerhin muß es erst einmal rätselhaft – also auch wiederum furchtbar spannend – gewirkt haben: wieso ich öfters, gerade an dieser 1 bestimmten, für unbeschnittene Augen gänzlich un-markanten Stelle zu halten gebeten; mich, den alten Leinpfad entlang, ans Ufer verfügt; und dann – während männiglich die Einsatzmöglichkeiten eines Bötchens mit Außenmotor überschlug, oder in den prachtvoll blau- & windigen Fluten plätscherte – mir's vorzustellen versucht habe:

wie der ‹Saint Michel III› damals, am 16. und 17. Juni 1881, hier laviert haben werde (war es doch tatsächlich nötig geworden, zu überlegen, ob man nicht Bugspriet samt Gallion abmontieren müsse). Denn JULES VERNE's Dampfyacht war immerhin 33 Meter lang; und hatte, außer dem Kapitän Ollive & dessen Sohn, 1 Maschinisten, 2 Heizer, 1 Obersteuermann,

3 Matrosen, 1 Schiffsjungen & 1 Koch – alles Bretonen – an Bord; die 4 Passagiere ungerechnet.
Und mag man es für noch so pueril halten, dies ‹ errötend seinen Spuren folgen › – (es ist selbstverständlich *mehr*; ist ein Sich-Identifizieren, ein ‹ Sich-Durchlässig-Machen › für die Mentalität eines Anderen; (daß Jahreszeit, also Temperatur, Sonnenlauf, Stand der Herrn & Frauen Sternbilder, ebenfalls möglichst gleich sein sollten, mag immerhin Pedanterie heißen)) – ich habe jedenfalls mehrfach-ungescheut das betreffende Kleinoktavbändchen aus der Tasche gezogen, und's, im Stehen, nachgelesen :
: » Was aber beginnt man, während die Yacht durch das Wasser der Schleusenkammer gehoben oder gesenkt wird; je nachdem auf welcher Seite der Wasserscheide man sich befindet ? Nun, man lustwandelt auf den, sauber wie Parkwege unterhaltenen, Uferpfaden; man legt sich träumend in den dichten Schatten, der mit erquickender Kühlung labt. Freundliche Schenken, meist da errichtet wo der Weg einen Winkel bildet, laden mit ihren angestrichenen Holztischen zu einem Glase vortrefflichen, schäumenden Bieres ein : Alles ringsum ist voll fröhlichen Lebens, reinlichst & wirklich bezaubernd. «
Das würde – falls ich die Zeit dazu finden sollte; ich kann's jetzt noch nicht sagen – auch eine hübsche Geschichte werden. Schon ist einiges Archiv-, Akten-, Urkunden-Studium davorgeschaltet; obwohl die französische VERNE-Forschung praktisch noch nicht vorhanden ist : die einzige sich so nennende ‹ Biografie › ist reine Windbeutelei, deren Hauptforce in unzähligen » Hélas ! « & sonstigen Deklamationen besteht. (Die paar Bemerkungen ROLAND BARTHES' sind von professoraler doktrinärer Unzulänglichkeit; man merkt ihnen sofort an, daß sie von einem Mann zweiten Ranges stammen, der niemals imstande gewesen ist, auch nur 1 einzigen brauchbaren Roman zu bauen.)
Also dies Buch steht ernstlich mit auf dem Programm; ebenfalls lose angeregt durch JULES VERNE. –
Aber nun direkt ‹ *schreiben wie er* › ? :

: *Jamais !*

BEGEGNUNG MIT FOUQUÉ

»Griechen und Römer hatten die Wahl / unter der Götter großer Zahl, / daß Jeder sich einen erküre, / zu dessen Fahnen er schwüre. / / Aber nun denselben Gebrauch / haben die Katholiken auch, / unter den Heiligen allen / zu wählen nach Wohlgefallen. / / Und wir anderen Ketzer auch / üben denselbigen Gebrauch; / von Dichtern groß und kleinen / erwählt sich Jeder seinen. / / – Die Götter waren oft sunderlich, / und die Heiligen wunderlich; / : und so ist das Gelichter / auch unserer Lieblingsdichter.«
Und das Tollste an diesen Verselein ist : Rückert hat genau *den* Mann dabei im Sinne gehabt, von dem auch ich im Folgenden erzählen werde : FOUQUÉ !

Ich bin immer ein Gegner der Lehre von der Willensfreiheit gewesen; nicht nur, weil ich 6 Jahre beim Militär gedient habe; sondern auch aus theoretischen Erwägungen – als Eideshelfer zitiere ich außer dem großen Schopenhauer noch Voltaire; Freud; Spinoza; für Fromme Luther. Und da lernte ich z. B. mit 3 Jahren lesen, *weil* meine um eben so viel ältere einzige Schwester es in der Hamburger Volksschule erduldete – 1 Vierteljahr später beherrschte ich es à la maître, und war ergo zum Wortschlemmer prädestiniert.
Nun hat man im Lauf seines Lebens schätzungsweise 1 Dutzend literarische Groß-Lieblinge – es mag freilich vermessen sein, daß ich solch Diktum aufstellte; ich bin erst 47, und weiß nicht, wie ich mit 65 denken würde (falls ich so alt werden sollte; ich lege aber keinen Wert darauf.)
Mein erstes ganz großes Bucherlebnis war, mit 6 Jahren, die ‹Reise zum Mittelpunkt der Erde› des Jules Verne – obwohl ich damals noch nicht wußte, daß Storm's ‹Regentrude› da-

von herkommt, und anderes mehr. Anschließend, wie billig, Karl May; der – 4 oder 5 merkwürdige Bände ausgenommen – viel Mist geschrieben hat; dessen literarische Wirksamkeit aber endlich einmal untersucht werden sollte : von Zuckmayer, über Fallada und Frank's ‹ Räuberbande ›, bis zu mir.
Dann kam aber auch sofort schon, mit 15, Schopenhauer; Nietzsche – gegen den ich inzwischen recht mißtrauisch geworden bin; Wieland; Poe; Jean Paul; Hoffmann; Tieck : das war ein sehr großer Mann! Aber auch Dickens; Scott; Swift.
Im Augenblick dominieren der ‹ Anton Reiser ›; die ‹ Insel Felsenburg ›; ‹ Dya-Na-Sore › und ‹ Tristram Shandy ›; Voltaires ‹ Candide › und Lessing – aber das sei jetzt einmal alles vergessen.
Ich will hier vielmehr von einem Augenblick sprechen, der ‹ in meinem Leben Epoche gemacht › hat – ich weiß nicht, wer der Erfinder der Redensart war; nehme jedoch an : er wird auch nicht an die Freiheit des Willens geglaubt haben. –

Es muß also ein schöner Morgen zu Ende Juni des Jahres 1932 gewesen sein – ich weiß das deshalb so genau, weil ich Oberprimaner war, in Görlitz der Stadt, und eben die großen Ferien begannen. Wir 3 oder 4 literarisch Interessierten der Klasse standen also, die Luft war gelb & blau, in der ‹ Schulbibliothek › – die bestand aus einem Schrank voll bankerotter Bücher, irgendwie zusammengelaufen; und vor uns lehnte, klein-breit und wohlwollend lächelnd, Studienrat Dr. Hasenfelder, der Mathematiklehrer, der aus unerfindlichen Gründen dies Amt zu versehen hatte – es sei denn, daß er ‹ der Jüngste ›, in Anführungsstrichen, des ‹ Lehrkörpers › war : gehen Sie mir doch mit der ‹ Freiheit des Willens › ! Er war ein persönlicher Lieblingsschüler Einsteins gewesen – das war damals noch nicht verboten – und mir arg zugetan; weil ich das brennendste Interesse für nichteuklidische Geometrien und Lorenztransformationen zeigte (damit bin ich nachher, im Abitur, ‹ drangekommen ›, und habe männiglich damit verblüfft; damit, und in ‹ deutsch ›, wo ich den Expressionismus pries – was mich folglich im Frühjahr 33 das ‹Sehr Gut› im Abschlußzeugnis kostete).

Ich sehe mich also stehen – blutjung; endlos lang; dafür Beine und Hüften, mit denen ich ‹durch eines Aldermanns Daumenring schlüpfen› konnte; vergeistert und eifrig – neben mir mein Freund, Heinz Jerofsky : jetzt ist er Oberstudiendirektor und Leiter derselben Schule! Wir tragen Jeder in der Hand 1 Mikroskop, das wir uns für die Ferien ausgeliehen haben; und wollen nun eben auch noch ein paar Bücher mitnehmen. –

‹Felix Dahn›? : da kann ich nur frech und abfällig rotzen! Ich habe vorher, in Hamburg, Spanisch gelernt; und lese immerhin den ‹Don Quijote› in der Ursprache! (Und immer, wie schon erwähnt, vor den hohen Fenstern die Sommerluft, tiefblau & hellgelb : solche Beleuchtungen gibt es heute nicht mehr!).

Ich bückte mich – vielleicht ‹wurde gebückt›; von wem weiß ich nicht – und zog den unteren Schub des altmodischen Schrankes auf : da lagen etwa 10 ausrangierte Bücher, die Kreuz die Quer. Ich griff – und was heißt ‹ich›? Ich betrachte meine adrige rechte Hand »Da sitzt 1 Herr; und ich in ihm : wer aber ist dieser?!« hat Jean Paul erfunden – ich griff also nach dem obersten alten Band. Der war dick, wie Bücher sein sollen; rot-leinen eingebunden; ich schlug ihn auf und las :

»‹Die Nacht wird kalt›, sagte der alte Rudolf, ‹von dem Wetterfähnlein kreischt es herunter; die Eichen fangen zu rauschen an – : lege mehr Holz an den Heerd, Alwin.«

Da war ich hin! : Von dem herrlich ausgewogenen Prosatakt! (Denn es gibt ja nichts schöneres auf der Welt, als 1 gute Seite Prosa!!).

Nun habe ich es von jeher geliebt, unnütze Fragen zu tun; ich wandte mich deshalb zu meinem verehrten Lehrer – (ein Schüler Einsteins, man bedenke doch! Er brachte uns zukunftweisende Ansichten bei : wie es läppisch sei, 1 Schlips zu tragen, als ob man sich beständig des Stranges bewußt sein müßte; wie lächerlich, sich die Nase abzuduellieren; auch, daß über Parlamentsgebäuden grundsätzlich die Inschrift

‹ Nanu ! ? › stehen sollte) zu dem also wandte ich mich eifrig, und fragte : » Kann ich das hier mitnehmen ? «
Er sah auf den Titel. Runzelte die Stirn (ich wußte damals noch nicht, warum). Beblickte mich Langen. Zog ein Gesicht wie Adenauer, wenn man von Anerkennung der DDR spricht. Und sagte säuerlich » Bong. «
Ich nahm also den uralten Band mit heim, und las in ihm – von der ‹ Undine › (vor wenigen Jahren hat Henze sie erst neu komponiert) ; ‹ Sintram und seine Gefährten › ; das Meisterstück des ‹ Alethes von Lindenstein › – Meisterstück nicht nur relativ ; sondern wirklich eines der ganz großen romantischen Paradigmata überhaupt. Die erste dichterische Formung der ‹ Nibelungen ›, seit Hanssachs : und der ist in solchem Zusammenhang wahrlich nicht erwähnenswert ! –

(murrend) : » Wolfsfleisch & Otternbalg – seltsame
    Speise ! –
Zumal zum Abendbrot ; wenn gleich darnach
der Mond aufgeht, rot über'n Bergwald her,
und Nachtgespenster auf Gewitterwolken
durchreiten das schweflichte Himmelszelt. –
Tja. –
Seltsamliches Essen war's gewiß. –
Doch tischt' es mir die Schwägrin trefflich auf,
und hat mir recht den Sinn damit erfrischt. – –
Mir ist was wild zumut. – – He, nun, was schadet's ? :
wird's doch gewittern diese Nacht ! –
(weiter vorgehend) :
Bin wohl schon in des Schlangentöters Zimmern ? –
Da schläft 1 Mann. Hat in des Weibes Schoß
sein Haupt gelegt. :
das Weib ist meine Schwester. –
Ganz recht : soll Sigurd doch mein Schwager sein ;
ich hab's in fernen Landen schon gehört. – – – « – –

Als diese ‹ Großen Ferien 1932 › aufhörten, war ich gefangen.
Und versuchte mit meinen, damals sehr geringen, und eben

deshalb listigst-auszunützenden, Mitteln : mir mehr von diesem merkwürdigen Mann zu beschaffen. Als nächstes fand ich bei Bäsoldt in Görlitz – einem jener geheimnisvoll-unschätzbaren Winkelantiquariate – einen Band des sogar vom berühmten Goedeke ungekannten schwedischen Nachdrucks der ‹ Sängerliebe ›.

Denn wie hätte ich auch, gläsern-glühend, und noch empfänglich-offen für alle Schlüsselworte, nicht *dem* unterliegen sollen, von dem ein Edgar Allan Poe bekannte : » For one Fouqué there are 50 Molières ! «. Hätte ich Stellen widerstehen sollen, wie diesen ? :

(Before) :

» Der Pforte Ring klang.

Alwin trat in den blühenden monderhellten Garten.

Von allen Seiten nickten ihm die Gebüsche einladend zu; alle schienen ihn neckend festhalten zu wollen, und lockten ihn von einer Laube zur anderen. Bis er Lichter aus Flaminias Schlafzimmer blinken sah, und vor einer offenen Seitentür des Schlosses stand : drinnen bezeichneten Lampen mit lindem vertraulichem Schein die Wege zum süßen Ziele hinauf.

Wohlgerüche erdufteten.

Der glühende Jüngling schlich leiseleise mit hochschlagendem Herzen über die schön-gewundene Treppe – an der nächsten Türe rauschte'es wie von seidenem Gewande. Sie ging auf ! – : und Flaminia stand vor ihm; leicht gekleidet; fast unverhüllt jeglicher jugendliche Reiz ; jegliche zarte weibliche Form.

Er führte sie, er trug sie, wollusttrunken, ins blumenumkränzte Gemach. Und sein ward alle Wonne und Herrlichkeit der Liebe. «

Und nun das *‹ After › ! :*

» Alwin schwankte.

Wie im Traum. Die Steigen hinab, drauf die Lichter schon größtenteils erloschen waren. Ungewiß tappte er öfters an den Wänden umher.

Als er die Tür nach dem Garten zu aufstieß, war's draußen neblicht und finster. Der Mond stand ganz bleich über den nördlichen Gebürgen. Die Gänge und Gebüsche sahen unbe-

kannt und seltsam aus. Feuchte Morgenkühle hauchte über sein glühendes Gesicht. –
An der Pforte wartete Klothilde; vom Frost halb erstarrt; und nahm mit schläfriger Gebärde und eiskalter Hand das Gold, welches er ihr darbot.
Darauf schlug sie hinter ihm die Türe zu; und er hörte sie mit schnellen Tritten nach dem Schlosse zurückfliehen, durch ein inneres Grausen gejagt.
Fernher tönte das dumpfe Schießen von der Gegend des Berges heran. « –

500 Jahre waren seit dem Tode des ‹Mittelhochdeutschen› verflossen; als, geheimnisvoll & unerfindlich, ein anachronistischer Fluch für ihn selbst, ein Rätsel voll heiliger Absurdität für uns und die Zeitgenossen, 1777 der Mann geboren wurde, der – ein ‹reiner Tor› à la Parzival, wenn je einer war – die ‹janze Richtung› des Mittelhochdeutschen zum Abschluß zu bringen ‹bestimmt› war :
Friedrich Heinrich Karl, Baron de La Motte Fouqué, Baron de Thonnayboutonne, Baron de Saint-Surin, Seigneur de la Grève. –
Zwei mal zehntausend Arbeitsstunden habe ich seitdem ‹freiwillig›, unterstützt von meiner Frau, an die Aufhellung des Lebenslaufes dieses Ein-und-Einzigsten gewendet. Jahre lang, immer anschwellend, hat das Manuskript seiner Biografie mir dagelegen : nunmehr liegt es vor als

Fouqué und einige seiner Zeitgenossen

(2. verbesserte & beträchtlich vermehrte Auflage, 735 Ss./ Leinen 24.80 DM, Verlag Bläschke, Darmstadt, am Marienplatz).
Nicht, daß ich der blinde Verehrer eines Mannes wäre, den ich, im Laufe meiner Studien, als politisch und sozial ‹völlig unvernünftig› habe erkennen müssen – das ist peinlich oft vereinbar mit dem Begriff des ‹Großen Dichters›, obwohl unangenehm genug; man denke an Stifters ‹Nachsommer› oder Goethes ‹Wahlverwandtschaften› – aber ich kann mich, auch heute noch, (wo ich doch des Themas, infolge der

Überbeschäftigung damit, redlich müde sein dürfte!), *dem* nicht entziehen, was Jean Paul bei ihm ‹Schlag- und Zündworte› nannte, die »wie Zauberspiegel plötzlich eine Ferne der Vergangenheit und eine der Zukunft aufthun; wo Würgengel die blutrothen Flügel entfalten.« –

Natürlich ist seine Welt, ganz im Sinne mittelalterlicher ‹Radkarten› vereinfacht : den Außenrand bildet 1 Wendelmeer, grauwellend, nicht allzutief; aber am schleimigen Boden bewohnt von beuligen Ungeheuern. / Nach Norden ist die Begrenzung ein heidnisch-wirres ‹Finnland›, mit Föhrenwäldern; so dicht, »daß kein Vogel durchfliegen kann«. / Im Süden dehnt sich eine, gleichermaßen apokryphe, Sandwüste; sparsam durchsetzt mit Oasen, selbstgeschaffen-willkommenen Zentren für höchstpoetisches, ‹arabeskes›, Geschehen. / Nach Westen schließt das Irland elfengrüner Pflanzenmärchen; und eine Ossianische Nebelwelt. / Im Osten wehrt ein tiefgestaffelter Hag gigantischer wandernder Staubsäulen; ausgespannt zwischen ihnen Vorhänge von Stürmen; hinter denen nur zuweilen Laut hervordringt, wie von Waffengeklirr und Rosseshufen. / Eine Weltkarte, auf der überzeugend dicht nebeneinander eine guitarrenschwirrende ‹Provence› steht, neben den Klippen ‹Norwegs›; ein prachtvoll langgewandiges ‹Mohrenland›, neben etwa solchem ‹Harzgebürge› . . . . . . :

»Durch üppig verzweigtes Gebüsch, über unwegsames Gestein hinauf, klommen die Ritter, während der Sturm heulend den waldigen Abhang hinunterzog, und in grausiger Tiefe mit den Wellen eines ungestümen Bergwassers brüllend rang. Endlich zeigte sich durch die bereiften Äste der Buchen, durch der Tannen schneebelastetes Dunkelgrün, ein freier Platz; hoch in dessen Mitte, fast wie ein Felsengeklipp, ragte der heidnische Opferheerd gegen den Himmel an. / Noch standen die Ritter zweifelnd; ungewiß, ob sie hier die Erscheinungen der frevlen Abgötterei erwarten, oder lieber angreifend die Eingänge aufsuchen sollten – da merkten sie mit einigem Schaudern unversehens, daß sie zu Vieren waren : ein riesengroßer, aber ganz schattenartiger Mann stand neben ihnen. Der sagte mit hohler verblasener Stimme: ‹Ihr meint es gut; und ich möchte Euch doch lieber raten, abzustehen, die drunten sind verzweifelt stark! Wollt Ihr aber durchaus nicht ablassen, da müßt Ihr an die Nordseite des Heerdes, wo die beste Einfahrt ist, dreimal mit den Klingen anklopfen, und dazu sagen:

Gib uns guten Gang, Du, / Gries, Gestein und Hartwuchs. / Haußen harren Starke; / haben Lust zum Abgrund!›

Damit schwand der wunderliche Waidmannsschatten in den Wald hinein; und die Herren beschlossen, seinem Rate zu folgen, weil er ja doch etwas recht ritterliches und tapfres enthalte. Sie schlugen mit den Klingen gegen die Nordseite des Opferheerdes; und Heerdegen, welcher die Beschwörungsworte am besten behalten hatte, sagte sie dazu her. / Da fing es an sich zu regen und rollen in dem Gestein; und auseinander tat sich die moosige Wand, daß man tief hinein sehen konnte, in einen langen, steil abschüssigen, sehr engen Gang. Der edle Wunsch, keiner Gefahr später als die Waffenbrüder zu begegnen, trieb Otto und Heerdegen an des Seekönigs Seite vor; und nebeneinandergereiht schritten die 3 Genossen mitsammen fürder, ihre langen glimmenden Schwerter wie Fühlhörner in die Dunkelheit vorausstreckend. / Sie trafen auf nichts feindliches. Vielmehr je tiefer sie stiegen, je mehr erweiterte sich das Gewölbe, je milder senkten sich die Stufen – plötzlich standen sie auf ganz ebenem Boden; eine Zugluft hauchte sie an, wie aus freier Gegend, und sie meinten umso mehr in eine solche geraten zu sein, da es hoch über ihnen, als von der Himmelswölbung, herabfunkelte mit einigem Sternenlicht. Wie sie in dieser ungeheuren Tiefe zum Anschauen des Firmaments gelangt sein möchten, darüber sannen sie noch zweifelnd nach, da schon der Falke von Ottos Brust in die Höhe stieg, freudigen Schwunges den ungehemmten Raum begrüßend. Bald aber kam das mutige Tier verstört und taumelnd zurückgeflattert; sie sahen wohl, es hatte seine Jagd beginnen wollen, und war auf entsetzliche Gestaltungen gestoßen, die nun dicht über den Häuptern der Ritter hinwallten – man wußte nicht, war es riesiges Geflügel von unerhörter Art, waren es Höhlendämpfe, die in dieser unterirdischen Gegend in so zahlreichen Scharen und bedräuenden Bildern umherzogen; denn daß man in einer unterirdischen Wölbung war, nur von gewaltiger Art und Höhe, und von der schwarzschwindligen Kuppel herab Lampen wie Gestirne leuchteten, davon hatten sich nun schon die in der Dunkelheit nach und nach gestärkten Augen der Wanderer überzeugt. / Ein großer See lag zu ihren Füßen, das schwarze Gewölb und die Lampensterne recht freudlos rückspiegelnd. Die Ritter fühlten mit ihren Schwertern hinein; Arinbjörn endlich mit seiner langen Hellebarde : es war auch ganz dicht am Ufer an keinen Boden zu denken. / Mehr als eine Meile lang waren sie schon am Borde hingewandert, da tat es sich vor ihnen auf, wie ein steiler Hügel, auf dem eine getürmte Feste stand. Während sie sich ihr nähern wollten, bemerkten sie, daß der See hier einen wildrauschenden Fluß aufnehme, der sich gerade zwischen sie und das nächste Ziel ihrer Reise hinzog. An Durchwaten oder Schwimmen war bei diesen schäumenden Wirbeln nicht zu denken; man hielt sich also stromaufwärts. Bald auch erreichten sie eine hohe, von lauterem Erz gewölbte Brücke, die unter den geharnischten Fußtritten der Wandelnden wie in Melodien eines grausen Marsches zu tönen anhub. Jenseits angelangt, sahen sie ein weites, ebenes Feld vor sich; man hätte es eine blühende Aue nennen mögen, denn es leuchtete wie von vielen Blumen darauf hervor, aber diese gaben sich allzumal im Näherkommen als bleiche, wunderlich geformte und Schwefelduft aushauchende Flämmlein kund. Doch war es, als ob viele seltsame, über die Ebene bald einzeln, bald in Scharen hintrabende Tiere, halb wie Rosse halb wie Stiere gebildet, ihre Nahrung daraus zögen; denn sie rupften oft solche Flämmlein ab und sprangen dann lustiger fürder. / ‹Sollten wir uns doch solch ein Roß fangen, und darauf einreiten in die Burg?› fragte Heerdegen mit einem dreisten Lachen, verhoffend, dadurch das Grauen in sein und seiner Gefährten Brust zu ersticken; aber der vom Entsetzen geborene Scherz weckte auch wieder zum Entsetzen auf; sie schauderten alle 3 zusammen, daß die Harnische rasselten. Zudem kam schon ein häßlicher Zwerg auf einem Beine gesprungen; der sagte : ‹Neinein! Lasset Euch nach diesen Tieren nicht gelüsten. Das sind der Göttin

Freia Zauberrosse : damit reitet sie durch den Wald, und jagt Menschen, die ihr nicht opfern wollen. Ich aber bin der edlen Rosse Hirt.› Nach diesen Worten stieß er in ein ungeheures Horn, so gellenden und zugleich donnernden Tons, daß die Ritter sich des Zurückwankens kaum erwehren konnten. ‹Erschreckt's Euch?› lachte der Zwerg, ‹ich spiele ja nur ein bißchen auf der Schalmei, wie es der Hirten Art und Weise ist. Hier unten klingt ein eigner Schall, und blüht ein eigner Mai : da macht es denn die Schalmei den beiden nach. – Wenn Ihr wollt, kann ich Euch auch unsere Hirtentänze sehen lassen? : ich habe noch viel Genossen hier nahe bei.› – Die Ritter winkten ihn mit den beerzten Händen fort, und gingen schweigend auf die Burg zu; gellend lachte der zwergische Hirte ihnen nach, und die Zauberrosse sprangen wiehernder über die Wiesenflämmchen. / Über Zugbrücken gingen die 3 Herren; auch durch Tore hin; wie in eine ordentliche Ritterburg; einige Männer, schien es, hielten an den Eingängen Wacht. Neigten sich auch vor den Eintretenden mit strengem Waffengruß, ohne daß man doch eigentlich recht wissen konnte, ob es nicht bloß künstliche Bildsäulen wären, die so wunderlich zusammenrasselten; und sich bückten; und dann wieder grade ständen, in regungsloser Härte fest. / Durch leere Gemächer und Säle hin führte der Gang; die Tritte hallten sehr wieder in dem, es schien, ganz erstorbenen Gebäu. Flackernde Lampen hingen hin und her an den Wänden. Endlich kamen sie in ein reichgeschmücktes, aber mit Verzierungen sehr wunderlich aussehendes Zimmer; da saß ein Ritter darin, hinter einem langen Tisch, und las in einem aufgeschlagenen Buche. Dem Otto ward es zumute, als habe er Ähnliches irgend einmal schon wo im Traume gesehen? – Indem er sich noch darüber besann, schloß der Ritter sein Buch; richtete sich in die Höhe; und sagte, hinausgehend : ‹Ihr hättet klüger getan, weg zu bleiben. Da Ihr nun aber einmal hier seid, will ich Euch melden.› . . . . . . «

» Ihr hättet klüger getan, weg zu bleiben « – jaja.

DER PLATZ, AN DEM ICH SCHREIBE

MEFISTA, *(in männlicher Tracht; Faust präsentierend)* : . . . : der Herr ist Autor.

SORBIN, *(jung, 15-jährig, in anmutig gebrochenem Deutsch)* : Was iest ain ‹ Au-torr › ?

MEFISTA, *(rasch gefaßt)* : Ein Autor ? : ist Derjenige dem ‹ ein Stock im Petticoat › beim Anblick dessen einfällt, wozu ein Leser zeitlebens ‹ Schirm › sagt.

ARNO SCHMIDT, FAUST, IV. Teil, Szene 16

Als ich hier einzog, besaß ich, u. a., auch 2 alte Schreibtisch-Seitenschränkchen – die Platte, die darüber gelegen hatte, war alt, und hatte sowieso nie genau gepaßt; (obwohl sie beste Dienste geleistet hat, wohlgemerkt; und sogar noch leistet; ich habe viel historischen Sinn – »*zu* viel« wird Mancher murmeln; Der kennt dann nur FOUQUÉ) – und infrage kam nur die 1 Dachstubenecke, die schräge Wand nach Nord, das Giebelfenster nach Ost. Da kam mir – ich will es nur gestehen; es war, als die Maurer auch ‹ improvisierten › und die eingefrorene Pumpe mit Tapetenresten auftauten – der Einfall, ebenso billig wie genial : beim Tischler eine dicke Sperrholzplatte zu bestellen, 2 × 2 Meter; aus der einen Ecke wurde ein Viertelkreis, Radius 1 Meter 20, herausgesägt; und fertig war die allerschönste Schreibfläche, ‹ Limba ›-bezogen, ein Hölzernes Meer von 3 Quadratmetern !

Denn ich brauche Platz. Nicht für meinen Bauch, (einen Artikel, in dem ich wenig vermag); sondern für Zettelkästen, Mappen, und vor allem die Tisch-Bibliothek, im Viertelkreis um mich aufgestellt, haarscharf-dergestalt, daß ich sie, ungestüm-vorgebeugt, noch erreichen kann – ich hab' lange Arme! Es sind mit nichten immer dieselben 70 Bände. Ich unterscheide da streng 2 Abteilungen : den ‹festen› Bestand, und den – je nun, ich sage in der Schnelle, ‹fließenden›.

Der ‹feste Bestand›, das sind natürlich die kleineren Nachschlagewerke. Einmal Wörterbücher – ich übersetze (und fleißig, obwohl ich das selbst sage) aus dem Englischen und Amerikanischen, und es sind immerhin schon 20 Bände – ein untersetzter WEBSTER von 1854 (und das ist wieder einmal mehr *keine* Posse : ich besitze speziell diesen Jahrgang, weil ich COOPER-Fachmann bin; und immer noch die Hoffnung hege, daß meine Übersetzung des ‹Conanchet› doch einmal erscheinen werde; worauf man mich ja, unvermeidlich begeistert, sogleich mit der ‹Littlepage-Trilogie› beauftragen würde, wenn nicht gar mit den ‹Monikins›. Und da COOPER 1851 starb, enthält der genannte WEBSTER genau seinen Wortschatz! der MURET-SANDERS, PARTRIDGE, undsoweiter undsoweiter. Das, in diesem Zusammenhang zu erwähnende, Buchderbücher freilich – ich meine die ENCYCLOPAEDIA BRITANNICA – steht, mit ihren 16 Dünndruck-Doppelbänden, hinter mir; dazu muß ich leider aufstehen; wer wohnt schon vollkommen? Geschichts- und Hand-Atlanten. Der THESAURUS LOGARITHMORUM mit seinen 10 Dezimalen (‹semel in anno licet insanire›). Der komplette BRÜMMER (einen GOEDEKE oder den neuen KOSCH kann ich mir nicht leisten; und wie ich den FRELS vermisse, mag ich gar nicht sagen!). Neben den beiden Jahrgängen des KÜRSCHNER, 1908 und 24, ein ‹Handbuch der Pilzkunde› – man lebt nicht ungestraft ‹auf dem Lande›. Literaturgeschichten : für die ältere Zeit bediene ich mich, nach langer Prüfung, kurioserweise des Wolfgang MENZEL; für die neuere des unvermeidlichen SOERGEL; für die neueste – ach, wissen Sie, wenn man selbst das Frou-Frou miterzeugen muß ..... An Konversationslexika sehe ich auf dem Tisch nur den kleinen KNAUR; tcha, und dann – ich weiß, es gilt vielerorts als ‹unpatriotisch› – das 8-bändige DDR-Lexikon. Nicht, daß ich die oft bestialische Vernageltheit seiner Urteile über Kunst teilte; aber die Daten sind vorbildlich genau, und das Material über den ‹Ostblock›

durchaus unverächtlich – ich kann mir nicht helfen; ich laß' es jedenfalls erstmal stehen.
Und nun 1 ausgesprochener Akt der Selbstverleugnung – es ist ein bisher noch viel zu wenig gewürdigtes Kapitel – meine ‹Namensquellen›. Es ist nämlich ‹bei Schriftstellers›, zumal bei deutschen, wo es nach heiliger Tradition pausenlos heißt ‹dicht-Er & denk-Er›!, so, daß man laufend viele Namen benötigt; bald wohlklingende, bald banale. Meist weiß man (bei häufig auftretenden Hauptpersonen, um sie mit *einem* akustisch-fonetischen Zug sich selbst und dem Leser unverwechselbar zu malen; bei Nebenfiguren, um sie rasch und ohne Arbeit, aber dennoch solide, zumindest verantwortbar-ausreichend, zu ‹erledigen›) wieviel Silben der betreffende Name haben muß, um in den Takt des Satzes zu passen; also auch, welche dieser Silben betont sein muß, wer es nicht lassen kann, mag an ‹Penultima› denken; selbst die Vokalharmonie liegt innerhalb ziemlich enger Grenzen fest. Es wäre schon je 1 Monografie wert, bei jedem Dichter seine Hilfsmittel in dieser Beziehung zu untersuchen; bei FOUQUÉ war es Johannes von MÜLLER. (Bei mir – ich will kommenden Kommenden die Mühe erleichtern – ist es so, daß ich – soll ich die Bosheit besitzen, und hinzufügen ‹unter anderem›? – für *deutsche* Namen das Register des ‹Hannoverschen Staatshandbuches für 1839› verwende, (es enthält immerhin 80000 zur Auswahl); für ausländische den ‹Regenhardt; Geschäftskalender für den Weltverkehr, 1927›. Da es nun immer Leute gibt, die es lieben, unnötige Fragen zu stellen, erwidere ich auf deren ‹Warum?›: der REGENHARDT lief mir zu; er kostete nur 50 Pfennig, und erwies sich dann als sehr praktisch; für HANNOVER verweise ich, mit abwehrend gewölbten Brauen, auf mein ‹STEINERNES HERZ›.) –
Der ‹fließende› Bestand ändert sich, je nach dem Groß-Thema, das zur Zeit gerade ‹dran› ist. Also wechselt Leopold SCHEFER ab mit HIPPEL; der mit LUKIAN oder KARL MAY; dann steht wieder einmal der ODYSSEUS da (des James JOYCE natürlich; über ‹Finnegans Wake› weiß ich zu gut Bescheid, seit ich ‹Bruder Stanislaus› übersetzt habe!). Neulich erschrak Einer, als er Jules VERNE so neben Gustav FRENSSEN sah ...

Allerdings ist es, trotz all der aparten Titel, so, daß ich *ganz* sorgenfrei, ‹ aus Wolluscht ›, überhaupt nichts mehr lesen kann : immer muß ich ‹ einen Aufsatz drüber schreiben ›. – (Darauf freue ich mich schon sehr : wenn einmal, irgendwann-einmal, ein Mäzen-oder-so auftauchen wird, der mir ‹ um-meiner-selbst-willen › – es ist schwer; ich weiß wohl; ich selbst würd's auch nicht tun – eine monatliche Rente von, nu, sagen wir, 500 Mark ‹ auswirft ›; und ich dann – ach, es fallen einem gleich Ausdrücke wie ‹ Lebensabend › ein, und ‹ buntgeblümter Schlafrock ›, ‹The echoing Green ›, ‹ Der Schnee tröpfelte emsig vom Dach ›, ‹ Die Nacht wird kalt, sagte der alte Rudolph, vom Wetterfähnlein kreischte es herunter, die Eichen fangen zu rauschen an, lege mehr Holz an den Heerd, Alwin. › – tcha, und jetzt hab'ich natürlich den Faden verloren.)
Aber eines ist endlich – etwas spät freilich; und überhaupt ‹ wie lange noch ? › – erreicht : *ich sehe von meinem Schreibtisch aus den Mond aufgehen !*
Was das für mich bedeutet, davon machen sich wenige Menschen einen Begriff. (*Aller*letzten Endes hat es wohl lediglich mit der Sehschärfe zu tun; ich habe, von Kindesbeinen an, so starke ‹ Minus-Zylinder ›, daß noch jeder Optiker vor rarer Freude aufgejauchzt hat, wenn er meine Brille unter's Meßgerät legte. Ich bin wegen meiner Selenomanie weder ‹ hyänenhaft feige ›, noch eine ‹ potentielle Verbrechernatur ›, wie viele meiner Gegner arg gern möchten – als wenn die Erde nicht groß genug wäre, daß wir Alle darauf Unrecht haben können ! Neinein; ich gehöre wirklich nicht ins Irrenhaus; obwohl ich seit meiner Geburt natürlich darin lebe.)
Zugegeben, ich sehe auch die Sonne aufgehen; aber zu dem blutigen Küchenmädchen habe ich nie ‹ ein Verhältnis › gehabt. ‹ Sonn'naufgang › ? Was heißt'nn das schon ? ! Einer steht aufrecht, wie ein Wacholder; drei Wolkendamen liegen, in grauen schicken Mänteln, flach, (der Einen läufts hinten rot raus, brrr !). Gewiß, sie gibt Licht, und vermindert die Zahlungen an den Stromversorgungsverband Osthannover und die Kohlenhändler; aber damit ist es auch gut. – Wogegen der Mond . . . . .

Wenn ich also, im strapaziödesten Keinerlei des Vokabeljätens, dem Broterwerb, dem cash-as-cash-can, befangen, nach 14 Arbeitsstunden, aufblicke – : dann ist aus dem Wälderkranz eine dunkelgraue Rundum-Borte geworden. Unten läuft eine Katze vorbei, mit einer Zitronenscheibe im Mund; (sie hat Junge, daher diese, völlig verworrenen, Mutterinstinkte; wenn sie einen Hahnenkopf vom Nachbar anbringt, ist dessen abgesägter Suppen-Seitenblick schon erheblich fataler.) Durch die Spreizhand – manchmal ist mir vom vielen Tippen, als wäre sie im Gelenk abgeschnürt – die mir die Brillenlemniskate zurechtrückt (r gleich a mal Wurzel aus cosinus 2 phi; tatsächlich, ich kann's noch auswendig!) blinzt Jupiter als ‹Zugabe›. Wirklich ver-schmidt-ste Stücke sind nicht mehr möglich : aus ehrlicher Erschöpfung. Wer derart lange, unter Nes-Kaffee-Druck, an JOYCE übersetzt hat, oder FAULKNER, oder, noch schwieriger, ‹ANGRIA und der Weg dorthin› – ja, diesen ‹schäbigen Rest› von 1 Menschen besieht man sich besser nicht mehr.
Und trotzdem tastet die Hand schon wieder nach dem Zettelkasten – 2 Sorten stecken, notizbereit, darin : DIN A 9 (37,16 mal 52,56) und DIN A 8 (74,33 mal 52,56 Millimeter); und auch das ist wiederum nichts weniger als eine Pedanterie; sondern schlicht eine Frage der Erfahrung : es liegt am Temperament, wie lang die Stichwortreihe ist, deren man zur Notierung eines Eindrucks bedarf; und ein Zettelchen DIN A 8, hinten & vorn mit winziger Spitzschrift in Sigeln bekritzelt (hi! die vielen ‹i›-Zinken!) entspricht immerhin einer Buch-Viertelseite. – Also die Hand tastet. Auch nach einem der 20 sehr lang-scharf geschliffenen Bleistifte (‹alte Rasierklingen› : das ist's!); (und ‹Nummer 2› wohl; jedenfalls ‹weiche›). Und schreibt :

»... 1 bleiches molkichtes Gesicht durch'n Kronsberg-Wald ...
... flatterndes Volk zog auf marmornem Kreuzweg, stundenlang ...
... Gegen Mitternacht erschien 1 Stück Mond im Himmel. ...«

Aus der Beschaffenheit solcher Neuigkeiten auf den hohen Grad der Unschuld & Einfalt meines pastoralen Wortmetz-Daseins-hier zu schließen, wäre jedoch voreilig. Unser Schicksal heißt Turbulenz; heißt ‹kompliziert leben›; (und das, im Bewußtsein jedes gebildeten Lesers prompt erscheinende ‹Einfach-leben› ist nur eine wehmütig-unrealistische Formel, über die man schon im späten Rom resigniert gelächelt haben dürfte.) Nach meinem Arbeitsplatz fragen Sie mich? Was ich will? Was ich bin?
: Warten Sie, bis ich *nicht* mehr bin.

BERECHNUNGEN

SYLVIE & BRUNO

Dem Vater der modernen Literatur ein Gruss!

1

Ich, ein armer Pracher in wohlaufgerüsteten Zeitläuften, bin nicht für Ausblicke in die Ewigkeit & was damit zusammenhängt : die Oberflächen der Dinge sind noch so unzureichend beobachtet, (und dies Unzureichende ist meist so stümperhaft beschrieben), daß ich es ganz schlicht ablehne, mich mit ‹ Göttern › zu befassen. Wie schon der große Leopold Schefer sehr richtig angemerkt hat, dürfte das Allah-sein da droben so unverschämt viel leichter sein, als das Mensch-Tier-Pflanze-sein hier unten, daß die Sorge um das Fortkommen jener Höchsten Herrschaften uns wahrlich die wenigsten grauen Haare machen sollte. Wer sie sich als Hobby wählt : ich habe a priori nichts gegen ihn; nicke sogar gutmütig (obwohl stumm), wenn er mir mit jerusamem Stolz die ein- & andere seiner Reliquien vorweist, Sprossen von der Leiter, die Jakob im Traum sah – Hauptsache, er verhält sich ebenso höflich, wenn ich ihm meinerseits mitteile, daß ich ein gutes umfangreiches Nachschlagewerk vorziehe; (im Stillen für meschugge halten darf er mich immer). Ich bin mir übrigens auch in diesem Augenblick sicher, daß ich Unrecht habe – eine Schwächung meiner Position, die allerdings keine Stärkung derjenigen des selbstbewußten Herrn mit der Leitersprosse bedeutet; vielmehr die, meinem geringen Gefühl nach, angemessenste Einstellung-allerorten in Bezug auf solche, mir wahrlich ‹ letzten Fragen ›. – So; das metafysische Bedürfnis wär wieder mal befriedigt ; und ich wende mich nunmehr erleichtert ernsthafteren Dingen zu : Lasset uns-uns mit Shetlandwolle schmücken ; be- (oder ent-) kräuselkreppt Euch, Schöne; each man a glass in hand & Jeder so glücklich wie 1 König – sagnwa wie Charles der Erste am 29.1.1649. –
Die o. a. Diatribe wurde, es wird Manchem merkwürdig klingen, dadurch veranlaßt, daß ich beim Blättern in meinem

neuen Abreißkalender – ich tat's nur, um mich an seine Gestalt zu gewöhnen, an die der gemästeten Ziffern, die ich nun wieder ein Jahr lang zu erdulden haben würde – unter den Ende Januar geborenen Großen Männern wieder allen möglichen Powel beisammen fand; nur IHN, den Besten, nicht. Dafür aber selbstredend sämtliche Maximen der Mikrokefalen : ‹Preußen hat sich groß gehungert!› – ach, da weiß ich schon. (Ich bin ja selbst Deutscher; und will wohl auch für meinen Kanzler sterben; aber ‹deutsch› ist halt nicht immer ein Begriff für Qualität, wo's davorsteht – von Corned Beef weiß ich es *ganz* genau; von Literatur glaube ich's zu wissen.) / Einmal sogar : ‹Im Athemholen sind zweyerley Gnaden› Punkt. Nämlich a) ‹die Luft einziehn›, (*das* geht uns natürlich gleichsam noch ab, daß die Finanzämter uns die Luft einziehen!); b) ‹sich ihrer entladen›, (was'n Ausdruck, bloß um des Reimes willen! Da möchte man sich doch gleich die Wäscheklammer auf die Nase setzen!). Jenes (das Einziehen) bedrängt; dieses (das ‹Entladen›) erfrischt angeblich – durchaus möglich; obwohl es, mit mindestens derselben Berechtigung, auch umgekehrt lauten könnte : daß nämlich das Einatmen erfrische, (so hab' ich's meist erfunden). Aber eben : ‹So wunderbar ist das Leben gemischt›; tja, 's iß erschtoanlich; (und am allererstaunlichsten noch der ganze, pompös gereimte, ministerielle Schwachsinn!).
Dabei : wie schön-solide, wie wertvoll-erbaulich, könnte man gerade Kalender ‹gestalten›! In hübschem Buchformat. Auf gutem Papier. Und, falls 1 Blatt pro Tag zu teuer dünken sollte, (was aber 1 verlegerischer Irrtum wäre : es brauchte ja nur von Jahr zu Jahr der ‹Kopf› geändert zu werden), genügte schließlich auch 1 für jede Woche. / Und im JULI gehörte eines GEORGE BORROW : vorne drauf 'ne gutebunte Landkarte, ‹Llangollen & Umgebung›, Maßstab 1 : 126723 (allein das ‹Warum?› dieses So würde dem Ein- & Anderen Sinnigen auch gleich wieder etwas zu denken geben). Hinten ein Porträtlein des ‹Romany Rye›; Biogramm; Werksverzeichnis, (alles möglichst knappe, ungeflügelte Worte). / Die um den 2. Februar herum selbstverständlich JAMES JOYCE – ach, das könnte man alles wunderbar verteilen!

Und eine der Januarwochen gebührte dann eben IHM; 1 Derjenigen, die ein ‹must› sind für jeden der Literatur Beflissenen; (präziser : der *modernen* Literatur Beflissenen; denn die hebt mit IHM an).
Wir haben, damals in der Schule, noch gelernt, die ‹Neuzeit› begänne mit der ‹Entdeckung Amerikas› – heute würde ich schnarchen : ‹Die Erfinder des Kitsches? : Oh, wären sie nie entdeckt worden!›. / Ein anderer Lehrer, gescheiterter Theologe, behauptete, immer noch reuig, ‹mit Luther› – na also, wenn mit durchgebrannten Eremiten, die, ein Triangel im Kopf, lebenslänglich über die eigenen Hühneraugen stolpern, neuerdings wieder die Neuzeit beginnt : *dann* sollte man doch bloß rasch ‹die Bombe› komm'm! / Und es gab noch 1 Andern, Der hielt sich für *ganz* fortschrittlich, Der setzte den Beginn der Neuzeit ins Jahr 1789. Und eine Epoche, da ein MARAT die Bürger zur *Unruhe* aufrief; da man die Tage des Jahres nach Pflanzen-Tieren-Geräten benannte; die Gesichter der Uhren, die Knochen der Maß-Stäbe dezimal teilte, schien mir immerhin schon sehr beachtlich : *das* wäre mir, an einem schönen Maibaum-Morgen, weite blühende Griesgefilde ringsome, HAMILTON'sche Quaternionen & den ADELUNG im Kopf, *heute noch* discutabel!
Nach 50 fleißig-durchlebten Jahren; und nach einigem verantwortungsvollen Zurückrechnen – hm; tja; doch : mhm – würde ich, was mein Fachgebiet, DIE LITERATUR, anbelangt, heute dekretieren : Die Neuzeit beginnt mit

DODGEFATHER, DODGESON & COO.

2

Mit anderen Worten also – Sie wollten es ja sicher soeben selbst aussprechen – :

CHARLES LUTWIDGE DODGSON. –

Geboren am 27. Januar 1832 in Daresbury, nahe der großen Trichtermündung des Mersey, wo sein Vater (ebenfalls Charles) Pastor loci war – ein Dunstkreis, der dem armen Kleinen natürlich dann zeitlebens anhing. Man umzog nach

Richmond; der Junge ging in Rugby zur Schule. Studierte in Oxford; und verblieb dort, (typisch für den an ein Saugröhrchen geratenen Furchtsamen!), für den Rest seines Lebens, d. h. bis 1898. Dreierlei wurde wichtig:

a) er studierte ‹auch› Theologie. Jedoch verhinderte ein, bei öffentlichem Auftreten ihn gern befallendes, Stottern diese spezielle Laufbahn. (Denn ‹Stottern› ist 1 Anzeichen von ‹Schuldgefühl›: das Kind verheddert sich, wenn es sein Spielzeug zermanscht (& anschließend versteckt) hat). / Militär?: wie da sämtliche Motoren, athletisch, ‹trockern› (das ist Schlesisch). / GOtt-selbst stottert im Donner. / ‹Onzel Grootvadder Lodewijk› begann zu stammeln, sobald er gewerbsmäßig Moral zu verkünden hatte. / : ? – : !.)

b) Seine Veranlagung für Mathematik überlagerte in the long run scheinbar jede andere; ergo war er von 1855–81 Ordinarius zu Oxford. / Selbstverständlich mußte er da *die* beiden Sprachen beherrschen, in denen zu seiner Zeit in Mathematik das Meiste geschah: Deutsch (wegen GAUSS, DIRICHLET, ABEL, RIEMANN, JACOBI), und Russisch (des großen NIKOLAJ IWANOWITSCH LOBATSCHEWSKI wegen. Latein verstand sich von selbst; auch BOLYAI und EUGENIO BELTRAMI.) Das sind denn auch seine bedeutendsten Abhandlungen geworden: eine über Determinanten; und das, zwar glänzend, aber eben doch meist nur referierende, Buch vom ‹Euklid & seinen modernen Nebenbuhlern› (1879). Immer aber kam ihm, wie der leicht zugängliche ‹Tangled Tale› mit seinen skurril verkleideten Diophantischen Gleichungen belegt, ‹Die Literatur› dazwischen. Denn

c) er war eben – was schon JOYCE zähnefletschend-indirekt gewürdigt hat – *der Kirchenvater aller modernen Literatur!* –

Daß er allmählich – infolge von Verwechselungen, von denen noch zu sprechen sein wird – ein berühmter Mann wurde; auch schließlich, am 14. Januar 1898, zu Guilford starb; ist noch nicht so bemerkenswert, als vielmehr gewisse Einzelheiten seines Junggesellenlebens. / Er heiratete nämlich nie. War gleichzeitig sehr witzig & schüchtern, (was ausgezeichnet zusammen passen kann !). *Ganz kleine* Mädchen immer ausgenommen, mit denen er zahllose Freundschaften schloß – » glückliche Jagdgründe « nannte er die Badestrände von Sandown und Eastbourne, wo er sie einherwaten sah – und immer hatte er einen ganzen Vorrat von Sicherheiznadeln bei sich, um ihnen behilflich sein zu können, die Röckchen & Höschen ganzganz hoch hinauf zu stecken. (» 2 oder 3 Handvoll Haar hab'ich so gern «, schrieb er an Eine davon, Sarah Sinclair, » aber natürlich muß immer der Kopf eines kleinen Mädchens darunter sein, auf dem sie wachsen «.) Daß seine Muse für ‹ Alice in Wonderland › das Töchterchen seines Kollegen LIDDELL sei, war offenes Geheimnis. Aber auch das Widmungsgedicht zu ‹ Sylvie & Bruno ›, II. Teil, ergibt, wenn man die dritten Buchstaben jeder Zeile zusammennimmt, ‹ E NID STEVENS ›, (und ‹ Enite › iss natür'ch 'n doller Vor-Name !).

Aber woll'n wa großzügich sein. / ‹ Der Geschmack ist verschieden ›, und besonders ‹ auf diesem Gebiet ›. Und da uns das Kismet – siehe den einleitenden § – nun einmal mit faustdicken Keimdrüsen gepodicapt hat, muß sich auch die feinsinnige Leserin damit abfinden : daß GOETHE wie LUTHER jegliches Weib mit den ernsthaftesten polygamischen Absichten betrachteten. Daß SHAKESPEARE'S ‹ Sonette › zum größeren Teil an den jungen Mann ‹ W. H. › gerichtet sind; auch MARCEL PROUST schwul war wie WINNETOU. Und CARROLL eben nicht nur ‹ abwechselnd an verschiedenen Orten lebte › (eine Wendung deutschen Gelehrtenfleißes, die ich hiermit bewußt plagiiere); sondern vor allem immerfort, diesigen Gesichts, Super-Lolitas kostümierte & pfotografierte – snapshots, schrecklich ähnlich !

: » Er griff sein vorpals Schwertchen zu,
er suchte lang das manchsam Ding;
dann, stehend unterm Tumtum-Baum,
er an-zu-denken fing. «

: nicht umsonst hat ALEXANDER WOOLCOTT wie beiläufig angemerkt : Der – der CARROLL – solle froh sein, daß noch

kein Psychiater sich mit ihm befaßt habe, dem »burbelnd Ungeheur«! (Man spreche das bitte, nach: »Ein burbelnd Ungeheur!«. – *Noch*mal: ‹ein burrblnd ...›).
Und mit *dem ‹honeyfuggler›* sollte alle moderne Literatur beginnen?!
Tcha. Ich fürchte, es ist nicht anders. / Und, rasch, noch dem Deutschen den Zutritt zu den ‹Gesammelten Werken› angeben: 2 völlig gleichwertig-gute Gesamtausgaben sind im Handel; Riesenbände von 12 und 1300 Seiten; die der ‹Modern Library, New York›, und die der ‹Nonesuch Library, London›; Preise zwischen 13 und 18 Mark.

3

Und da sehe ich sie wieder mal vor mir, all die ach so contemporären Gesichtel, ob feinsinnige Lesermiene ob gewerbsmäßige Kunstschwätzervisage, wie sie sich, über ihren Dünndruckband STIFTER hinweg, nachsichtig-amüsiert erkundigen: »Was verstehen Sie denn unter Ihrer: ‹modernen Literatur›? –«.
Da könnte ich nun – Nichts ist mir zu seicht! – mit der Fabel kontern: wie da neulich dieser 1 Europäer über einem der überflüssig vielen ‹Schwarzen Erdteile› herumhubschraubte. Aus Spaß auch mal landete. Und während des anschließenden Spaziergangs auf eine Völkerschaft traf, die seit Jahrtausenden mit Ochsenkarren fuhr. Zuerst tauschte man die neuesten Witze von übermorgen Nachmittag; (wobei der Heidelbeerfarbene selbstredend unterlag, denn im Vergleich mit Dingern wie der ‹Großen Koalition› verblaßte ja jedweder Sambesi-Kalauer). Dann betrachtete der Franke mißbilligend die Karrete – Baumquerschnitte die Räder; Federung keine; 1 der milchfarbenen Stiere (mit schwarzem Bäffchen) begann sich just zu lösen – schüttelte den Kopf, und merkte an, daß das doch ‹keine Zukunft› hätte, (wie er sich ausdrückte). Der Treiber lächelte, wenn auch nicht grade ‹feinsinnig› so doch über den eigenen Widerrist hinweg; und erkundigte sich dann, nachsichtig-amüsiert: »Was versteh'n

Sie'nn unter Ihren ‹modernen Fahrzeugen› ?«. Worauf der Giaur – er war noch jung & eifrig, und glaubte an die ‹Veränderbarkeit der Welt durch das Wort›, (womit es aber eine wunderliche Bewandtnis hat) – ihm einen gedrängten Abriß gab von Viertaktmotoren, Düsenantrieb, und racketeers-im-All-Gemeinen. Der einwandfrei Erdentsprossene lauschte verschlafen; grinste; flocht ein, er sei der Great-Coat-Carrier des lokalen Kanzlers, (was wohl einer Mahnung gleichkam, seine Glaubensfähigkeit bitte-nicht zu überfordern). Nickte auch 2 oder gar 3 Mal bei gewissen Einzelheiten : das würde ein unvergleichlich Gelächter heut Abend am Lagerfeuer setzen, allein Worte wie ‹Auspuff› ! Dann entließ er, ein zwar noch nicht an täglichen Tele-Visionen, dafür aber schwer an Totem & Tabu Leidender, den Elfenbeinfarbenen mit 1 derb-lustigen Peitschenschmitz um den Tropenhelm; und kehrte mit dem Schluß-Kommuniqué : »Na, da woll'n wa ma wieder, wa? – : Hüh-Hott!« in seinen Ursprung der Specereien zurück. –
Leider hinkt natürlich auch diese-meine Fabel, wie sich's für Fabeln schickt, auf beiden Beinen. Denn der Vertreter der modernen Literatur kommt ja erstens nicht im Hubschrauber an, (manchmal besitzt er 1 Fahrrad); und weiterhin hat er leider nicht die Möglichkeit, in eine fortschrittliche, ihm sehr-beipflichtende Welt zurückzuloupen, (jawohl, es ist Beides darin : ein ‹looping› & ein ‹loupgarou›; und mit der ‹Lupe› arbeitet sowieso jeder gute Beobachter); sondern die Lage ist mehr als umgekehrt.
Ich gedenke ja auch gar nicht, in Fabeln zu antworten. Den Anhängern verlegter Gedanken & Gefühle, den Vorziehern abgestandener Wortgemüse – sie Alle müßten auf der Stelle verurteilt werden, bis an ihr Lebensende nichts als den ‹Theuerdanck›, den ‹Messias› und den ‹Nachsommer› zu lesen! – empfehle ich, dabei zu bleiben : es ist nichts an ihnen verloren. Nein; wenn ich auf die Frage nach Kennzeichen moderner Literatur hier noch einmal antworte, dann geschieht das in der reinlichen (zugegeben, etwas unrealistischen) Hoffnung, daß der ein- oder andere junge Mensch, asketisch-gewohnt, ‹to have at his beddes head 20 bookes,

clad in black or reed›, vielleicht ein bißchen darüber nachzudenken anheben könnte. Ich habe das Unglück, in einem Staate zu leben, in dessen Grundgesetz es steht, daß die Minderheit immer Unrecht habe – da bleibt mir, in so ziemlich allen Beziehungen, nur das schrille Gelächter ausmitten eines Kessels voll Eis & Schnaps; ein Geräusch wie Kiesel, gerüttelt in einem abgetragenen Menschenfell; eine Schrift mit Heidelbeertinte auf Zetteln, geschnitten aus alten Zeitungsrändern. Und eben die arm-selige Beteuerung, daß die Moderne Literatur sich von der älteren doch recht erheblich unterscheide; so sehr, daß es gar keines bewaffneten Auges bedarf, um etwa Folgendes wahrzunehmen :

a) Man schreibt *Prosa. Nur sie* wird rhythmisch der Vielfalt der Weltabläufe annähernd gerecht; zumal wenn mit einer erfreulichen Tendenz zu größerer Genauigkeit & Offenheit gekoppelt.
b) Man schreibt *langsam Prosa* : ein Romänche, binnen 1 Jahr (oder noch flinker) hingeschneuzt, *muß* unzulänglich sein. (JOYCE benötigte zum ‹Odysseus› 7; CARROLL zu ‹Sylvie & Bruno› 20 Jahre.)
c) Die Moderne Literatur hat ein fundamental anderes Verhältnis zu Worten & deren Folgen im Leser, als die Jahre vor 1900. – Und schließlich
d) Was das Gerüst anbelangt, (die Struktur eines Buches sowie die Anordnung seiner Prosaelemente), so sind die Möglichkeiten konformer Abbildungen mit nichten durch die bis 1900 praktizierten Formen erschöpft. –

Und da *CHARLES LUTWIDGE DODGSON* alias *LEWIS CARROLL* sich bei wichtigen Themen selbstverständlich nur für die Prosa entschied; da er an ‹Sylvie & Bruno›, um die es hier hauptsächlich gehen soll, 20 Jahre des Überlegens & Bastelns wandte; da er als Erster, noch *vor* FREUD !, Erwägungen anstellte, über die Lagerung der Worte im Gehirn, und dem, was daraus folgt, (es ist nicht wenig !); und da er schließlich, und sei es noch so dummpf, erkannte, wie zumindest 1 sehr normaler & Jedem geläufiger innerer Vorgang noch nie die entsprechende Abbildung durch eine ganz spezielle & eben-ihm entsprechende Anordnung gefunden habe, und er sich folglich sofort an eine verantwortungsvollste Handübung von gut 600 Seiten wagte – – tja, dadurch ist er eben der ‹ Anfänger › aller modernen Literatur geworden.

4

Im einzelnen

: das Primat der Prosa zu bezetern, sei den professionellen Reimern überlassen, die sich weiterhin einbilden dürfen, ‹ das Höchste sey eben doch 1 lürisches Gedicht › ; oder auch den vielen, so herzschneidend überflüssigen Literatur-Professoren, von Ad & Cy über Ma & Mu bis Zett : *ein Mal muß* es den Herren ja gesagt werden : Wenn Wir nicht ab & zu Bücher schrieben, wären Die-da – (und den Daumen *sooo* über die Schulter tikkn lassen) – arbeitslos ! / Und daß ein Prosa-Stick, an das ein begabtester Autor 20 Jahre seines einzigartigen Lebens wendet (oder auch 17, wie Joyce an FW) nun *doch* noch 'n büschen bedeutender geraten könnte, als das duftigste nich-ma-Sonett der warzigstn Wortmetze, leuchtet finanziell Uninteressierten sicher auch ein ; (man will ja schließlich für sein Geld was haben, GELLT ?). – Blieben also eingehender zu erläutern nur die Pünktchen c und d. –
Seit ungefähr der Jahrhundertwende, und den Arbeiten von Maury, Ellis, hauptsächlich Freud, über ‹Träume›, hat sich, wenn auch sehr zögernd & meist garnichtgern akzeptiert, doch die Erkenntnis kahmheutig ausgebreitet : daß ‹ Namen › mit nichten ‹ Schall & Rauch › seien, (wie nett so ein Goethe-Zitätchen sich auch immer anhören möge) ; sondern daß ‹Worte›, Buchstabenfolgen überhaupt, uns weit nachhaltiger necessitiren, als Mann (& Frau sowieso) im Allgemeinen wahrhaben möchte. / Ich erwähne nur das instruktive Beispiel aus Maury's ‹ Le Sommeil › ; wo er im Traum auf der Landstraße fürbaß ging, und die Gesichterscheiben der Kilometersteine ablas. Dann in einen Kaufladen trat, wo der Inhaber zwar rüstig Kilogrammgewichte handhabte, Ihm (Maury) allerdings mitteilte : er sei jetzt aber gar nicht in ‹ gay Paree ›, sondern eig'ntlich auf der Insel Gilolo ; worauf der Träumer sich umwelste, und sogleich Lobelien-Blumen

erschaute; zwischen denen General Lopez, (dessen Tod er abends zuvor in der Zeitung gelesen hatte) auf ihn zu kam, und ihm eine Partie Lotto proponierte – eine scheinbar sinnlose Bilderfolge. *Es sei denn,* man entschlösse sich, die Zünd-Worte so untereinanderzuschreiben:

Ki	lo	meterstein
Ki	lo	grammgewicht
Gi	lo	lo
	Lo	belien
	Lo	pez
	Lo	tto

Mit anderen, gefädelteren Worten: aus ‹irgendeinem Grunde› war bei Maury der mit ‹Lo› etikettierte Wort-Ballen aufgegangen. Und der Traum bemühte sich nun, mit unglaublicher Schnelle & Possenhaftigkeit, etwas wie Sinn & Verstand & ‹1 Geschichte› hinein zu bringen: wie gelenkt, ja ‹kanalisiert› erschien der Traum durch diesen ‹Lo-Zwang›! (Jeder Leser wird übrigens genügend eigene Exempel für dergleichen vorrätig haben, bzw. auftreiben können.) Es ist eine, imgrunde überaus geläufige Erscheinung; und sie besagt: daß die bloße ‹Lagerung der Worte beieinander› uns vielviel stärker beeinflußt, als unerleuchtetere Säcula sich das – ja, eben *nicht* einmal ‹träumen ließn›. Auch im Wachen werden sich dergleichen bandwurmige ‹Zusammenhänge› oft genug anbieten & durchsetzen; es handelt sich eben um einen, recht ‹natürlichen›, psychischen Mechanismus; (bitte, nicht zu verwechseln mit dem Gallimathias jüngster Frechlinge, der FW ähnlich sehn soll, aber nichts-garnichts bedeutet). (Achso, den Traum-Grund noch: ‹lolo› der Busen; ‹Lolotte› ein loses Mädchen.)

Es dauerte auch gar nicht lange, bis die Literatur sich die neue Erkenntnis praktisch zunutze machte. Im größten Stile James Joyce; der sein zweites bedeutendes Buch, ‹Finnegans Wake›, genau nach Freud'scher Traumtheorie konstruierte, gemäß welcher die Träume 1 Nacht sich das dringendste-unerledigte Problem des Vor-Tages aufgreifen; und dieses in einer Serie von Bilderfluchten, gleichsam von vielen Seiten her, ventilieren & ‹lösen› : demnach wählte Joyce sich seinen permanenten Hahnrey-Komplex, wodurch sogleich die Personen all der ‹Einakter› gegeben waren : seine Frau als ewig-Weibliches; Bruder Stanislaus als Summe sämtlicher Widersacher; ER-selbst als Tanz-Legendre; und ‹Köre› von kleinen Mädchen & Saufbrüdern als, in Popuhlation verwandelte Zeit. Zur Anreicherung mit Doppel- & Mehrfach-Bedeutungen, zur o.a. Beförderung & lingua-logischen Weiterschiebung der Nicht-Handlung, bediente Joyce sich eben der beschriebenen Wort-Zusammenhänge, einer fonetischen Schreibung (die dergleichen im höchsten Maße begünstigt) – und das Ergebnis ist denn oft gar nicht un-herrlich geraten. ‹Kaleidoskopische Kollidiereskapaden›, ‹in ßünnägoug ä ßingäßong› : wie nett, auch selbstironisch, ist es nicht, wenn er, (wahrlich ingenious), dies geflissentlich als ‹inn-genius›, als ‹Schenken-Genie›, schreibt! (Er war nun mal Alkoholiker wie so viele Künstler; und ä ‹Säufer› iss gans was anderes.) (Daß er dabei die Grenze überschritten hat – nämlich an der hier nächstliegenden Klippe zu großer subjektiver Verschlüsselung gescheitert ist – sei ohne weiteres zugegeben : der ‹Odysseus› ist das bessere Stück; für den Fachmann (eine globale Umfrage ergab, glaub'ich, neulich 29) ist FW dennoch ein ‹must›.)

Und der mächtige ortografische Wagehals – glücklich inmitten seines Mega-Fond an Worten; überzeugt davon, seit 6 Jahren das Hoot-Kutürste zu schaffen – mag, trown, das Mowl arg haben hängen lassen, als er (Mai 1927 wird es gewesen sein) von 1 seiner Bekannten mit dürren Worten darauf hingewiesen wurde : wie all-seine fonetische Schreibung, die dadurch erreichte Polyvalenz der Worte; das Variieren ein- & derselben Handlung; enfin *ALLES!* – : sich längst bei einem schmächtigen, stotternden, prüden, englischen ‹Reverend› fände. Genau einer von den Typen, die Joyce, wäre er ihnen im Fleische begegnet, gar nicht genug hätte verachten & verpflaumen können. / Joyce sah, entrüstet & sofort, nach. : ?. – Tcha. Und mußte, was die Originalität des Finnegakkerns anbelangt, seine schlimmsten Befürchtungen noch übertroffen sehen.

Denn lange vor ihnen Allen – ob Maury oder Freud ob Ellis ob Joyce – hatte Lewis Carroll, einer der noch heute, nach 2–3 Menschenaltern in Deutschland unzureichend gewürdigten Grands Écrivains d'outre Manche, es alles-alles theoretisch untersucht; & anschließend praktisch benützt. / Bei dem o. a. Beispiel des Maury'schen ‹ Lo-lo-lo-lo-lo ›-Traumes nämlich, hätte Männiglich – vorausgesetzt, wir *lebten* in einer leidlich-leidlichen Welt ! – sofort nickend murmeln müssen : ‹ Mhm ; Carroll'sche Syzygien ›. Das nämlich ist die, historisch & sachlich exakteste, Bezeichnung jenes äußerst interessanten & folgenreichen Tatbestandes, den Carroll z. B. an Wort-Stiegen & -Steiglein demonstrierte wie etwa

s wal low
wal rus
pe rus e
har pe r
c ar pe nter

usw. – Da sprach er von ‹ Doublets ›, ‹ Lanricks ›, und vor allem eben von jenen ‹ Porte-Manteau-Worten ›, Mehrzweck-Ausdrücken, wo, infolge einer Schreibart von der ver-Schmidt-stesten Unbehülflichkeit, mehrere Bedeutungen in 1 Wort komprimiert werden ; eine Steno-Prosa, und umso herrlicher, als sie (im Gegensatz zu leider-Joyce-oft) den Leser *nicht* mutwillig überfordert, sondern ihm das Nachvollziehen erlaubt – immer einigen guten-lockeren Willen vorausgesetzt ; und die Erkenntnis, daß Herr Duden (‹ Konrad › ; auch das noch !) zwar im Büro schätzbar sein mag ; ansonsten aber höchstens soviel bedeutet, wie die vorhin schon erwähnten ‹ other professors › (vgl. ‹ Sylvie & Bruno ›) : nämlich keinen Blaffert !

» Achjaa – « seufzt da etwa die ‹ Mock-Turtle › in dem, (nun auch schon zum Kinderbuch erniedrigten) ‹ Alice in Wonderland › ; und berichtet dann von den Schulfächern, denen sie, am Grunde der Meer-Suppe-einst, ausgesetzt war : » Reeling and Writhing, natürlich, als Grund-Fächer ; « (und schon fächert's ja flossig, als ‹reading & writing›, also ‹Lesen & Schreiben›; aber ›it doeth suffer a sea-change, into something rich & strange› : ‹an der Reeling Rum-Wriggln›, der Sprach-Reeling; CARROLL war eben der ‹erste Mann über Bord›!). Dann die ‹Grund›-Rechnungsarten?; mais oui : »Ambition Distraction Uglification & Derision«; (ergo ehrgeizige Addition; zerstreute Sub-Traktion; weltweite Verhäßlichung; & spöttische Dii-Vision : ich kenne keine der zur Zeit kursierenden Übersetzungen; zweifle jedoch a priori daran, ob all-das leidlich befriedigend wiedergegeben worden ist.) / Ich sträube mich zuweilen noch, Deteriorationist zu sein; aber wenn ich mir uns Re-Regierung so übereck ansehe; sampt ihrem Volk, das bereits genugsam verdummt ist, um manchmal ‹LESS BREAD, MORE TAXES!› zu schreien – : *genau die Worte, mit denen ES beginnt, ‹Sylvie & Bruno›! –* (und wenn ihm sein Wahl-Wille dann wird, ist es auch wieder nich recht) – oder die konzilianten Platitüden der diversen GOttsucher – oder die deutschen Verleger-Nebbochanten – oder gar ‹schweizer Übertragungen aus dem Englischen›! . . . . . . –

Ein bißchen schwieriger wird es natürlich noch, (zumal für den, vom ‹Deutschen› her ungeübtn Deutschn), wenn CARROLL aus ‹miserable› & ‹flimsy›, ‹fliserable› (das fasert-fusselt viel besser!) & ‹mimsy› (das ist ‹mikroskopischer›!) gestaltet. Womit wir bei der fundamentalen Ballade vom ‹JABBERWOCK› wären; ‹hora aderat briligi›; und ihrem (& ‹Finnegans Wake›) vielverkannten Erklärer ‹Humpty Dumpty›.

Man unterlasse, bevor man sich wochenlang ausgiebiger informiert hat, alle Einwürfe gegen das System als solches! Es ist eine einwandfreie Bereicherung der Sprachmöglichkeiten, wenn z. B. ich, als Deutscher, (mit ‹Englisch als erster Fremdsprache›), 2 vertraulich-dikke Stammtischbrüder als ‹inn-team› bezeichne : das tippt gleichzeitig *Beides* an : das gewohnte ‹intim› & die ‹Kneipen-Allianz›! Oder wenn ich mir, früher einmal, schalkisch, erlaubte, die gehörnte Siegfriedin Kriemhilt als ‹cream-hilled› zu schreiben : *die* zieren jede ‹Miß Germany›. / Und Wer nicht glauben will, daß die Methode längst schon in größtem Maßstab gegen ihn einge-

setzt werde, der möge sich mal so ganz kurz unsre Reklamen, unser Fernsehen & die damit behafteten ‹Illustrierten› ankuckn : wie er da, und seit vielenvielen Jahren, munter ‹unterschwellig› bearbeitet wird ! Ich erspare mir, ob Waschmittel ob Wahlplakat, die Beispiele. (Den einfallslosen Kaufmann erkennt man daran, daß Einem sein Fabrikat, und sei's der neueste Kugelschreiber, von der Litfaßsäule herunter, von einem Weib mit nakktn Tittn hingehalten wird (wie wenn Die gleich mitgeliefert würde !) Der besser Beratene macht's mit ‹Ramie›-butterwert – wodurch ja, man mag wollen oder nicht, sofort der Begriff des guten ‹Rahm› sich einstellt – bei einem Groß-Brittn vielleicht noch das rammelnde ‹ram› : da wird ER überhaupt nich weich !).
CARROLL's nun wirklich wichtigstes (& ergo scheinbar, d. h. ‹im Anfang›, kompliziertestes) Stück, eben unser ‹Sylvie & Bruno› hier, ist überhaupt noch niemals ins Deutsche übertragen worden ! – Zeit wäre es wahrlich dazu . . .

5

Denn ich bin bei Punkt d angelangt. Und wenn JOYCE, der ur-neue Wort-Bold, seinerzeit unangenehm überrascht davon war, wie LEWIS CARROLL praktisch alle seine Trix längst probiert habe – obschon mit nicht entfernt der gleichen Vir-Tuosität, zugegeben – so blieb es mir vorbehalten, mich ähnlich derb am Hinterkopf zu kratzen, als ich mir neulich ‹Sylvie & Bruno› zum intensiven Studium vornahm; und, abgesehen von allen Fi- & Rafinessen der Oberflächenbearbeitung, erkennen mußte, wie er eben auch schon 1 meiner (in meinen ‹BERECHNUNGEN I & II› entwickelten) Prosaformen vorweggenommen hatte. (Daß & wie ich mein Selbstbewußtsein leidlich reparieren konnte, wird noch angedeutet werden.)
Es ist wiederum erforderlich, eine allgemeine Betrachtung vorauszuschicken. – Viel Wirrnis & Feind-Seligkeit könnte vermieden werden, wenn die Erkenntnis Allgemeingut würde, daß man, bis auf weiteres, 2 große Gruppen literarischer Formen unterscheiden sollte :

1. die ‹ ältere ›, von HOMER (oder GILGAMESCH) an ; und
2. die ‹ neuere ›, die mit LEWIS CARROLL, ungefähr um 1870 beginnt. –

Die ‹ ältere › – ! und ich möchte sofort nachdrücklichst betont haben, daß das nicht identisch mit *ver*-altet bedeuten soll ! – hat zum strukturellen Kennzeichen, daß die von ihr entwikkelten & benützten literarischen Formen zum größten Teil *gesellschaftlichen Gepflogenheiten* entsprechen, wie sie sich eben, organisch und historisch, im Lauf der Jahrtausende herausgebildet haben. Anekdote, Novelle, Roman, sind genetisch nur durch ihren Umfang unterschieden, und ahmen den ‹ Erzähler im lauschenden Hörerkreis › nach. Das Gespräch, in Rede & Wider-Rede, ergab die Form des ‹ Dialogs › ; ideal, um 1 Frage oder einen Fragenkomplex von 2 Seiten her zu beleuchten ; (wobei die ‹ technische Voraussetzung › jedoch die ist : daß beide Partner den gleichen Ort, dieselbe Stunde, das gleiche Thema, miteinander teilen). Als die Zivilisation vorschritt, und man ‹ die Post › erfand, wurde die hier nächstraffiniertere Technik möglich, der ‹ Briefroman › ; dessen Kennzeichen es ist, daß zwar auch noch 2 (oder meinethalben mehrere) Individualitäten mit- & gegeneinander spielen ; daß sie aber den Ort gar nicht, die Zeit & die Erlebnisse nur noch bedingt, (meist als gemeinsame Vergangenheit) gemeinsam haben – immerhin ‹ korrespondieren › noch Geistes- oder Körper-Verwandte (evtl. auch -Feinde); und das zeitliche Gefälle ist so unüberwindlich noch nicht, (obwohl der ‹ lag › hier besondere Kunst erfordert). Als man mehrere Charaktere, womöglich synchron, auftreten lassen wollte, bot sich die ‹ Bühne › als noch getreuere Kopie der Gesellschaft an – freilich wurde hier der ‹ Sprung › beträchtlich ; (und *ich* springe da ganz ungern mit : ‹ Literatur › muß man in der Tasche mit sich führen können ! ‹ Bühne › ?, das ist, abgesehen von dem unsinnig kostspieligen Apparat, ein Entgegenkommen den geistig Armen gegenüber ; und, zumal in ‹ gebundener Rede ›, viel zu demagogisch für meinen Geschmag : eine Lüge, in wallendem Gewande rüttmisch gesprochen, wirkt genau (nein besser !) wie Wahrheit. Ich bin sowieso ein Gegner Schiller's ; und meine Devise wäre : ‹ Ich lasse mich nicht überfahren ! ›.) Freilich ist dieser Punkt des Theaters so ausgemacht noch nicht, daß er nicht noch 3 oder 4 Untersuchungen ertrüge.) / 1 einziges Mal, dies sei gern bescheinigt, wurde auch innerhalb der ‹ älteren Gruppe › ein Schrittchen getan, diesen Circulus der gesellschaftlichen Gepflogenheiten zu verlassen : einzelne denkende Geister probierten das ‹Tagebuch ›, und machten so den ersten Versuch zur Bewältigung innerer, subjektiver, Vorgänge.

Alle diese im vorstehenden aufgeführten Techniken sind auch heute noch dort am Platze, wo es sich um die optimale Erledigung bestimmter Stoff- & Themenkreise handelt : wenn ich 2 verschiedene Personen, 2 Landschaften, 2 Erlebnisreihen am zwanglosesten und überzeugendsten miteinander in Verbindung setzen will, tja dann muß ich eben, als einwandfrei beste Form, noch-heut & für alle Zeit, den ‹ Briefroman › wählen ; da gibt's überhaupt kein Debattieren. Das allerdings ist eine ganz-andere Frage, steht auf einem ganz-anderen Blatt, und scheint mir genau *der* Scheideweg, vor dem sie Alle heute brabblnd & keifnd stehen bleiben – eine ‹ Mehrheit der Leser ›, so lachhaft groß, daß ich mir die ‹ 9 › meiner Schreibmaschine lieber schone – und einfach nicht das bißchen Energie aufbringen, auch nur probeweise einmal zu vergessen, was sie bisher zu wissen geglaubt haben ; um vielleicht eine Einsicht, die mit ihren eigenen Irrtümern in Widerstreit ist, ganz langsam, genehmigen zu können – nämlich die Frage : sind mit diesen ‹ älteren Formen › nun auch schon sämtliche literarischen Möglichkeiten erschöpft worden ? ; oder aber nicht ?

Und tröstlich-flottwell erschallt's zur Antwort : ‹ Nu selbstverschtändlich *nich* ! › –

6

Das ‹Tagebuch › nannte ich 1 Anfang. Die organische Fortsetzung hier lautet, um ein Firmenschild zu gebrauchen (das ich allerdings gar nicht schätze) : ‹ Innerer Monolog ›. Also, wohl weit richtiger ausgedrückt : die möglichst exakte Wiedergabe des Gemisches aus subjektivem Gedanken-Stromgeschnelle plus Dauerberieselung durch eine Realität – das bis

jetzt hochwertigste Modell heißt JOYCE, ‹Odysseus›, (‹Oh dies Zeux›; ‹odd is Zeus›). Da ich im voraufgegangenen § die ‹ältere Gruppe› als die Nachbildung gesellschaftlicher Gepflogenheiten definiert hatte, mag das am einfachsten zu merkende Hauptkennzeichen der ‹jüngeren› sein : die möglichst getreue Abbildung innerer Vorgänge unter der Einwirkung einer Außenwelt, durch die jeweils gemäßeste Anordnung der Prosaelemente ; wobei das Kriterium des Gelingens die Nachvollziehbarkeit durch den geübten Leser ist. Ich betone das ‹*geübt*› ! Es wäre pueril, sich einzubilden, daß man – bisher ein Leben lang gewohnt, an den Altären STIFTERS, GOETHES, auch KAFKAS, zu frönen – sich nun rasch mal vor's englische Original des ‹Ulysses› hinsetzen, und sogleich mit hohem Genuß vom Blatt zu lesen beginnen könne : dem ist nicht so. (Obwohl das unweigerliche Ergebnis solchen Verfahrens, nämlich Verwirrtheit & Entrüstung gepaart, nicht die Mangelhaftigkeit des Buches bewiese, sondern lediglich einen Defekt im Leser – aber wer sagte sich das schon.)
Ich führe hier nur ganz rasch ein paar grobe Gruppen von – imgrunde Jedermann geläufigen – Bewußtseinsvorgängen auf. Da gibt es also das Gedankengequirle in dem, durch die Realität hingetragenen Kopf. Da ist der Vorgang des Sich-Erinnerns. Da sind die Träume; (und, CAVE !, bei *dem* Versuch zeroriginalte sich selbst ein JOYCE; sein ‹Finnegans Wake› ist an der zu subjektiven Verschlüsselung gescheitert; es wird nie einen Leserkreis haben, höchstens fachste Selbst-Schreibende werden das ein- oder andere brauchen können.) Und da ist endlich das ‹Längere Gedankenspiel› (künftig abgekürzt ‹LG›), das man wohl auch unscharf als ‹Tagtraum› o.ä. bezeichnet. Ich gehe heut & hier nur auf dies Letztere näher ein, weil LEWIS CARROLL zur Behandlung ansteht.
Das LG befindet sich auf der Mitte zwischen Traum und Kunstwerk : was der Nacht der Traum, das ist dem Tag das LG. Und es handelt sich bei ihm um einen allgeläufigen, von Jedermann hundertfach praktizierten Vorgang : ob sich die Kaufhaus-Verkäuferin als ‹berühmte Tänzerin› denkt, und daraus abends, vorm Allein-Schlafengehen, Trost & Stärkung zieht; ob der Beamte sich als seinen eigenen Vorge-

setzten imaginiert, (und nun aber mal gehässigen ‹Zug› in seine ganze Behörde bringt!); ob der Bergmann über Tage sich den schönfarbigen Prospekt einer Bau-Gemeinschaft vornimmt, und monatelang im Geist um's schmucke ‹Eigenheim› herum lustwandelt, den Keller randvoller Eichhorn-Vorräte, um die breiten Schultern den Mantel mit atomsicherer Kapuze – immer ist das LG ein überhaupt nicht zu überschätzender, dabei völlig legitimer, Bewußtseinsvorgang. Und eben, infolge sowohl der Art seiner langsamen Formung & seines zäh-probierenden Ausbaues, wie auch der besonders interessanten Spannung zwischen Individuum und der es frustrierend-umgebenden Außenwelt nach, par excellence ‹literaturfähig›; (ja, zuweilen selbst schon ‹halbe Literatur›. Interessenten, die es noch genauer wissen möchten, muß ich jetzt auf meine ‹Berechnungen II› verweisen.)
Für den Schriftsteller bedeutet das also praktisch: daß eine zusätzlich-vollere, deutlichere Beschreibung seines Helden, eine bessere Beleuchtung seiner Gedanken-Gänge, dadurch möglich würde, indem man dem nicht zu trennenden Gemisch seiner Umwelten & seiner ‹Inneren Monologe›, nun auch noch seine, ja nicht minder découvrierenden LG's hinzufügte. (Zu einem *ganz* kompletten Menschenbilde fehlten dann freilich immer noch die eigentlichen Träume; aber für dergleichen, sowie für *noch* einiges mehr – es wird zu viel für heut – sind weder die notwendigen Techniken entwickelt & erprobt, und die sprachliche & orthografische Erstarrung der Leser ist auch noch zu umfassend.)
Eine solche Koppelung ist nun weder ‹künstlerisch› – oder vielmehr, schlichter formuliert: schreibtechnisch – leicht; denn die ‹Fädelung› der beiden Bereiche muß tatsächlich einerseits ganz unauffällig, und andererseits so genau wie durch ein Nadelöhr erfolgen; noch genügt es, 2 zusammengezwungene, weil just zufällig in der Schublade liegende Themen, gleichzeitig durch denselben Wolf zu drehen. Und abgesehen von dem Fleiß & der Kunst, die hier erforderlich werden, setzt eine leidlich überzeugende Arbeit der beschriebenen Art, große Opfer an Stücken der eigenen Persönlichkeit voraus – nur so gerät das Ergebnis ‹wahr› genug; ein Akt der

Selbstlosigkeit, der eine nicht geringe Anstrengung des Mutes erfordert; (mit dem einzigen Zweck, die Möglichkeiten seiner Kunst zu erweitern, und sich irgendeiner, sei es noch so relativen, ‹Wahrheit› um 1 Endchen mehr anzunähern). Der Poncho unbeteiligter Anonymität, wie ihn ängstliche Verfasser, die prinzipiell jedwede Ähnlichkeit ihrer Helden & der umliegenden Ortschaften mit sich-selbst oder gar der Wirklichkeit abstreiten, zu tragen pflegen, *muß* – immer vorausgesetzt, das geschilderte Zusammenspiel von Realität und LG solle dem Leser einigermaßen logisch & glaubwürdig wirken – besagter Poncho also dürfte ziemlich löcherig werden müssen. Aber sich aus *solchen* Beweggründen ‹eine Blöße zu geben› – um dem Menschen den Menschen begreiflicher zu machen; wie es z. B. auch FREUD bedeutend auf sich nahm – ist in meinen Augen respektabler, (ehrwürdiger sowieso), als der befördertste Gerok.

Ganz äußerlich dürfte es, um dem Leser das Erkennen der beiden Komponenten, ergo das Nachvollziehen, zu erleichtern, angezeigt sein, eine räumliche Auseinanderrückung auf der Buchseite selbst vorzunehmen; etwa so:

((Realität)) ((‹LG›))

mmmmmmmmmmmmmmmmmmmmmmm
mmmmmmmmmmmmmmmmmmmmmmm
mmmmmmmmmmmmmmmmm

mmmmmmmmmmmmmmmmmmmmmmm
mmmmmmmmmmmmmmmmmmmmmmm
mmmmmmmmmmmmmmmmmmmmmmm
mmm

mmmmmmmmmmmmmmmmmmmmmmm
mmmmmmmmmmmmmmmmmmmmmmm
usw. usw.

(wobei ich, um dem interessierten Fachmann wenigstens 1 kleine Andeutung der hier erforderlich werdenden Überlegungen zu liefern, darauf hinweisen möchte, daß z. B. die Breite des ‹gemeinsamen Mittelstreifens› gar nicht von der Willkür des Verfassers abhängt; sondern davon: wieweit die ‹Atmosfäre› in beiden Erlebnisbereichen noch als ungefähr übereinstimmend angesehen werden kann. Beispiel : ein ‹Gefangener› wird sich zur Austarierung, um nur Überleben zu können, gerne LG's der absoluten ‹Freiheit› suggerieren ; wie es etwa KARL MAY im Zuchthaus zu Waldheim tat, (und so mancher Kriegsgefangene auch tun mußte); in solchem Fall ist nun der Gegensatz – obschon voll als solcher begründet – dennoch so gewaltig, daß der oberschichtige bildmäßige Zusammenhang nur noch ganz dünn sein, ja meist ausdrücklich abgelehnt werden wird. (Daß unterschwellig die grausamste Determinierung stattfindet – dies dem Leser darzutun, wird Sache des ‹gekonterten› LG sein : den ‹Gefangenenwärter› der Realität, wird man im LG schon ganz schön über die Prärie scheuchen!). Dieses nebenbei. Ich habe, wie gesagt, auf die Verhältnisse bereits vor vielen Jahren hingewiesen; und sie auch einmal an einer umfangreichen Modellarbeit (‹KAFF›) zu exemplifizieren versucht – die Nicht-Teilnahme der Leserschaft übertraf die kühnsten Erwartungen.

Nachdem ich also, erst theoretisch dann praktisch, das ‹Meinige› getan hatte, wird man vielleicht die kinnstreichende Verblüffung nachfühlen können, mit der ich, 1000 Tage danach, einsehen mußte, daß ‹unser› LEWIS CARROLL hier, 70 Jahre früher, bereits etwas Ähnliches probiert hatte; denn sein ‹Sylvie & Bruno› hätte imgrunde genau so gedruckt werden müssen! (Ich empfehle das hiermit ausdrücklich für eine, nunmehr ja doch wohl irgendwann-einmal notwendig werdende, deutsche Übersetzung; aber der – meinetwegen auch die – Arme! Denn das wäre eine Arbeit, nicht mehr für einen simpel-biedren Sprachfergen, der große Letternfuder von einem Ufer zum andern stakt; wohl aber für einen veritablen Lord-Oberadmiral der Über-Setzer.) Und meine Beschämung wurde durch die Erkenntnis, wie selbst-ich, der ich mich für einen erträglichen Prosa-Fachmann ästimiere, gegebenenfalls 70 Jahre hinter Wichtigstem herhinkte, nicht nennenswert gemildert. Beeile ich mich also wenigstens jetzt, meiner Einsicht die Ehre zu geben : was diese 1 spezielle ‹Neue Form› anbelangt, hat LEWIS CARROLL wiederum eine Art Bahn gebrochen!

Aber, ich wiederhol'es : *nur ‹eine Art›*!

(Ganz abgesehen einmal davon, daß man ‹mit Gewalt› schon so manches Stück des großen ETA HOFFMANN als potentielles Zwei-Spalten-Buch lesen kann; am deutlichsten die ‹Prinzessin Brambilla›. TIECK's ‹Gestiefelten Kater›. Ja, bereits SCHNABEL's alte ‹Insel Felsenburg›.) Aber der Haupteinwände wären zweierlei.
Einmal: *CARROLL ist so falsch!*
Denn während 1 der nebensächlicheren Merkmale der ‹neueren Gruppe› die größere Redlichkeit & Ehrlichkeit zu sein hat, ist er von einer seelischen Verlogenheit, nach der man sich schon weit in der Weltliteratur umsehen muß, um auch nur annähernd ihresgleichen zu finden – ‹mawkish› nennt's das, aus Gründen des Umsatzes sehr vorsichtige (und auch sonst ziemlich dümmliche; dem Deutschen leider so leicht zugängliche) EVERYMAN'S ‹Dictionary of Literary Biography›; (das z. B. auch das geschilderte, doch schon ganz unverkennbar ‹berechnete›, Durcheinander von Realität & LG, nicht erkannt hat, und deshalb frischweg von ‹confused› spricht: also das nun nicht!). Wie es ‹Der Große Mund› unseres Jahrhunderts, ‹onangenamed› klar, hingeschrieben hat: falsch sind seine ‹Kinder-Helden› – wie erwähnt, fast ausschließlich clitse-kleine Mädchen; Alle die Nase längs & den Mund quer im Gesicht, und hinreißend-unbehaart. (Wozu ich ganz allgemein bemerken möchte, daß wohl kein vernünftiger Schriftsteller – für die unvernünftigen bin ich nich zuständig – sich Kinder oder Halbwüchsige zu ‹Helden› erkiest: das ist doch alles so unfertig, unverbindlich, letzten Endes uninteressant. Und ‹verstehen› tut man's als Erwachsener, infolge der bekannten eingetretenen Amnesie, ohnehin nicht mehr. Finde *ich* wenigstens; überlasse also die ‹Lichtlein der kleinen Veronika› Denen-die-es-angeht.)
Aber die Art, wie Herr CARROLL – zur Hälfte, als ‹Automatensicherung›, der vorhin gerügte ‹Mann im Gehrock›; zur Hälfte randvoll des lustigsten Zunders zu allerhand unartigen Gedanken – uns seine Heroinchen so serviert, ist eben nicht bloß ‹whimsical›, wie die BRITANNICA wissen will; sondern es handelt sich dabei um einen, von Horizont zu Horizont reichenden, Gänse 'm Arsch bestens geratener Ungeheuer-

chen ! Seine, ebenfalls vorhandenen, trefflichen Leistungen als Fotograf – wie nett-parodistisch ist nicht sein Gedicht ‹ Hiawatha als Lichtbildner › – werden in allerletzter Instanz auch von hier ihren Ausgang genommen haben : all die kleinen halbgaren Odalisken zurechtsetzen, (und die Gliederchen *noch* dekorativer ordnen) zu können ; ja, sie ganz ‹ legal › entkleiden & wieder-neukostümieren, (und dann *nochmal* beim Wiederaus- und Wiederanziehen assistieren) zu dürfen ; nichts als Berührungszwang plus Kleiderfantastik ! – wird ihm deliciöse Ersatz-Wonne gewesen sein ; (‹ doch das Bild mißlang von Grund auf › !). Wer will, mag von ‹ barbarisch › murmeln – er hätte, beim bloßen Insaugefassen des wahnwitzigen Unterschiedes zwischen einem körperlich schon verfallenen 60-jährigen Höchstintellekt einer-, und einem total embryonischen Mädchenkind andererseits, natürlich Recht. Und wer will, mag sich den Mund lecken – er hätte, wenn er sich darauf beriefe, daß diese sogenannten ‹ Kinder › in Wirklichkeit ‹ ganz anders › und überhaupt ‹ viel weiter › seien, als wir wahrhaben möchten, sicherlich auch nicht Unrecht. Trotzdem sei die, doch wohl nicht gänzlich un-tiefsinnige, Frage zur Debatte gestellt : ob die Kinderporträts eines genialen Infantilen nun besonders falsch ausfallen müssen ; oder aber vielleicht gerade eine anrüchige, erschnupperte Richtigkeit mit sich führen könnten ? (Ich sag's gleich von ‹ vorn herein › : ich weiß es nicht. Fragen Sie NABOKOV.) Als unbedingt mitheranzuziehendes Kriterium sei erwähnt, daß CARROLL selbst unverkennbar das Gefühl der ‹ Sündhaftigkeit › besessen hat : sobald ihm 1 Püppchen besonders schlecker gedünkt hatte, setzte zugleich eine Art ‹ frommes fading › bei ihm ein. Mit dem Ergebnis, daß der Leser nie ein Palimpsest-Gefühl los wird : deutlich ausgedruckt erblickt er ‹ Christian Philosophy › & ein verwirrend-rührendes ‹ sinite parvulos › ; während es ihm ‹ von unten her ›, rittmisch an- & wieder abschwellend, ‹ kommt ›, wie ein leis-naher Lobgesang auf Affrodite. (Und schon, sobald CARROLL ihn auch vernahm, kniff er wieder die Ohren an.)

Außerdem, und das ist wichtiger, sind seine prosatechnischen Überlegungen noch weitgehend unzulänglich geblieben – man merkt, daß er eben nicht die Zeit gehabt hat, sich hauptberuflich mit Literatur zu befassen. Die beiden Partien sind, dem ‹Gewicht› nach, nicht gut ausbalanciert; die ‹Realität› ist hastig, etwas verlegen, und überdem sentimental abgetan; das LG deutlich-ungebührlich bevorzugt, und weit besser geraten. Die erforderlichen ‹Übergänge› aus dem einen Bereich in den anderen sind meist gröblich äußerlichster Art; ja, oft gerade noch so an der Grenze des Vertretbaren, etwa auf 1 bloßes, peinlich gezwungenes, zufälliges Stichwort hin. Mit anderen Worten : die ‹gegenseitige Befruchtung› der beiden Erlebnisebenen, und die sich hieraus für den Gedankenspieler ergebenden nicht nur Möglichkeiten sondern (für ihn) reellen ‹Beweggründe zu Verwechselungen› sind nicht befriedigend ausgewertet. / Meisterhaft dagegen scheint schon die all-emsige, superfleißige Vermörtelung beider Hemisfären, durch bewußt hergestellte Wort-Verästelungen, -Anklänge,· -Einschleichlinge – ich bin überzeugt, daß ich bisher bestenfalls erst 1 Drittel davon erkannt habe : hier fehlt, als unerläßliche Vorarbeit, noch ein Jahrdreißicht sorgfältiger Kommentierung durch angelsexische Fachleute, (die aber bisher so gut wie ganz versagt haben. Schade. : der ‹Weiße Springer› wär' es werther gewesen, als die Meisten nach ihm.)

7

‹Was hätte zu geschehen?›, dürfte die Frage sein, die sich (hoffentlich) bei einigen Lesern gebildet hat; und der ich mich auch gern stelle.
Eine Briefmarkenserie, wo man anstatt der Porträts von Heuss, Ulbricht, Queen Bess usw. endlich einmal die der beträchtlich bedeutenderen Joyce, Däubler, Jahnn, Carroll erblickte, wird nich ganz genügen : von *dem* Wesen, das einen Dezenniums-Menschen mit 1 Lexikons-Notiz abspeisen möchte, weiß ich gar nichts. (Und die Literatur in den Händen von Literaturhistorikern zu lassen, ist schier noch mißlicher : ‹Sturheit, dein Name ist ‹Deutscher Mensch›!›).

1 kleiner Lohn wäre mir schon, wenn sich in Leserkreisen die Einsicht herumspräche, daß es, ähnlich wie in der Mathematik, so auch in der Literatur, ‹ Reine › und ‹ Angewandte › gäbe. Die ‹ Reinen › ? : das sind die ganz-Schweren, die ‹ Unverständlichen ›; die, weit auf selbstge-macheteten 1-Mann-Pfaden ins Dschungel der Sprache & der ‹ konformen Abbildungen › vorgedrungen, mühsam, und mit noch-schwerfälliger Hand, wie es dem Pionier geziemt, (aber ich meine nicht die gleichnamige Waffengattung), neue Kleinst-Beobachtungen fixieren ; Neues neu benennen à la ‹ Narfen merren ›, (ohne die Vocale & Consonanten zu schonen); die über neue, nach Errichtung dann leicht nach-kletterbare, Gerüste sinnen ; und sich überhaupt, falls sie ‹ Glück haben ›, feiertagslos zu Tode schuften dürfen ; (es kann auch schlimmer für sie ausgehen). / Und außerdem gibt es eben noch die ‹ An-Gewandten › – die, nebenbei bemerkt, 99,9 % der Schriftsteller ausmachen – : das sind Die, die ‹ das Geld › verdienen, und die NOBEL- & sonstigen Preise für Mittelmäßigkeit bekommen. (Aber auch das ist schon wieder unrealistisch, daß ‹ das Volk › eines beliebigen Landes jemals einsehen könnte, wie die edleren Kräfte grundsätzlich das wenigere Geld haben.)
‹ Verleger › ? – ich kenne zwar nur 10 des Näheren ; möchte sie aber doch dahingehend definieren, daß es sich bei ihnen um eine (leider einflußreiche) Unterabteilung der ‹ Schlechten Leser › handele ; die sich, im allertiefsten Herzen, nach jener Zeit der Großen Kolportage zurücksehnen, wie dem Herr CERAM jüngst so ergreifenden Ausdruck verliehen hat. (Daß an SUE's ‹ Ewigem Juden ›, MAY's ‹ Waldröschen › und DUMAS' ‹ Monte Christo › ja im Grunde viel mehr ‹ dran sei ›, denn an, ich wage den Namen, ‹ Sylvie & Bruno ›, scheint nunmehr ein klarer Fall.) / Man sieht zumindest das eine : daß ich vom Primat des deutschen Geistes nicht übermäßig durchdrungen bin ; und kein Demosthenes könnte mich vom Gegenteil überzeugen, (ja, selbst Willy Brandt vermöchte es nicht, wenn er sich auch ausdrücklich deshalb mit mir in Verbindung setzte : ich gehöre keiner zu bearbeitenden ‹ Gruppe › an).
: ‹ Warum ich dann aber überhaupt noch schreibe ? ›

Tja; warum –. / Vielleicht, um mir etwas Geld zu weiteren Prosa-Experimenten zu verdienen? Oder auf LEWIS CARROLL, einen Sehr-Großen, hinzuweisen; und sein bedeutendstes Stück, ‹Sylvie & Bruno›. / – – / Sie sind nicht im mindesten überzeugt worden? – Durchaus möglich. (Vielleicht sogar meine Schuld.) –
Also dann: »Hüh-Hott!«. –

BERECHNUNGEN I

» Nemo geometriae ignarus intrato «

§ 1. Unsere bisher gebräuchlichsten Prosaformen entstammen sämtlich spätestens dem 18. Jahrhundert; auch sind bereits in jenen Jahren Musterbeispiele für jede einzelne davon gegeben worden.
Kennzeichnend für sie alle ist, daß sie ausnahmslos als Nachbildung soziologischer Gepflogenheiten entwickelt wurden. Der Erzähler im lauschenden Hörerkreis war das Vorbild für Roman und Novelle. Die tägliche Übung der Korrespondenz lieferte zwanglos die vorbildliche formale Lösung des Briefromans für das Problem, mehrere geographisch und geistig von einander geschiedene charakteristische Lebensräume organisch in Beziehung zueinander zu setzen. Das Gespräch zwischen mehreren (nicht allzuvielen!) Partnern erwies sich als optimale Möglichkeit, einen Gegenstand von verschiedenen Seiten her zu beleuchten (ideale Biografie!) Das » Tagebuch « war der erste Ansatz zur Bewältigung innerer Vorgänge.
Ich hebe ausdrücklich hervor, daß diese Formen keineswegs etwa » überholt « oder » veraltet « sind! Für die angeführten, meist sehr umfangreichen Themenkreise, sind sie durchaus die optimale (und also stets in solchen Fällen anzuwendende) Erledigungsform.
(Man vergönne mir, hier noch einmal auf Wieland hinzuweisen, der gerade als Berechner der äußeren Form Vorbildliches und bisher noch nicht recht Gewürdigtes geleistet hat; Bücher, wie sein gigantischer Briefroman vom » Aristipp «, die gleichzeitig eben so reinlich das Stahlskelett der Trägerkonstruktion zeigen, wie die » Fülle « menschlicher und geistiger Ereignisse bewältigen, gehören in allen Literaturen zu den größten Seltenheiten, und sollten von jeder Schriftstellergeneration immer wieder studiert werden.)

» Großer Roman «, » Briefroman «, » Gespräch «, » Tagebuch «, sind also nicht deswegen zu verachten, weil sie seit Jahrhunderten unbeirrt verwendet werden; sie *mußten* sich einfach dem denkenden Prosabildner als erste echte Formungsmöglichkeiten für viele konkrete Fälle aufdrängen, weil sie, wie oben schon angedeutet, sich in der » Gesellschaft « bereits organisch entwickelt hatten.
Es wäre aber für die Beschreibung und Durchleuchtung der Welt durch das Wort (die erste Voraussetzung zu jeder Art von Beherrschung !) ein verhängnisvoller Fehler, wollte man bei diesen » klassischen « Bauweisen stehen bleiben !

§ 2. Besonders nötig nun war und ist es, endlich einmal zu gewissen, immer wieder vorkommenden verschiedenen Bewußtseinsvorgängen oder Erlebnisweisen die genau entsprechenden Prosaformen zu entwickeln. (Ich betone noch einmal ganz ausdrücklich, daß ich im Folgenden lediglich von der äußeren Form [dem » Gerüst «] spreche; von meinen subjektiven Versuchen einer konformen Abbildung von Gehirnvorgängen durch besondere Anordnung von Prosaelementen. Nicht aber vom sprachlichen und rhythmischen Feinbau dieser Elemente selbst.)
Bis jetzt habe ich mir die theoretische Durchforschung und praktische Wiedergabe von 4 solchen Bewußtseinstatsachen gestellt (es gibt aber mehr !). Die Anfänge von zwei Versuchsreihen liegen dem Publikum bisher zur Nachprüfung im Druck vor; ich beschränke mich daher in der Erörterung zunächst auf diese beiden.

§ 3. Ausgangspunkt für die Berechnung der ersten dieser neuen Prosaformen war die Besinnung auf den Prozeß des » Sich-Erinnerns « : man erinnere sich eines beliebigen kleineren Erlebniskomplexes, sei es » Volksschule «, » alte Sommerreise « – immer erscheinen zunächst, zeitrafferisch, einzelne sehr helle Bilder (meine Kurzbezeichnung : » Fotos «), um die herum sich dann im weiteren Verlauf der » Erinnerung «

ergänzend erläuternde Kleinbruchstücke (»Texte«) stellen : ein solches Gemisch von »Foto-Text-Einheiten« ist schließlich das Endergebnis jedes bewußten Erinnerungsversuches.
Selbstredend hat der Autor, um überhaupt verständlich zu werden, dem Leser die Identifikation, das Nacherlebnis, zu erleichtern, aus diesem persönlich-gemütlichen Halbchaos eine klare gegliederte Kette zu bilden.
Daß meine Überlegung korrekt ist, belegen auf die frappanteste Weise alle Selbstbiografien. Ich greife den unnachahmlichen allbekannten Kügelgen heraus : ihn, weil sein unvergleichliches Malerauge (Foto!) diese Perlenschnur von Miniatüren aneinanderreihte; und er vor allem ehrlich genug war, auch äußerlich lauter kleinste Abschnitte zu machen. (Goethe andererseits hat mit seinem üblichen formlosen Prosabrei alle Suturen verschmiert; gerade bei dem hier vorliegenden Konstruktionsproblem ist solche Tünche doppelt der ölfarbige Tod aller Architektur).
Dieser Erinnerungsprozeß, eine der anhaftenden Eigentümlichkeiten unserer Gehirnstruktur – also durchaus etwas Organisches, und gar nichts Künstliches! – wurde bewußt zum Ausgangspunkt einer ersten praktischen Versuchsreihe gemacht, die einerseits das Kristallgitter der betreffenden »Erinnerung« sichtbar lassen, zugleich aber auch ungeschwächt die Bildintensität »von damals« vermitteln sollte : im Leser würde theoretisch solchermaßen zwangsweise die *Illusion eigener Erinnerung* suggestiv erzeugt werden!
(Natürlich muß man ihm hierzu auch schärfste Wortkonzentrate injizieren; cela va sans dire!)

§ 4. Als Beispiele dieser ersten Neuform, für die ich die Bezeichnung »Fotoalbum« vorschlage, habe ich bisher vorgelegt : »Die Umsiedler« und »Seelandschaft mit Pocahontas«. Diese beiden Stücke (sowie die ihnen wenn möglich später noch folgenden), erlauben mir, die weitere Unterteilung einer solchen Versuchsreihe hier einmal wie folgt näher anzugeben. – Für Anzahl und Länge der Fotos und Texte, sowie deren rhythmischen und sprachlichen Feinbau, sind das Entscheidende :

Bewegungskurve und Tempo
der Handelnden im Raum !

Es ist ja ein fundamentaler Unterschied, ob ich etwa einen Ort

rasch
durchfahren
muß

oder ihn

langsam
umkreisen
kann.

Im letzteren Falle sieht man ihn nämlich von allen Seiten, unter vielen, länger anhaltenden Beleuchtungen ; man » hat « jedesmal automatisch eine ganz andere » Zeit «, ein anderes Verhältnis zu den Begegnenden, und dem Schicksal (oder wie Sie das Ding nennen).
Es ergibt sich beispielsweise sofort, daß im ersteren Falle (der geradlinigen, zwangsmäßig raschen Bewegung der » Umsiedler «) eine wesentlich größere Anzahl von Fotos zur Bewältigung des vielfältigeren durchmessenen Raumes nötig sein wird ; sowie auch daß diese kürzer, die Sätze selbst hastiger sein müssen, als im zweiten der erwähnten Fälle, der hobbema'schen » Pocahontas «.
Jeder Art der Bewegung im Raum (gesetzmäßig festgelegt und geregelt durch die Urexplosion des Leviathan) entspricht sogleich ein sehr scharf umrissener Themenkreis. – Ich bediene mich zur Bezeichnung dieser Bewegungskurven der präzisen Namen, welche die Mathematik (zur Hälfte ja eben eine Wissenschaft des Raumes !) längst festgesetzt hat ; nicht, um diesen meinen Notizen ein kokettes pseudowissenschaftliches asa foetida zu verleihen, sondern weil ich meiner Zeit schon sehr gram sein müßte, wenn ich die unübertreffliche

Bewegungskurve der Handelnden	Tempo	Themenkreis	rhythmische, sprachliche, inhaltliche Konsequenzen
Gerade; vorwärts	schnell	»*Transporte*«. (Zwangsbewegung durch weite Räume: Auswanderer; Gesellschaftsreisen; Flößer Schweiz–Holland; Truppentransporte; etc.)	Etwa 25 kurze Fotos und Texte. Knappe Sätze. Worte wie Vieh vor sich her treiben. Dynamisch; aber die Unfreiheit des Willens wird sichtbar.
Hypozykloide	langsam	»*Kleine Welt*«. (In sich geschlossene Paradiese oder Höllen: Sommeraufenthalte; Kindheiten; »Im Werk«; etc.)	15–20 längere Einheiten. Ausladende Sätze. Statisch. Niederländisch.
Epizykloide	hastig	*Verbotener Bezirk*«. (Spionage; eingesperrte Geliebte; und andere Speisekammern.)	Am Ende der meisten Einheiten (viele sind es, kleine, etwa 30, trial & error) eine »Spitze«, die das »Aufprallen« auf die »Chinesische Mauer« spürbar macht. Gestauchte Sätze.
Punkt; rotierend	gleichförmig	»*Lynkeus*«. (Individuum und distanzierte Kreiswelt: Leuchtturmwärter; Schornsteinmaurer; Flakwache; Voyage autor de ma chambre; Fußballspiel; »Ich bin Karussellbesitzer«; etc.)	Rund ein Dutzend große Einheiten; tortenhaft sektorengleich; panoramisch. Stimmung beschaulich erregt; aber kein Eingreifen möglich.

Spirale; einwärts	sich beschleunigend	»*Zur Katastrofe*«. (Sei sie gut oder böse; einschließlich ihrer selbst: geplanter Mord; der erste Beischlaf; Fronteinsatz mit letalem Ausgang; etc.)	Einheiten kürzer werdend. Nervöse Breite bis Kugelblitz. Sätze und Worte von fahrig-faseriger Länge im Anfang bis zu stilettartiger Konzentration.
Spirale auswärts	verebbend	»*Die Überlebenden*«. (Sich langsam »neu« oder »wieder« einrichten; nach: Krieg, Tod, Feuer; ebenso wie nach Heirat oder Riesenerbschaft; etc.)	Einheiten dehnen sich. (Die Katastrofe selbst bleibt ungeschildert!) Trichtermäuliges Ende. Metaphern: »dislimning«.
Lemniskate	regelmäßig wechselnd (d. h. langsam im Null-(Schnitt-)punkt)	»*Das geteilte Leben*«. (Etwa pendelnd zwischen ruhiger Häuslichkeit und raschem Erwerb: Vertreter; Lokomotivführer; Dr. Jekyll und Mr. Hyde; etc.)	Einheiten entsprechend länger oder kürzer. Rhythmen dementsprechend. Pendelschlägiges Kismet.

Klarheit solcher Formulierungen unbeachtet ließe, und dafür eigene Umschreibungen zusammenstotterte.
Ich gebe also vorstehend die Tabelle, die *ich* mir für meine praktischen Handübungen in »Fotoalben« angelegt habe; für die ersten beiden Fälle wurden, wie bereits erwähnt, schon Exempel vorgelegt, so gut *ich* es eben vermochte. (In der »Pocahontas« habe ich, um die kristallinische Struktur des Textes ganz unmißverständlich zu machen, die einzelnen Kleinbruchstücke noch durch Schrägstriche voneinander abgetrennt.)
Wem solche Überlegungen auch nach diesen Erläuterungen immer noch zu gekünstelt oder abstrakt erscheinen, der möge, vielleicht zu seiner peinlichen Überraschung, zur Kenntnis nehmen, daß das Problem der heutigen und künftigen Prosa nicht der »feinsinnige« Inhalt ist – der psychologischen Pünktchenmuster und anderen intim-kleinen textilen Varianten werden wir immer genug besitzen – sondern die längst fällige systematische Entwicklung der äußeren Form.
Es ist heute ja leider allgemein dunkelmännisch-beliebt geworden, viel mehr Dinge ins »Unterbewußtsein« zu verdrängen, als nötig wäre; es ist natürlich viel bequemer, die »Primitiven« zu verehren, und flink einen »Bankerott des aufklärerischen Intellekts« festzustellen; viel behaglicher, in der beliebten ägyptischen Finsternis eines »Neuen Mittelalters«, eines metaphysiktriefenden, herumzutappen, als sich schneidend eindeutig darüber klar zu werden, daß das Zeitalter der Physik nicht nur nicht »am Ende« ist, sondern im Gegenteil kaum erst begonnen hat! –

§ 5. Eine zweite »neue Prosaform« ergab sich mir aus folgender Überlegung: man rufe sich am Abend den vergangenen Tag zurück, also die »jüngste Vergangenheit« (die auch getrost noch als »älteste Gegenwart« definiert werden könnte): hat man das Gefühl eines »epischen Flusses« der Ereignisse? Eines Kontinuums überhaupt? Es gibt diesen epischen Fluß, auch der Gegenwart, gar nicht. Jeder vergleiche sein eigenes beschädigtes Tagesmosaik!

Die Ereignisse unseres Lebens springen vielmehr. Auf dem Bindfaden der Bedeutungslosigkeit, der allgegenwärtigen langen Weile, ist die Perlenkette kleiner Erlebniseinheiten, innerer und äußerer, aufgereiht. Von Mitternacht zu Mitternacht ist gar nicht » 1 Tag «, sondern » 1440 Minuten « (und von diesen wiederum sind höchstens 50 belangvoll !).
Aus dieser porösen Struktur auch unserer Gegenwartsempfindung ergibt sich ein löcheriges Dasein – : seine Wiedergabe vermittels eines entsprechenden literarischen Verfahrens war seinerzeit für mich der Anlaß zum Beginn einer weiteren Versuchsreihe (Typ Brand's-Haide-Trilogie). Der Sinn dieser » zweiten « Form ist also, an die Stelle der früher beliebten Fiktion der » fortlaufenden Handlung «, ein der menschlichen Erlebnisweise gerechter werdendes, zwar mageres aber trainierteres, Prosagefüge zu setzen.
(Ich warne besonders vor der Überheblichkeit, die hier vielleicht das dem Bürger naheliegende schnelle Wort von einem » Zerfall « sprechen möchte ; ich stelle vielmehr meiner Ansicht nach durch meine präzisen, » erbarmungslosen «, Techniken unseren mangelhaften Sinnesapparat wieder an die richtige ihm gebührende biologische Stelle. Gewiß geht dabei der liebenswürdige Wahn von einem singulären überlegenen » Abbilde Gottes « wiederum einmal mehr in die Brüche ; die holde Täuschung eines pausenlosen, » tüchtigen «, Lebens, (wie sie etwa Goethe in seinen Gesprächen mit Eckermann so unangenehm geschäftig zur Schau trägt) wird der Wirklichkeit überhaupt nicht gerecht. Eben dafür, daß unser Gedächtnis, ein mitleidiges Sieb, so Vieles durchfallen läßt, ist meine Prosa der sparsam-reinliche Ausdruck.)

§ 6. Die oben bereits angedeuteten weiteren 2 Bewußtseinsvorgänge (jedem ebenso geläufig wie die vorher behandelten, » Erinnerung « und » Löchrige Gegenwart «) für welche die gültigen Prosadarstellungen zu erarbeiten ich mir vorgesetzt habe, betreffen den » Traum « und das » Längere Gedankenspiel «. (Die mathematischen Sinnbilder hierfür wären – ich kann es nun einmal nicht lassen – : Kurven und ihre

Evoluten; beziehungsweise die w- und z-Ebenen der konformen Abbildungen). Da jedoch die hierfür entwickelten Transformationsgleichungen noch nicht an, dem Publikum vorliegenden, Veröffentlichungen erläutert werden können, habe ich jetzt nur der Vollständigkeit wegen darauf hinweisen wollen. –

Ich beeile mich zu erklären, daß ich die Reihe der nicht nur möglichen, sondern in naher Zukunft unbedingt erforderlichen Prosaformen hiermit keineswegs für abgeschlossen, oder auch nur die von mir bisher gegebenen Paradigmata für absolute Muster halte. Auch hätte ich selbst diese vorliegenden Erläuterungen niemals abgegeben, wenn mich nicht die befremdlichsten Urteile, sogar von »Fachleuten«, von der Notwendigkeit einer Darlegung meiner Arbeitsmethoden überzeugt hätten; mehr noch aber schrieb ich sie nieder für etwaige zukünftige größere Nachfolger, nach denen sich wahrhaftig niemand mehr sehnen kann als ich.

BERECHNUNGEN II

» And am I wrong, to worship where
faith cannot doubt, nor hope despair,
since my own soul can grant my prayer ?
: Speak, God of Visions, plead for me,
and tell why I have chosen thee ! «

§ 1. Wenn ich in meiner ersten, der Erkennung und Handhabung von Prosakurzformen gewidmeten Untersuchung mich auf das » Musivische Dasein « und den Gehirnvorgang der » Erinnerung « beschränkte, so lag das daran, weil beiden das Kennzeichen der » einfachen « Handlung gemeinsam ist.
Um der » Wahrheit « willen – d. h. um einer konformen Abbildung unserer Welt durch Worte näher zu kommen – ersetzte ich die unberechtigte Fiktion des » epischen Flusses « durch die bessere Näherungsformel vom » epischen Wassersturz « : der von Stufe zu Stufe schäumt, Zerfall als Voraussetzung überlegenen Schauspiels, der aber, siehe da, eben so sicher unten ankommt, wie Ol' Man River.
Ebenso mußte der Vorgang des Sich-Erinnerns in seine zwei natürlichen Komponenten (erster Lichtstoß als Initialzündung; und spätere reflektierend gewonnene Kleinkommentare) zerlegt, und Grundsätze für seine Abbildung durch eine entsprechende Anordnung von Prosaelementen gegeben werden. Im letzten Paragraphen deutete ich damals an, daß ich zwei weitere Versuchsreihen beabsichtige : den » Traum «, und das » Längere Gedankenspiel «.

§ 2. Das wichtigste Bestimmungsmerkmal dieser neuen Gruppe ist, daß in beiden Fällen eine » doppelte Handlung « vorliegt, Oberwelt und Unterwelt, Laputa und Balnibarbi; woraus sich sofort ergibt, daß die konstruktive Arbeit

komplizierter, die praktische Ausführung ungleich schwieriger werden dürfte, als bei der früher abgehandelten Gruppe. Der Unterschied zwischen Traum und Gedankenspiel liegt bekanntlich darin, daß zwar die objektive Realität (eben die »Unterwelt«; oder, wie ich sie im Folgenden nennen werde, die Erlebnisebene I, abgekürzt E I) bei beiden annähernd die gleiche ist; die subjektive Realität (Oberwelt; Erlebnisebene II = E II) beim Traum jedoch in ausschlaggebendem Maße passiv erlitten wird (wir erfahren darin oft unerwünscht-empörendste Rücksichtslosigkeiten, Alpträume, mythisches Grauen); während beim Gedankenspiel das Individuum wesentlich souveräner, aktiv-auswählend, schaltet (natürlich ebenfalls »konstitutionell beschränkt«). Diese Definition mußte vorausgeschickt werden, da unser Sprachgebrauch hier wieder einmal völlig unscharf verfährt : was man nämlich im allgemeinen einen »Träumer« schilt, ist in Wahrheit weiter nichts, als ein süchtig-fauler Gedankenspieler; die »Traumspiele« der Weltliteratur sind Gedankenspiele.
Bei der Schwierigkeit des Gegenstandes und dem Umfang, den eine solche erste Untersuchung füglich haben muß, beschränke ich mich hier auf die Diskussion des längeren, oft durch Wochen hindurch fortgeführten, Gedankenspiels (zukünftig LG; im folgenden wird also verstanden : LG = E I + E II).

§ 3. Das Gedankenspiel ist kein seltener oder auch nur extremer Vorgang, sondern gehört zum unveräußerlichen Bestand unserer Bewußtseinstatsachen : ohne der Wahrheit Gewalt anzutun läßt sich behaupten, daß bei jedem Menschen die objektive Realität ständig von Gedankenspielen, meist kürzeren, nicht selten längeren, überlagert wird – wobei sich dann natürlich die wunderlichsten Interferenzerscheinungen à la Don Quijote ergeben können.
Wie tief die Neigung zum Gedankenspiel geht, ist schon beim Tier unverkennbar, etwa wenn sich die Katze, immer wieder bereitwillig, die tanzende Feder am Faden als einen Vogel ausbittet. Von da ist nur ein gradueller Schritt zum Disney-Land der Näherin am Fließband.

Die billigste Art ist das Gedankenspiel nach Vorlagen, sei es der abendliche Zeitungsroman, der, zumal vorm Einschlafen, gern übernommen wird, sei es der zuletzt gesehene Film. Obwohl in dem einen Fall die Anregung vom gedruckten Wort, im anderen vom Bildgehusche herkommt, ist der Unterschied nicht wesentlich; jedesmal hat ein nur wenig überlegener Kollege »vorgespielt«; und es ist dem Range nach ziemlich gleichgültig, ob die trübschillernde Bildertunke durch das Diaphragma der Buchseite oder einer ausgespannten Leinwand aus einem Kopf in den anderen diffundierte. Die für den Faulen ideale Kombination legen in endlosen Bildstreifen die amerikanischen Cartoons vor : hier braucht der Mitspieler nur noch das vorgekaute schale Ragout von schematisierendem Kleinholzschnitt und Stummelworten zu schlucken.
Eine Stufe höher (»höher« im Sinne der für die vorliegende Abhandlung entscheidenden literarischen Brauchbarkeit seines LG's) steht schon der Mann der Selbstgespräche, der in verkrampften imaginierten Redeschlachten die Probleme einer nörglig-verwickelten Zukunft sinnlos »löst«. Höher steht der Beinamputierte, der sich zum mächtigen Direktor einer Butterfabrik ernennt, und in seinem Werk natürlich lauter Kriegsbeschädigte beschäftigt. Wobei es ein Kriterium, weniger für die Rangordnung als für die Klassifizierung der Geister ist, ob man mehr vermittels Worten oder Bildern spielt.
Wie geschickt diese unsere unausrottbare Neigung zum Gedankenspiel kommerziell ausgenutzt wird – etwa von Baufirmen, die dem Leser ihrer Prospekte das beliebte umbüschte, von wohlgeratenen Kindern umtanzte »Eigenheim« vorspiegeln – ist bekannt; und beweist die Realität des Vorgangs nicht minder, als die von der Regierung begünstigten (oftmals sogar von ihr eingeführten) Vorlagen religiöser oder nationaler Art, wie sie gern vor verbotenen Gedankenpfaden als ablenkende Richtungsschilder aufgestellt werden : die Kriegswochenschauen z. B. waren solche amtlich befohlenen, ausgesprochen verniedlichenden Prospekte in usum delphini. –
Selbst die Grammatik erkennt die Existenz des Gedankenspiels so bedingungslos an, daß sie das ganze Riesengebäude

eines besonderen Modus dafür erfunden hat : den Konjunktiv ! Jeder Gebrauch eines »hätte, wäre, könnte« gesteht das Liebäugeln mit einer »veränderten« Realität, und leitet so recht das LG ein. Man kann den Konjunktiv natürlich auch eine gewisse innere Auflehnung gegen die Wirklichkeit nennen; meinetwegen sogar ein linguistisches Mißtrauensvotum gegen Gott : wenn alles unverbesserlich gut wäre, bedürfte es gar keines Konjunktivs ! (Woraus eifrige Theologen älteren Stils gern den Schluß ziehen dürfen, daß Adam ihn erst nach der Vertreibung aus dem Paradies ersann).

§ 4. Wenn man auch nicht fehlgehen wird, Werke der Dichtung allgemein als Gemische aus E I und E II ihres Autors zu betrachten – und es sind hinreißende Mixturen hier möglich, etwa Ludwig Tiecks »Vogelscheuche« – so schwer ist es, reine Beispiele von E I oder E II beizubringen; wobei es noch äußerst nachdenklich stimmen muß, daß die reinen E I sogar die wesentlich selteneren sind – ich entsinne mich im Augenblick eigentlich nur des alten Brockes (und, allenfalls, noch Cooper's »Pioneers«). Exempel der anderen Gattung »halbierter LG's«, zu denen uns leider E I fehlt, sind ziemlich unverkennbar :

Edgar Poe : Gordon Pym	(3)
Klopstock : Gelehrtenrepublik	(2)
Brontë : Wuthering Heights	(3)
Schmidt : Schwarze Spiegel	(3)
Wells : Zeitmaschine	(3)
Verne : Reise zum Mittelpunkt der Erde	(1 ? 3 ?)

(Die eingeklammerten Zahlen finden später ihre Erklärung; es sind die Spektralklassen der Geister.) – Mit absoluter Zuverlässigkeit weiß ich es vom vierten Titel : es war das E II meiner Kriegsgefangenschaft, 1945, im Stacheldrahtkäfig vor Brüssel, there was a sound of revelry by night.
Diese reinen Typen des E II (bzw. E I) sind einer Schachpartie zu vergleichen, von der nur die schwarzen Züge (oder weißen, wie man will) notiert wurden. Um jedoch ein formal

vollständiges Kunstwerk, ein LG im Sinne der hier vorgetragenen Theorie, das komplette Porträt eines Menschen in einem gegebenen Zeitraum x vorlegen zu können, müßten E II und E I nebeneinander erscheinen! Es darf jedoch nicht Wunder nehmen, wenn Prosamodelle strenger Art bisher nicht vorliegen : die formale Klärung war (vielleicht aus der instinktiven Scheu des Dichters, dem, an sich wohlbekannten, offizinellen Autismus bewußt gegenüberzutreten) nicht erfolgt; zudem wäre die ehrliche Angabe von E I nicht nur ein Akt der Unklugheit (vor allem gegenüber der eben wieder entstehenden Inquisition), sondern auch der aufreibendsten und wahnwitzigsten Selbstverleugnung, den das zeitgenössische Publikum nicht wert ist (und höchstens in Geheimschrift beizugeben. Die Selbstbiographie eines Autors ist nebenbei kein Ersatz für E I. – Vielleicht ist es ja auch eine nur um so reizvollere Preisfrage, eines Sherlock Holmes der Philologie würdig, zum Gordon Pym das E I hinzu zu konstruieren).
Im großen lebt etwa E. Th. A. Hoffmanns Werk von dieser Spannung zwischen E I und E II (Prinzessin Brambilla). Cervantes begann im Gefängnis den Don Quijote. Mörikes »Orplid« ist ein Paradebeispiel, ebenso wie die »Gondal-World« der Brontës, oder das »Ardistan und Dschinnistan« Karl Mays, eines Mannes, dem auch noch nicht die gebührende literarische Gerechtigkeit widerfahren ist.

§ 5. Erkannt und genehmigt worden also ist das Gedankenspiel durchaus; ebenso sind von Zeit zu Zeit Versuche zur formalen Bewältigung wenigstens des untersten Typs unternommen worden; obwohl meist unbewußt, und immer ohne zureichende theoretische Überlegungen : von Lukian »Das Schiff oder die Wünsche« bis zu James Thurbers »Walter Mittys Geheimleben« führt eine leider nur horizontale Linie. Beide behandeln zudem, wie gesagt, nur die künstlerisch unergiebigen Mikrotypen, und auch diese noch völlig einseitig nach der um eine entscheidende Spur zu flachen Formel des si j'étais Roi.
Das bedeutendste, obwohl formal ebenfalls durchaus »un-

reine « Beispiel der Weltliteratur ist Johann Gottfried Schnabels » Insel Felsenburg «. Der Biographiensymphonie, vermittels deren hier E I bewältigt wird, steht das E II der » Inseln im Südmeer « gegenüber. In völliger Übereinstimmung mit der noch zu entwickelnden Klassifizierung ist E II bei Schnabel nicht mehr bejammertes Exil (wie bei dem im Vergleich damit arg zusammenschrumpfenden » Vorbild « des Robinson Crusoe), sondern utopisches, heilig-nüchternes Asyl. Dieses Buch so lange – und immer noch ! – wenn auch weniger der » Lesewelt «, so doch den Fachleuten unzugänglich gelassen zu haben, ist ein Tatbestand, der jedem unserer » Großen Verleger « die Schamröte ins Gesicht treiben sollte.

§ 6. Die konstruktiven, durchaus dem Kalkül und der werkstattmäßigen Handhabung zugänglichen Probleme sind also nunmehr : Ein Prinzip der Klassifizierung der LG überhaupt muß gefunden, und eine den einzelnen Gruppen angemessene Konzentration der Sprache angegeben werden. Weiterhin ist das Mengenverhältnis der imaginären und realen » Hälften « zu untersuchen und annähernd festzulegen. Schließlich muß man sich für die suggestivste typographische Anordnung einer kombinierten Darstellung von E I plus E II auf einer zweidimensionalen Fläche (der Buchseite) entscheiden.

§ 7. Bei der, in » Berechnungen I « des näheren erläuterten, Versuchsreihe » Erinnerung « ergab eine Gliederung nach den Bewegungskurven der Handelnden im Raum brauchbare rhythmische und formale Unterscheidungen (die » Richtigkeit « solcher Klassifizierung ist hier eine Frage untergeordneten Ranges ; die Brauchbarkeit als Arbeitshypothese entscheidet). (Für das » Musivische Dasein « gab ich damals keine Tabelle, weil ich die Grundsätze, mir seit zwanzig Jahren geläufig, für selbstverständlich hielt ; ich bin jedoch inzwischen auf diese Lücke hingewiesen worden, und werde sie später einmal ausfüllen.) – Die Grobeinteilung für das LG muß, der doppelten Handlung wegen, von denen dazu die eine entscheidend vom Individuum abhängt, von anderen Gesichtspunkten ausgehen; am organischsten also von der Bedeutung, die das LG für seinen Spieler hat (wodurch sich dann gleichzeitig das quantitative Verhältnis E I : E II überzeugend regelt). – Es lassen sich so 4 recht scharf getrennte Typen unterscheiden:

1. Typ, »Bel Ami« : Das E II besteht hier aus den normalsten Flitteridealen; Illustrierten, Filmen, Schlagersuggestionen, entlehnt. Als Gegengewicht zu einem ehrbar-einförmigen Alltag übernimmt der Spieler grundsätzlich die egoistische Heldenrolle, ist immer der verwaschen-allmächtige Superman; der Staffage fällt meist nur die Rolle bewundernd gaffender Augen und Ohren zu. Nichtswürdige, menjoubärtige Eleganz; das Leben als Modenschau; dabei bemerkenswert, daß keine Ahnung von erstrebtem Hochberuf vorhanden: eine Tänzerin ist eben nur ein auf- und abschwebender, blau angestrahlter Glanzwisch. Charakteristisch für diesen, meist nur kürzerer Gedankenspiele fähigen, Typ, daß grundsätzlich *Kontrast* zu E I gewählt wird.

2. Typ, »Querulant« : Hang zur Rhetorik, mit dem Angstzwang zur endlosen Zukunftsdiskussion. Der schon bei der entferntesten Andeutung von Verwicklungen (fast immer beschränkt-persönlicher Art) sogleich lange Rededuelle mit verfälschten Gegnern ersinnt; auch er schneidend-überlegen, mit Staatsanwaltsgebärden. Selbstgesprächler; weitgehend auf Worte angewiesen. Unsicherheit; Gefühl ständiger Exponiertheit. In reinster Ausbildung (Hesse, »Steppenwolf«) fähig, sich nach der Lektüre eines historischen Werkes etwa eine Audienz bei Friedrich dem Großen zu erzwingen, an der aber auch alles dran ist. »Die Wahrheit sagen.« Meist Parallele zu ihrem E I; oder doch nur beamtenhafte »Entwicklung«: etwa Vorwegnahme von Beförderungen; impotente »Auseinandersetzungen« mit Vorgesetzten, usw.

3. Typ, »Der Gefesselte« : dem in tödlichen Situationen ein E II das Überleben bzw. Sterben erleichtert, manchmal sogar erst ermöglicht. Gekennzeichnet dadurch, daß das Subjekt höchstens noch als verdüsterte Hauptperson auftritt; oft sogar ist seine Anwesenheit nur noch nötig, wie die eines verläßlichen Reporters, der dem Leser die beunruhigende Gewißheit der Autopsie verschafft. Hier, bei einem auf eine finstere Null geschalteten E I, tritt das E II als pessimistische *Steigerung* auf; ins bedeutend Allgemeine gewandt, tiefsinnig, utopienverdächtig. –

An sich erschöpft sich mit diesen 3 Typen das der literarischen Formung zugängliche LG, und ich erwähne die vierte Klasse nur der Vollständigkeit halber : das Kind ist ebenfalls ein berufener Gedankenspieler! Der künstlerischen Wiedergabe durch Worte ist sein LG jedoch äußerst schwer zugängig, da die werkgerechte Handhabung des erforderlichen umfassenden Wortschatzes beim Kind einfach nicht gegeben ist : wo aber kein Bewußtwerden stattfindet, da gibt es auch keine objektive Mitteilbarkeit, zumindest nicht durch Worte. Was im allgemeinen an kindlichen LG serviert wird, ist entscheidend verfälscht durch mühsam-spätere Reflexion, die den urzeitlich-primitiven, unberechenbaren Assoziationen kaum gerecht wird. Vielleicht sind Frauen zur Wiedergabe geeigneter; ich persönlich halte diesen, deshalb ausdrücklich von mir als Typ 0 bezeichneten Spieler, für literarisch nicht erfaßbar. –

Wahrscheinlich muß jeder Gedankenspieler des einen Typs im Lauf seines Lebens die vor ihm liegenden ebenfalls durchmachen : Typ 0 als Kind. Für Typ 1 sind selbst hochbegabte, zur weiteren Entwicklung verdammte junge Menschen anfällig. Schon zur bloßen »Übung« erscheint eine solche Entwicklung unerläßlich : während bei Typ 1 durchaus die unreifen, wenig geformten Embryonen dominieren, nehmen die E II gegen Typ 3 hin an Länge wie an Gewichtigkeit zu. Anmerkenswert vielleicht noch (als »Rückschlagerscheinung«), daß Typ 3 in normalen Situationen durchaus in Richtung 2 konvergiert; erst bei extremer Gefährdung gewinnt er im allgemeinen die letzte Höhe-Tiefe.

Ich füge diesem Bericht die tabellarisch-kurze Übersicht bei, die ich mir für meine Handübungen in dieser neuen Versuchsreihe entworfen habe (in der also gleichzeitig die Themen der geplanten Modellfälle erscheinen; S. 252/253).

§ 8. Die Frage, welche Druckanordnung diesem Tatbestand zweier einander im allgemeinen ablösender, selten durchdringender, Erlebnisbereiche am gerechtesten wird, erledigt sich sehr einfach : die Buchseite muß, um dem Fachmann die Erkenntnis der Struktur, dem Leser (Nachspieler) Unterscheidung und Übergang aus einem Bereich in den anderen zu erleichtern, in eine linke (E I) und eine rechte (E II) Hälfte geteilt werden. (Da wir in Europa von links nach rechts schreiben : schrieben wir, wie die Chinesen, von oben nach unten, dann wäre es möglich, die Buchseite durch einen mittleren Querstrich optisch noch überzeugender in eine Ober- und Unterwelt einzuteilen). Diese Halbierung der Seiten ist gar nichts neu zu Beschreiendes : Jedem sind vom Konversationslexikon her die zwei Spalten geläufig! Selbstverständlich muß, sobald E II einsetzt, E I abgeschaltet werden, d. h. leer bleiben. Allenfalls dürften in dem freien Raum Kleinstwiederholungen das Fading einer mechanischen Tätigkeit andeuten – z. B. wenn ich einem kaufmännischen Lehrling, während seiner Abwesenheit in E II, verstatte, in E I automatenhaft die Hände zu rühren; also, etwa bei der Erledigung der Firmenpost, einzudrucken :

Falten,
Einschieben,
Falten,
Einschieben,
Falten,
Einschieben . . .

Eine Bestätigung für die Berechtigung der oben vorgenommenen Klassifizierung ergibt sich überzeugend aus dem quantitativen Verhältnis von E I und E II. Der »Bel Ami« verweist, philiströs völlig konsequent, das LG auf den ihm im bürgerlichen Daseinsbereich gebührenden Stehplatz : Mengenverhältnis also etwa 3 : 1. Beim letzten Typ, ludus remedium, tritt die eigene, auf ein Unwürdigstes erniedrigte, Existenz in E I zurück, vor der in E II apokalyptisch-grandios erlittenen Sorge um das Ganze : Mengenverhältnis 1 : 2.

	Typen		
Problem	Typ 1 : Bel Ami LG als beglückender Spaziergang. 65 % der Bevölkerung	Typ 2 : Querulant Debatte als Vehikel zu heilsamer Ermüdung. 30 % der Bevölkerung	Typ 3 : Gefesselter »Entrückung« des wertvolleren Subjektteils nach E II ; rettende Schmerzverlagerung. 5 % der Bevölkerung
Qualitativ. Verhältnis EI : EII	Kontrast (bis zur Lächerlichkeit = Hohlheit)	Parallele (Fortsetzung)	Steigerung (oft ins Allgemeingültige)
Quantitativ. Verhältnis EI : EII	3 : 1	2 : 1	1 : 2
Psycholog. Grundhaltung	optimistisch	mißtrauisch	pessimistisch
Einstellung	unscharf-subjektiv	scharf-subjektiv	scharf-objektiv
Färbung / Konsistenz	rosa / semig	grau / bröckelig	schwarz / kantig

stilistische Konsequenzen	Langweilig-ehrbar; vermischt mit dem Wortpudding des Tages / schuldbewußte Erotica / Gestalten mit undeutlichen, »fließenden« Gesichtern / Rhythmus: undulatorisch-schlabbrig.	rednerisch-dialektisch; nervösfaserig; kränklich-kleinlich / Ordnungszwang / advokatenhafte Freude an der »Selbstbewegung der Begriffe« / knittrig-taftige Wortarten heraussuchen / (Klippe: Versuchung zur Beamtensatire)	E I stumpf-schrecklich, aus »erblindeten Fenstern« gesehen (Sp. 4). Vom Gequälten her zwar mit Gallenfarben tingiert, aber im wesentlichen korrekt / Schädel als behaaarte Kapsel des inneren Planetariums / Rücksichtslos, da »vor die Kanone gebunden«.
Rollen in E I u. E II (Themen; Titel bis auf*) noch ungewiß)	Kaufmännischer Angestellter – Entführung der »Prinzessin von Ahlden« (Filmanregung). Oberprimaner mit »Sehr gut« in Deutsch – Nobelpreisträger (mit Stellen, die den künftigen großen Schreiber wittern lassen)	Prozessierender – Wortschlachten und Fluchtprojekte. Schutzmann – Kämpfe mit Vorgesetzten (Offizieren und anderen Riesenfischen). Buchhalter-Gesandter-Diktator einer imaginär-siegreichen Macht an Friedrich den Großen.	Gelähmter – Betrieb in zwei aufeinander zufahrenden D-Zügen (vor dem Zusammenstoß). Gefangener – Wallebene Plato. Die Feuerstellung – Die Stadt der Vergnügten.*)
Ende	meist durch Stoffmangel und die daraus resultierende Verlegenheit (= Wiederholung, Ermüdung) bewirkt: es »hört eben auf.«	erfolgt nach mühsam erreichter Überzeugung von Sicherheit, Überlegenheit spitzfindig vorgeführter Macht: luftschnappender Rückzug (Pyrrhussieg).	da großer Fond an Phantasie vorhanden, hängt ein Ende meist von Beendigung der Existenz in E I ab – sei diese »Beendigung« Tod, Heilung oder Entlassung.

Einige Angaben zur Technik : es versteht sich, a posteriori Jedem bekannt, von selbst, daß, wenn es in E I »gegen Abend« geht, E II mengenmäßig zunimmt und in größeren, geschlosseneren Textstücken auftritt, als »am Tage«. Zu Anfang ist eine längere Darlegung des E I unerläßlich, aus der sich langsam-konsequent dann das E II entwickelt, Topf und Kaktus.
Die »Fabel« des E II, bald Wadi also, bald Wassersturz, bewegt sich, wie in solchen ludischen Prozessen üblich, in Wirbeln, eddies and dimples, entlang; Assimilierbares wird aus E I nach der biologischen Regel von trial and error aufgenommen, und nach »persönlichen Gleichungen« transformiert; daneben aber gleichwertig auch die »Selbstvermehrung« von E II durch Sprossung, Teilung, usw. Ständig zu beachten die merkwürdige, Ichverändernde Kraft : das LG vermehrt durchaus den Schatz (? wohl besser Schutthaufen) der Erfahrungen.
Die sprachlichen, rhythmischen, metaphorischen Konsequenzen, bereits in der Tabelle angedeutet, sind verhältnismäßig simpel zu erarbeiten, so daß jeder Experimentator das Arrangement selbst vornehmen kann.

§ 9. Hier nun, am Ende, befinde ich mich in der unangenehmen Lage, theoretisch eine Prosaform angekündigt zu haben, von welcher dem Publikum bisher keine Modellanordnung im Druck vorliegt : das ist nicht meine Schuld. (Und ich verwahre mich ausdrücklich gegen alle heroischen Formulierungen und Forderungen; vom »In großen Dingen genügt es, sie gewollt zu haben« (Nietzsche) an, bis zum »Wie Sie es machen, ist Ihre Aufgabe; daß Sie es machen, ist unerläßlich« (Alfred Andersch)). –
Ich habe mir für die Versuchsreihe I (Musivisches Dasein) 15 – formal selbstverständlich scharf von einander unterschiedlich zu behandelnde – Themen entworfen, von denen ich bisher 8 erledigt habe (Nr. 8, »Das steinerne Herz«, hat inzwischen einen Verleger gefunden; die durch Zufall erhalten gebliebene Jugendarbeit »Pharos« rechne ich nicht).

Versuchsreihe II (Erinnerung) weist 8 Themen auf, von denen bis jetzt 2 im Druck erschienen sind, »Umsiedler« und »Seelandschaft«.
Versuchsreihe III (das im Vorangegangenen besprochene LG) sieht bis jetzt 8 Themen vor. Ich habe erst einmal zögernd die Hand in dergleichen geübt (»Gadir«); jedoch war bei dem 1948 erschienenen Stück, in jener papierarmen Zeit, an eine raumverschwendende Druckanordnung gar nicht zu denken; so ließ ich denn E I und E II, beide überhaupt noch mit ungenügender Technik gehandhabt, nach alter Art zusammendrucken. Jetzt, dix ans plus tard, würde ich im allgemeinen abraten, historische LG zu wagen : die hier notwendigen, besonders überzeugend-flüssigen Assoziationen sind uns heute nicht mehr geläufig. Gestern Abend etwa sah ich von einer Chaussee aus die nicht allzuweit entfernten Reihen von Obstbäumen gegen einen nächtlich dunklen Himmel; die schlagende, uns Heutige sogleich überzeugende Metapher hierfür wäre gewesen :
»Schwarzer Güterzug (auf Stelzen), ungleich beladen mit Kabeltrommeln, verhangenen Panzern, stand drüben, zerbombt, und wartete, um mit mir weiterzufahren.«
Mit was aber hätte sie Goethe verglichen, er, der nicht Güterzüge, Panzer noch Kabelgetrommel kannte? Oder gar Homer? : Hier stehen wir vor einer Schranke, die unsere historisierenden Shatterhands allzu leichtfüßig überspringen! – Von den in der Tabelle angeführten Titeln ist der mit einem Asteriskus *) gekennzeichnete so weit vorbereitet, daß es »nur« noch der Niederschrift, der Punktschweißung des vorhandenen Materials, bedürfte, d. h. eines Zeitraums von schätzungsweise einem Jahr – vorausgesetzt, daß ich mich ungestört solcher Arbeit widmen könnte, was schwerlich der Fall sein wird. –
Versuchsreihe IV (Traum) bleibt einer künftigen Fortsetzung dieser »Berechnungen« vorbehalten.

* *Anm.* Dieses Buch (»Die Stadt der Vergnügten«) erschien im Herbst 1960 unter dem Titel KAFF, AUCH MARE CRISIUM.

AUF ARNO SCHMIDT'S ‹ROSEN & PORREE›

1. Seelandschaft mit Pocahontas :
Venus in eigner Person hat mehrfach Modell Dir gesessen – : sahst Du denn prinzipiell nur die Pudenda von ihr ?

2. Die Umsiedler :
Warum hast Du Katrin amputiert ? Um das Sprüchwort zu strafen ‹Ehe sei mehr noch als nur *vier* nackte Beine im Bett› ?

3. Alexander :
Strabon und Mannert erkannt'ich, und Ehrenstein und Karl May auch, (schweigen wir ganz von Fouqué!) – : sage, was ist denn von Dir ?

4. Kosmas :
Nett ist Agraule, das Biest, (auch kokett). – Und ich erfuhr endlich, wie auf Griechisch der Lady ‹Selbstbefriediger› heißt.

5. Berechnungen :
Daß Iskander – siehe oben – den Gordischen Knoten uns raubte, scheint mir geringer Verlust, seitdem ich das hier gesehn !

D. Martin Ochs

INHALT

Arno Schmidt
im Fischer Taschenbuch Verlag

Leviathan und Schwarze Spiegel
Zwei Erzählungen. Band 9110

Alexander oder Was ist Wahrheit
Drei Erzählungen
Gadir / Alexander / Enthymesis
Band 9111

Aus dem Leben eines Fauns
Kurzroman. Band 9112

Brand's Haide
Erzählung. Band 9113

Aus julianischen Tagen
24 Essays
I. Berichte aus der Nicht-Unendlichkeit /
II. Und es blitzten die Sterne / III. Berechnungen
Band 9114

Schwänze
Fünf Erzählungen
Kühe in Halbtrauer / Windmühlen / Großer Kain /
Schwänze / 'Piporakemes!'
Band 9115

Nachrichten aus dem Leben eines Lords
Sechs Nachtprogramme
Angria & Gondal / Was wird er damit machen /
Tom all alone's / »Der Titel aller Titel!« /
Der Triton mit dem Sonnenschirm / Das Buch Jedermann
Band 9116

fi 636/2